谨以此书

献给"时代楷模"
——东深供水工程建设者群体

陈启文 著

东 深 供 水 工 程 建 设 实 录

广东人民出版社

·广州·

图书在版编目（CIP）数据

血脉：东深供水工程建设实录 / 陈启文著. — 广州：广东
人民出版社，2022.3（2022.7 重印）
ISBN 978-7-218-15705-4

Ⅰ.①血…　Ⅱ.①陈…　Ⅲ.①报告文学—中国—当代
Ⅳ.①I25

中国版本图书馆 CIP 数据核字（2022）第 052626 号

XUEMAI：DONGSHEN GONGSHUI GONGCHENG JIANSHE SHILU
血 脉：东 深 供 水 工 程 建 设 实 录
陈启文　著

出 版 人：肖风华

封面题字：陈永正
责任编辑：肖风华　陈志强　王庆芳
责任校对：吴丽平　林　俏　胡艺超
责任技编：吴彦斌　周星奎
图片提供：广东省水利厅
封面设计：毛　淳
版式设计：毛　淳　李　利

出版发行：广东人民出版社
地　　址：广州市越秀区大沙头四马路 10 号（邮政编码：510199）
电　　话：（020）85716809（总编室）
传　　真：（020）83289585
网　　址：http://www.gdpph.com
印　　刷：广东鹏腾宇文化创新有限公司
开　　本：787mm×1092mm　1/16
印　　张：21.5　　字　　数：222 千
印　　数：35,001~83,000 册
版　　次：2022 年 3 月第 1 版
印　　次：2022 年 7 月第 2 次印刷
定　　价：58.00 元

如发现印装质量问题，影响阅读，请与出版社（020-85716808）联系调换。
售书热线：（020）87716172

这是一部追踪东深供水工程来龙去脉和建设者群体的深度调查文本。

翻开香港的史册，干旱缺水长时间困扰着香港，每遇大旱，水荒必至。

谁能拯救在大旱与水荒之中备受煎熬的香港同胞？这其实不是天问，而是来自人间的叩问。香港三面环海，一旦与内地隔开，就是一座海上孤岛。但香港在面朝大海的同时，又背靠着祖国内地，这就是香港最大的靠山。1963年6月，中央政府发出《关于向香港供水谈判问题的批复》，周恩来总理指示："要不惜一切代价，保证香港同胞渡过难关！"

随后，一个从东江引流入港的工程计划进入了国家层面的运作。这一工程，最初命名为东江—深圳供水灌溉工程，简称"东深供水工程"。从1964年春天到1965年春天，来自珠江三角洲地区的上万名建设者，以"要高山低头，令河水倒流"的意志，在短短一年时间内就建成了一个全长83公里的大型跨流域供水工程，谱写了一曲感天动地、气壮山河的奋斗者之歌。此后，一代代建设者和守护者秉持初心，接力传承，对东深供水工程进行了三次扩建和一次脱胎换骨的改造，使供水能力提升了三十多倍，迄今已累计对港供水近三百亿立方米，相当于半个多三峡水库的库容，超过了一个半洞庭湖，满足了香港约百分之八十的用水需求，其水质之优，流量之大，跨越地域之广，科技运用之新，均属全国首位，堪居世界前列。

东深供水不同于一般的供水工程，这是哺育粤港两地同胞的生命水，更是香港与祖国内地骨肉相连的一条血脉、血浓于水的一条命脉。那源远流长的生命之源，饱含着祖国母亲对香港同胞的深情大爱早已渗入香港的每一寸土地，融入了香港同胞的血脉深处。那些经历过香港当年的水荒、见证了香港今日之繁荣的香港同胞发自肺腑地感言："有盐同咸，无盐同淡！祖国永远是香港的靠山，不管过去、现在还是未来，中央都是急港人所急、想港人所想，全力维护和增进香港市民的福祉。"

目 录

引 子   1

第一章 逆流而上   23

第二章 一支特殊的队伍   49

第三章 第一条生命线   79

第四章 更上层楼凭远处   111

第五章 跨世纪的工程   157

第六章 另一条战线   201

第七章 在水上腾飞   229

第八章 守望比仰望更难   277

尾声，或后记   320

附 录 主要参考资料   335

引 子

一

　　我接下来要追溯的一切，都是从一条源远流长的河流开始。

　　这是一条被人类反复命名的河流，湟水，循江，寻乌水，定南水，龙川江，东江……

　　事实上，她每流经一个地方就会获得一次命名。对于人类，这是一种深情的眷恋和挽留的方式，无论她将流向何方，她的名字，她的魂，就在这样深情的呼唤下，在她流经的某一个地方留下了，从此，永远，她与那一方水土成了同义词。当我注视她的那一刻，感觉有许多事物在一条河流同时发生。这不是我的幻觉，这是河流的意义。

　　这条最终被命名为东江的河流，是珠江的三大源流和四大水系之一。珠江是长江以南最大的河系，从长度和流域面积看，是仅次于长江、黄河的中国第三大河。若按流量，珠江则是无可争辩的中国第二大河，其年均径流量超过五条黄河，相当于长江的三分之一。但珠江从头到尾都不是一条主干清晰的河流，这是一个纷繁复杂而又相当广泛的水系，也是一个典型的复合型流域，由西江、北江、东江和珠江三角洲水系组成。她更像是几棵簇拥丛生在一起的大榕树，这使得珠江更像一个泛指。"珠江烟波接海长"，一句岭南古诗，揭示了珠江与大海的关系。若要于烟波浩渺中对东江正本清源，你就必须把她置于珠江水系和南中国海的大背景下，才能感受她深远辽阔的境界。

这条河流的源头远在千里之外。每一条河流的源头都是山，但在被揭示之前往往是云遮雾绕、扑朔迷离。一条东江从岁月深处奔涌流来，而人类在漫长的岁月里一直不知道这条长河的正源在哪里。一条河流从哪里来，到哪里去？这和人类面临的最基本的哲学问题一样，关乎河流诞生、演变、进化的历史和存在的意义，而江河之源的生态平衡、环境变迁对整条河流的影响更是有着牵一发而动全身的效应。无论是追根溯源、正本清源，还是饮水思源，一切都必须从源头开始。

许多年前人们就发现，东江是一条左右逢源的河流，东源为寻乌水，西源为定南水（又名九曲河），但哪里才是正源呢？这里就从寻乌说起吧。我最早知道寻乌，是因为一位伟人在这里留下了艰难跋涉的足迹。1930年春夏之交，那时正处于人生低谷的毛泽东在寻乌做了二十多天社会调查，撰写了一部闪耀着实事求是精神光芒的经典之作——《寻乌调查》，首次提出了"没有调查，没有发言权"的科学论断。这是中国革命的一个精神源头，也是这片红土地上最深厚的红色基因。这一科学论断，其实也是探寻江河源头的科学方式。为了厘清东江的来龙去脉，江西省于

2002 年 11 月组成了东江源头科考小组，历经一年多的实地勘测和科学论证，对东西二源反复进行比较，从而对东江正源做出科学认定："东江的源河为寻乌水三桐河，源头位于桠髻钵山南侧，发源地为桠髻钵山。"

所谓正源，就是一条江河干流的起点，亦即溯源而上的最远点、最高点。按照河源确定的通行标准，从长度看，"河源唯远"；从水量看，"流量唯大"；从方向看，"与主流方向一致"。谁最接近这三大标准，谁就可确定为河流正源。而发源于桠髻钵山的寻乌水，无论是其多年平均径流量、降水量、流域面积还是河长，均大于发源于三百山的定南水，且"与主流方向一致"。就这样，多少年来的人间纷争最终以科学的方式解决了。这次科考不仅确定了东江正源，还摸清了东江源区的水资源、森林资源、地质资源、旅游资源及生态环境等基本情况，为东江水资源规划、开发利用、保护管理等提供了科学依据，这才是正本清源的真正意义。

一条河流的孕育与诞生，只因为一座山的存在。"问渠那得清如许？为有源头活水来。"这是一位理学大师以诗的方式说出的至理名言，只有从经典中不断探求"天地常久之道，天下常久之理"，才有源头活水不断注入，终能达到心灵澄明的境界。所谓天理也是自然真理，而对江河的追本溯源，又何尝不是对自然真理的一种追寻？东江源头的第一股活水，就源出雄踞寻乌、会昌、安远三县交界处的桠髻钵山，桠髻钵山也被视为"东江源头第一山"，其主峰耸立于武夷山脉的东南端。这一带为武夷山脉与九连山余脉相接地带，属南岭山地的一部分。这也是我曾经探寻过的一座山。那正是"空山新雨后，天气晚来秋"，进入一条幽邃的山径，静谧中，只有树叶与树叶擦出的声响。我不知道这山中有多少树，满目都是层林尽染的秋色和新鲜透明的空气。在这里，你可以尽情打开肺叶，深——呼——吸——在这样的深呼吸中听一听鸟鸣，嗅一下向你伸来的花枝，或者，干脆闭上双眼，在这气息中过滤一下自己的身心。这山间、林间到处都是流水声，却又透出一种神秘的空灵。水一直都在响，就像鸟一直在叫。朝天上看，天上就会滴下水来，你却不知道这水来自哪里，仿佛是一个不能公开的秘密。入山愈深，愈见风骨，那山势突然陡峭起来，又抖擞起来。这是东江水系与赣江水系的天然分水岭，往大里说，这也是珠江流域与长江流域的分水岭。站在这分水岭上，"一脚踏三县，一眼望两江"，刹那间，那有如从天顶上放下来的一股活水，从一道赤红色的石缝中喷薄而出，化身为飞流直下的瀑布，以一千多米的巨大落差，仿佛把一个世界隆重地推向另一个世界……

一股源头之水，在那个瞬间完全淹没了我的震惊，真的就像经历了一次诞生，一条连接着母腹的血脉或脐带就是从这里开始绵延千里。"水者，地之血气，如筋脉之通流者也。"这是齐相管仲在春秋时代说出的一个真理。千里东江，千里画廊，这是一条风景优美的河流，一首《东江渔歌》唱出了东江的神韵："东江河水紧鸠鸠，又好打鱼又好游，又好行船又好吃，又好放排出广州。"这既是一条哺育千万苍生的生命之河，也是一条百舸争流的黄金水道，她以一种神奇的穿透力贯穿了田园、村庄和城市的骨骼，如同血脉一样向各个方向延伸，连接着同饮一江水的每一个生命，泽被着流域内的田畴沃野和自然生态。这世间，没有谁能够超越河流，河水流到哪里，哪里便开始生长出大片鲜亮而葱茏的绿色，一方水土的气息就是一条河流的气息，一切的生命都被一条河流激活了。

从高清卫星地图上看，东江源区位于江西、广东两省接壤的逶迤山岭之间，而东江流域地势东北高、西南低，状若一把面朝南中国海徐徐撑开的折扇，其干流从源头向西南跨越省界，流经广东省河源市龙川县，这是东江入粤第一县，也是岭南最古老的县境之一，那没有边际的苍茫山野随着一条河流的到来而变得层次分明。在龙川县枫树坝水库（原合河坝村）以上称寻乌水，而在龙川又称龙川江。这一段为东江上游，沿途流经河谷呈 V 字形的山丘地带，河窄水浅而流速湍急。在合河坝一带，东江接纳了一级支流贝岭水后始称东江，自此进入中游，一路流经河源市和平县、东源县、源城区和紫金县，然后进入粤东重镇惠州市，流经惠城区和博罗县观音阁，又到了一个关键处。"江西九十九条河，只有一条通博罗"，这句话大致说出了东江的流向。而自龙川以下，随着地势逐渐降低，在观音阁上游的东江右岸为平原，而左岸仍为丘陵区，随着河宽增大，流速减慢，水势漫溢，又加之有公庄河、西枝江和石马河等三大支流汇入东江干流，这一带为东江流域的主要洪泛区，河道中多冲积性沙洲，每经一次洪水，沙洲位置就会发生变化。过了观音阁，便进入东江下游。当东江流经东莞市石龙镇，便进入了珠江三角洲，在穿越东莞境内后，东江干流于广州市黄埔区禺东联围（穗东联围）东南汇入珠江口的狮子洋。这就是千里东江的全部流程，干流河长562公里，年均径流量257亿立方米，流域面积35340平方公里。这是来自水文部门的公开数据。若从年均径流量看，东江也算是一条水量充沛的河流，在历史上甚至是一条洪水泛滥的河流。然而，所谓年均径流量只是一个基本定数，水是最变化莫测的，河流的命运一如人生命运，既有定数又有变数，决定河流命运的往往不是定数，而是变数，而定数远远赶不上变数。

自20世纪50年代末、60年代初以来，随着全球气候变暖日益加剧，无论从珠江流域的大背景看，还是从东江流域的小气候看，决定流量的降水和径流愈来愈倾向于时空分布不均的灾难性特征，已多次出现跨年度的特大旱情。而水量锐减，除了自然环境和气候变化，还有城乡变迁和人口结构动态变化带来的变数。尤其是近四十多年来，同饮一江水的香港、深圳、东莞在经济迅猛发展的同时，也产生了强大的人口聚集效应，香港人口从1960年的三百多万增长到如今的七百多万，深圳（原宝安县）、东莞从原来只有几十万、上百万人口的农业县已崛起为千万级人口的现代化大都市，而无论是经济腾飞还是城市崛起、人口剧增，一切都以水资源为前提，水是生命之源、万物之基，贯穿了人类的全部历史，控制了所有的生命形态。当众多的变数错综复杂地交织在一起，致使东江水一次次降到历史水位以下。就在我追溯这条河流之际，东江流域正遭受一场旷日持久的大旱，从 2020 年秋天至 2021 年春夏之交，东江流域降雨量创下了 1956 年以来同期最少纪录，遭遇历史罕见的秋、冬、春、夏连旱的跨年度特枯水情。我几乎是眼睁睁地看着，东江一天比一天瘦弱了，瘦削得你已经看见她的骨头，那些一直淹没在水底下的礁石，正在以残忍而尖锐的方式露出水面，犬牙交错，锋芒毕露。哪怕汛期来临，人们早已没有了那种强烈的不安全感，她已经积蓄不起暴发一次洪水的力量。每一个东江儿女，都用焦渴的眼神注视着他们的母亲河，满怀着虔诚的祈求。

每一次走近东江，我都在心里默默祈求。中国的每一条河流都有自己的神祇，东江的河神传说为东河潘大仙，这应该是东江流域的一种久远信仰，而人类对河流的信仰就是寄望于她能源源不绝又干干净净地滋润万物、泽被苍生。当你心里有了这样的信仰，才能看清一条河流的真相。如果你真的觉得这河流里有一个神，这水就不只是清澈和干净，而是圣洁，每一滴水都是圣洁的。当你爱着这个世界的每一滴水时，你才会爱着这个世界。

二

谁都知道，香港有一条香江，这是离东江最近的一条江。每个走进香港的人，都想看看这条传说中的香江，我也是。那天，顺着海风中飘来的一阵湿润的清香，我疾步走了过去。去那里一看，我就知道我错了，那不是一条江，而是一条溪流。其实，很多人和我一样，在未到香港之前，都以为香江就是香港的一条河流，甚至是香港的母亲河，这是我们对香港的误解之一。又或许是香港实在太缺水了，才把这样一条小溪命名为香江，这让我们有了太多的憧憬和想象，而往这里一走，一下就走到了想象的尽头。

很难想象，这个世界上三大天然深水港之一，竟然是由一条柔软的、丝绸般的小溪在入海时冲积而成。这条最初的无名小溪，位于港岛西郊薄扶林一带，泉水来自港岛最高峰太平山。薄扶林，古称百步林，相传为一片薄凫鸟栖息的茂密的森林，因而又称薄凫林。对于逐水而居的人类，有水源之处必有村落，这条无名小溪，就是香港居民最初的淡水来源。薄扶林村原本就是一个有两千余人的村落，是港岛上的两条村落之一，这也是港岛最早的原居民。一缕水脉哺育着这些先民，又沿薄扶林道及港岛西岸一直向南延伸。而远在英国人占据香港之前，这里就是一个天然港湾，那些放浪于海上的水手和渔人，在干渴难耐时到处寻觅水源，不知是谁最早发现了这条甘香四溢的小溪，那一顿痛饮，让他们几乎撑胀了肚子，连胡茬上也挂满了水珠子，都一个劲地叫唤着："好彩啊，好彩啊！"

好彩，在粤语中就是好运，撞大运了！在这样的叫唤声中，这溪水的美名在大海上不胫而走，越传越远，一条小溪变成了传说中的一条江，又因她散发的甘香，便在传说中演绎成了一条名闻遐迩的香江，而一个原本无名的小港湾，也就开始被称为香港。这是关于香江和香港之名的传说之一，此外还有各种各样的说法，但在所有的传说中，我最相信的还是这个因水而名的传说。可以说，没有这条小溪，就没有香港，直到今天，香江，依然是香港的别称。然而，她给人带来一种美妙的幻觉，这幻觉背后则是香港淡水资源奇缺的困境，甚至是绝境。

香港缺的其实不是水，一个拥有大海的地方，怎么会缺水呢？她缺的是一条可供数百万人畅饮的河流。这些年来，我一次次走进香港，几乎把香港岛、九龙和"新界"跑遍了，还真没有看见比香江更大一点的河流。从自然条件看，有人把香港的水资源称作一个悖论。香港地区属于潮湿多雨的亚热带季风气候，季节变化大，每年的降水量集中于5月至9月的春夏季，而人类翘首渴盼的雨水，往往随热带风暴一起降临。暴风雨来得迅猛，走得急迫，给沿海低洼地带制造了一场场洪灾和内涝，而汛期过后便进入了干旱少雨的季节。按说，这样的自然气候应该可以涵养地下水，在雨季把雨水储存下来。然而，从地质结构看，香港地层主要由火成岩和花岗岩组成，这种岩层透水性差，难以储存充足的地下水，而地表又缺少河流与湖泊。这也注定了，香港水资源从地下到地表都先天不足。为了在降水集中的季节收集更多的雨水资源，港英当局多年来一直在苦心经营山塘、水库等蓄水设施。1883年，英国人在占据香港四十余年后，修建了香港史上的第一个水塘——薄扶林水塘，通过拦蓄溪水和储积雨水，为英国人和香港上流社会提供自来水。而此时的薄扶林已成为英国商人的夏日避暑区，从山腰到山顶是一座座英伦风格的花园别墅，随着山势和溪涧层层而筑，坐看云起，俯瞰大海。山顶上还有守望者驻守，凡有轮船到港，守望者则升旗为号。这如仙境一般的地方，又有了一个雅人深致的美称——博胡林。港督还于此创建了一座占地百顷的博胡林公园，并在附近建有跑马场。那些远离故乡的英国人，真是"此间乐，不思蜀"。

然而，这如神仙般的日子却有一个难以解决的困境，那就是干旱缺水。翻开香港的史册，干旱带来的水危机长时间困扰着香港，每遇大旱，水荒必至。随着时间推移，香港逐渐发展成一座高度繁荣的自由港和国际大都市，也是世界上人口密度最高的地区之一，而像香江那样一条小溪流，无论怎样甘香清甜，又怎能满足越来越多的人口吮吸？一百多年来，港人吃水、用水，只能靠井水、雨水、溪涧、山塘勉强维持着，这在开埠之初还能凑合着对付，然而城市化、工业化步伐的加快和人口与日俱增，给香港供水带来了难以承受的生命之重。又加之香港人口稠密、地域狭窄，在拥挤而狭窄的生存空间中也难以大面积地兴建水库，而水库又必须依靠江河源源不断地补充水源，仅靠雨水是远远不够的，一旦遭遇长时间干旱，随着大量用水加上阳光蒸发，这大大小小的山塘、水库很快就干得冒烟了。一个焦渴无比的香港，一直是繁华背后掩盖不住的真相。

香港开埠半个多世纪后，就遭遇了一次载入史册的大旱，有人称之为"香港旱魃"，这旱魃是中国古代神话传说中引起旱灾的怪物，它身穿青衣，能发出极强的光和热，"旱魃为虐，如惔如焚"。而这荒诞的传说就是香港大旱的真实写照，从1893年10月到1894年5月，香港大半年内滴雨未下，在烈日的炙烤下，山涧、水塘干得开裂，连那水凼里的泥浆水也被焦渴的人们喝光了，在极度干渴时，一滴水也能救命啊。然而这脏水喝下去，很多人都生病了，正所谓"福无双至，祸不单行"，一场旱灾又导致了瘟疫流行，在短短三个月内香港就有两千多人丧生。到了1929年，香港又遭遇一场更严峻的旱情，眼看着那山塘、水库越来越浅，一窝窝蝌蚪蜷缩成一团，渐渐干死在泥坑里，连鱼儿都在烈日下生生晒成了鱼干。为了救急，很多人只能驾着舢板、顶着风浪去位于东江口和珠江口之间的狮子洋取水。那一带风险浪恶，相传南海龙王将危害人间的母子二虎镇锁在江心，为了挣脱锁链，它们或冲着大海怒吼，或对着天空长啸，那虎啸之声如狮吼一般，在珠江口内掀起一阵阵惊涛骇浪，于是，人们便把珠江口内那片水域称之为狮子洋。这地方距香港有百里之遥，不说那在风浪中来回颠簸的艰辛与凶险，若是遇上咸潮上溯，这水根本就不能喝。这一次水荒，有二十多万人纷纷逃离香港。

　　水荒，说穿了就是水危机，而水危机带来的必然是最基本的生存危机。在中国内地，最大的灾难往往是饥荒，最厉害的惩罚就是不给你饭吃。而在香港，最大的灾难则是水荒，最厉害的惩罚则是不给你水喝。民以食为天，香港人把饮用水直呼为食水。为了解决"食水"问题，早在1859年，港英当局就曾悬赏一千英镑，公开征集解决方案，却没有征集到有效方案。有人甚至说，这不是人力可以解决的，只有上帝才能解决。所谓上帝，在香港老百姓的心里就是老天爷、龙王爷，而香港人也确实只能靠天下雨，望天喝水。一旦旱魃横行，当地庙宇道观就会设坛拜祭，祈求天降甘霖，普度众生，可任你高僧道长一个个念得喉干舌燥，那头顶上依然是烈日高照的青天。不能不说，为了一口水，港英当局把该想的法术都想到了，试过了，那水资源缺乏的问题依然是一直无解的症结，甚至是一个死结。在无法开源的处境下，那就只能采取节流的措施。1938年，在水荒笼罩下的香港第一次实行"制水"——限时限量管制用水，人们只能到街头公共水管或送水车处排队接水，香港人又称之为"轮水"。为此，港英当局还制定了严禁市民浪费饮用水的法例，并成立了专门的行政机构——水务局，那些身着制服的水务官，在香港的街头巷尾对市民用水进行巡查监督，违例者轻则罚款数百元至数千元，重则遭受牢狱之灾，而最厉害的一招就是终止供水服务，这简直是一个绝招——不给你水喝！除了"制水"，为了节水，香港从20世纪50年代起就采用了一种在世界各大城市中属特例的方案，对厕所单独采用一套特殊的冲水水管，用海水冲马桶。不能不说，无论制度上，还是科技上，香港在节水方面都走在世界前列，这也是逼出来的，就像以色列一样，在极度缺水地区成就了节水型社会的一个范例。

然而，无论你怎样节流，若不能开源是无法从根本上解决缺水这一百年症结的。就在香港不断推出节水措施时，从1962年底到1963年，华南地区遭受百年一遇的跨年度大旱，香港岛、九龙更是重灾区，出现了自1884年有气象记录以来最严重的干旱，连续九个月滴雨未下。而从1945

年到 1963 年，在不到二十年的时间里，香港人口已从四十多万猛增至三百五十多万，随着香港的制造业及出口贸易产业的兴起，香港用水量激增，尽管港英当局多年以来一直在苦心经营水塘等蓄水设施，但天不下雨，坐吃山空，山塘、水库的所有存水只够港人饮用四十多天。眼看着，香港又一次陷入了水荒的绝境。"月光光，照香港，山塘无水地无粮，阿姐担水，阿妈上佛堂，唔知（不知）几时没水荒……"这是香港当时流行的一首歌谣，也是香港当年干旱缺水真实写照：山塘干涸，田地龟裂，为了求水，阿妈只能上佛堂去乞求菩萨和龙王爷显灵，这是绝望中的希望，又在绝望中破灭。

当水降到了维持生命的极限状态，香港出台了史上最严格的限水政策，从开始限令每天通水四小时，很快就变成每四天供水四小时，随后又减为三小时、两小时、一小时，"平均每人每日只得水 0.02 立方米"。除了越来越严苛的供水时限，港英当局还贴出了厉行节水的布告，要求市民每两周只能洗一次头。为了让学生少出汗，学校甚至停了体育课。很多工厂停产，市民停工，一家老小都走上街头到公共水管去候水、接水。

多少年过后，对于那场不堪回首的大旱和水荒，香港的许多过来人都留下了铭心蚀骨的记忆。据当时住在湾仔一带的赵先生回忆，白天大部分时间都没有食水供应，只有每天早上和晚上才供水一段时间。香港市民大多住在那些密密麻麻的、低矮错杂的、以青砖砌成的唐楼之中，供水管道由楼下向楼上输送，"四日来一次水，一次四粒钟

（四小时)"，一旦来水了，楼上楼下的住户"似打仗一样抢着来"，而楼上由于水压严重不足，"水像线一样细"，半天也接不上一桶水，而且随时都会断掉。"冇水了，冇水了！"水一断，来自楼上的住户就会冲楼下发出这样的"唤水声"，却难以唤来一滴水。这时候一家老小就得赶紧提上水桶，到街上的公共水龙头去排队接水。香港人把水龙头叫作水喉，这还真是特别形象和贴切，那无数干得冒烟的喉咙，都焦渴地等着一个水喉、一线流水来滋润。在那闹水荒的日子，香港许多人家都买了大水桶，当时香港一个普通职员的月薪只有一百多港元，一份叉烧只卖五分钱，一个大水桶就要几十港元，但却成了抢手货，为了多抢一点水，家家户户抢着买，还有什么比水更值钱啊，有钱也买不到！除了水桶，有的人带上家里几乎所有能盛水的东西，脸盆，茶壶，有的甚至连锅都端来了，然后排着长队等候接水，港人称之为"候水"，这是漫长而难以忍受的等候，手提的、肩挑的，拥挤着排成长队慢慢地蠕动，一条蜿蜒扭曲的长蛇阵，前不见头，后不见尾，这是当年香港大街上最常见的场景。那时候赵先生还是一个十来岁的孩子，但每次接到水之后，都是左右两手各提一桶水，一步一步提上三楼，"连青筋都暴起身（突起来)啦！"他是笑着说的。哪怕在回忆中，你也能感受一个少年当年那不堪重负而又天真兴奋的笑容。每个人都是这样，只要能接上水，再累也觉得"好彩啊，好彩啊！"

　　然而，不是每个人都有这样的"好彩"，很多人经常一等就是大半天，还没轮到自己，水喉就断流了，只能干瞪着眼空手而归，而家里人望眼欲穿地等待，等来的只有更深的绝望。香港人一向是很讲秩序的，但为了早一点接上水，有人钻空子插队，有人拼命往前挤，"候水"一下变成了抢水，而被挤在后边的人又喊又骂，每次都有人为了抢水大打出手，扁担、水桶都变成了武器，多少人还没接到水，就已被打得头破血流。而那些接到水的人，哪怕流血，也不能让水白白流走，一个个用身体紧紧地护住水桶，这水比血还珍贵啊！

若是没有接到水的人家，就只能去邻居家借水，那可真是比借钱借米还难啊。借水的人开口难，被借的那户人家也很难，左邻右舍的，低头不见抬头见，也难免相互有个照应，但只要看到上门借水的人，谁都感觉像是来讨债的一样。无论是接来的水，还是借来的水，一家人要经过严格分配用水，每一滴水都要省着用，洗脸只能打湿毛巾随便擦一下，刷牙也只是把牙刷沾湿一下，连口渴时都得使劲忍住，谁也不敢敞开喉咙喝个痛快，感觉喝了这顿就没下顿了。而用水则是循环利用，淘米的水，再用来洗菜、洗碗、刷锅，末了还要留下来浇花。洗澡更是天大的事了，香港市民们都有天天冲凉（洗澡）的习惯，一天不冲凉浑身就黏糊糊的难受得要命。在那干旱的日子里，一盆水往往是五六个人轮流洗，接下来还要洗衣服，最后用来拖地板。为了节水，还有人发明了花样百出的生活小妙招，其中有一种是可以代替洗澡的"干浴法"，用一碗清水加两勺子黑醋，用抹布沾湿后一点一点地抹身子，还有的为了节省一杯水，用啃苹果来代替刷牙漱口。

如今，那段干旱焦渴的岁月，早已化作一幅幅斑驳褪色的黑白影像。很多人都看到过这样一幅照片，一个光着脚丫子的小女孩，看上去只有八九岁的样子，正颤颤悠悠地迎面走来，那稚嫩的肩膀上挑着两桶水。这是一个住在山上木屋区（棚户区）的小女孩，在接水后还要挑水上山，这一副担子对于她太沉重了，又加之坡陡路窄，走在前面的妈妈也挑着一担水，一边上坡一边不时回望，生怕年幼的女儿把水给洒了。那小女孩张开两只柔弱的手臂，小心翼翼地护着两个水桶，但水桶还是在左右摇晃，感觉一阵风就要将她吹倒。但她没有倒下，一直努力支撑着那小小的身躯，那身上、脸上都脏兮兮的，一双眼睛却很亮，眼里没有忧伤，反而闪烁着奇异的兴奋、骄傲和满足的神情。哪怕隔着近六十年的岁月，当你看见这一幕，也会感觉眼前蓦地一酸。这就是那一代香港人最辛酸的岁月，而当这样一个小女孩挑起了她不该挑起的担子，我就像一个窥视者，看到了不该看见的一幕，她越是感到骄傲和满足，我越是感到心酸无力……

三

谁能拯救在大旱与水荒之中备受煎熬的香港？这不是天问，而是来自人间的叩问。

从狭义的个体生命看，水资源就是最直接的生命之源。

从广义的生存与发展看，水资源更是不可替代的战略资源。

香港三面环海，一旦与内地隔开，就是一座海上孤岛。但香港在面朝大海的同时，又一直背靠着祖国内地，这就是香港最大的地缘优势。但自第一次鸦片战争以来，香港就一直处于中英的夹缝之中。在复杂的地缘政治之中，难免会产生复杂的心态，水的意义也变得特别复杂了，甚至成了一个悖论。一直以来，港英当局既想借助来自内地的供水以解燃眉之急，又想通过香港自身的资源来解决愈演愈烈的水危机，建立起香港本地独立的、自给自足的供水系统。一些香港学者把港英当局的这一心态称之为"香港供水的迷思"。尽管内地慷慨表示可以向港供水，但港英当局并不想依赖内地供水，为了储存更多的雨水，又于1960年开始兴建船湾淡水湖，这是全球首座在海中建造的水库，也是当时全港平面面积和储水量最大的水库，预计建成后储水量可达2.3亿立方米。由于船湾淡水湖比水平线高出很多，位于船湾沿岸的六个村庄（小滘、大滘、金竹排、横岭头、涌尾及涌背）因此淹没在水中，这也是香港同胞为储水而提前付出的代价。然而，这一工程尚未建成，香港就遭遇了1962年至1963年的跨年度大旱，香港不得不转过身来，重新面对自己的祖国。

这里有一个事实必须澄清，香港同胞和港英当局是不一样的，当国有危难，他们满怀赤诚的爱国情怀，和举国同胞共赴国难。当年浴血抗战的东江纵队，就有一支由香港同胞组成的港九独立大队。港九独立大队如同一把尖刀，深深插入日军的心脏。而当他们遭受危难时，身为中华儿女，也会出于生命的本能向祖国求援。在香港遭遇水荒之际，香港爱国同胞首先想到的就是自己的祖国。如时任港九工会联合会会长陈耀材先生，原本就是与香港一河之隔的宝安人，年轻时赴港谋生，参加过由共产党人邓中夏、苏兆征领导的省港大罢工。而当年一起参加省港大罢工的老战友陈郁，此时已担任中共广东省委书记和省长。陈耀材一边给陈郁致电告急，一边以港九工会联合会的名义请求祖国帮助。而当时请求祖国支援的还有香港中华总商会，该会时任会长为香港著名的商界领袖高卓雄先生，他一声呼吁，群起响应，一封封告急求援电报如雪片般纷纷飞向广州和北京……

从一开始，香港水荒就引起祖国的高度关注，而中国政府显然没有港英当局想得那样复杂。粤港两地原本就是一衣带水，相互间血脉相连。水是生命之源，而血更浓于水。上善若水，水超越了人间划定的一切边界。当时，广东尤其是珠江三角洲也正遭受旷日持久的大旱。这是中国九大商品粮基地之一，也是南方最重要的水稻主产区之一，为了保住这养命的粮食，灾区人民正在开渠引水、挑水抗旱进行生产自救。然而，为了接济香港同胞，广东在自身用水也十分困难的情况下，也要优先供水给香港。陈郁省长接到香港同胞的求救电报后，在第一时间便做出回应："为进一步帮助香港居民，解决燃眉之急，可以从广州市每天免费供应自来水两万吨，或者其他适当的地方，供应淡水给香港居民使用。"

而在当时，离香港最近的水源就是深圳水库。这座从当年到现在一直在发挥关键作用的水库，1959 年由广东省人民政府在当时的宝安县开始修建，1960年3月竣工。在竣工典礼上，时任中共广东省委第一书记的陶铸就对应邀出席典礼的高卓雄等香港知名人士表示："深圳水库建成后，除为了防洪发电外，如果香港同胞需要，可以引水供应香港同胞，帮助香港同胞解决部分水荒问题。"随后，粤港双方便签订了供水协议，每年由深圳水库向香港供水2270万立方米。为解香港同胞的燃眉之急，经广东省人民委员会批准，深圳水库除按协议额度向香港供水外，又额外增加300多万立方米。而深圳水库那时候的水源和库容都相当有限，难以满足香港焦渴的呼唤，这额外增加的对港供水已逼近深圳水库可用水量的极限。与此同时，广州在饮用水频频告急的情况下，每天免费给香港供应两万吨自来水。1963年5月，广东省政府又答复香港，允许港方派船到珠江口免费取用淡水。而在此前，港英当局曾经尝试过派船到日本、新加坡等地去买水，不仅要缴纳大笔的水费，在长途运输中还要花掉大笔油钱，运费高昂，这也让香港付出了"水比油贵"的代价。即便付出了如此高昂的代价，远水也毕竟难解近渴。而广东省政府的慷慨允诺，让香港可以就近取水，而且是免费的，港方随即便派出第一艘运水船"伊安德"号，驶往广州黄埔港大濠洲锚地装运淡水，每次载运一万多吨，缓解了香港的燃眉之急。然而，从根本上看，这也不是长久之计。那么，哪里才能源源不断地为香港同胞注入生命之源？

东江！在那个干旱而炽热的夏天，这条河流几乎被粤港双方同时盯上了。

　　这是离大海很近的一条河流，也是广东省内离香港最近的一条河流。

　　1963年6月，港英当局派代表到广东省商谈供应淡水问题，经双方多轮磋商后，初步达成了从东江引流入港，兴建一座跨境、跨流域调水工程的方案。随后，广东省一边上报请示中央和国务院，一边派人到东江、深圳一带实地勘察引水线路。这年6月15日，中央政府发出《关于向香港供水谈判问题的批复》，还特别指出"我们已做好供水准备，并已发布了消息，而且已在港九居民中引起了良好的反应"。这年12月，周恩来总理来到广州，广东省领导向他汇报了从东江引流入港的方案和面临的诸多困难，周总理当即指示："要不惜一切代价，保证香港同胞渡过难关！"

　　当即！一个日理万机的大国总理，就这样当机立断，其速度之快如同取水救火。

　　随后，一个从东江引流入港的工程计划，就开始进入了国家层面的运作。

　　这一工程，最初命名为东江—深圳供水灌溉工程，简称"东深供水工程"。

　　那时候，我国刚刚走出三年困难时期，正值国民经济调整时期，而"中央决定暂停其他部分项目，全力以赴建造东江深圳供水工程"。为此，周总理还做出了这样的批示："该工程关系到港九三百万同胞，应从政治上看问题，工程作为援外专项，由国家举办，广东省负责设计、施工。"——在中央档案馆里，至今仍保存着周恩来总理的批示，他还在批示中强调，"供水工程，由我们国家举办，应当列入国家计划。因为香港百分之九十五以上是自己的同胞，工程自己办比较主动，不用他们插手"，"工程应综合考虑，结合当地农业效益进行兴建"。这一工程作为国家重点工程，由国家计划委员会从援外经费中拨出 3800 万元专款。这笔专款在现在看来实在不多，而在当时，我国国内生产总值仅有 1454 亿元，财政收入只有 399.54 亿元，这一个大型供水工程的建设费用就已接近当年国家财政收入的千分之一，这就是"不惜一切代价"啊！

在时隔半个多世纪后，无论是当年投身于东深供水工程的建设者，还是那一代经历过水荒的香港同胞，他们每每回首往事，无不由衷感叹："如果不是骨肉情深，血脉相连，国家怎么会不惜一切代价，来保证香港同胞渡过难关啊！"

第一章

逆流而上

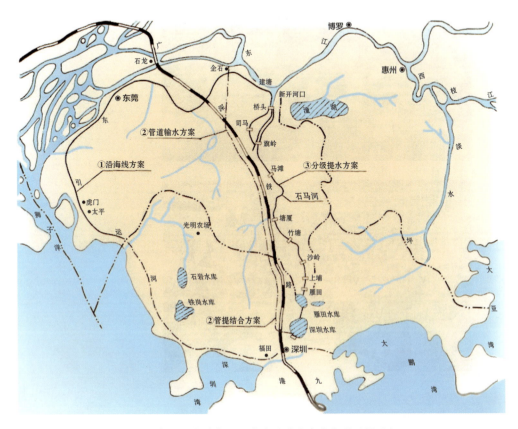

图 1　东深供水首期工程线路图（广东省水利厅供图）

图2 东深供水工程技术设计人员工作场景。当时设计团队的理念是：自力更生、又快、又好地完成东江—深圳供水工程设计，早日给香港同胞供水（何霭伦供图）

图3 1964年2月，广东省政府动用大量人力物力，在八十多公里的施工线上，展开了东深供水工程建设（广东省水利厅供图）

一

　　一路循着东江，朝着阳光照射的角度逆流而上，踏上这片像大海般起伏的土地，恍若行走在一张漂移的地图上。这一带皆是绵延不绝的山岭，一路逶迤着向南海纵深而去。有一些事物正在风、水和阳光中相互撞击，相互融合，满眼潮湿发亮的翠绿，一轮轮地泼向河流两岸，流水滔滔而花影摇曳。在流水与花影中，有一座城池像寓言一样逐渐浮现，浮上来的便是桥头。

　　第一次走到这里，走进桥头，但我感觉已来过多次。这种感觉与水有关。

　　如果桥头是一个寓言，从一开始就是一个水的寓言。

　　桥头，即桥的一端。这里是东江干流从惠州博罗县流入东莞境内的桥头堡，也是东江一级支流石马河注入干流的交汇处。水，既加深了我对这片土地的印象，又在宁静地制造着某种幻觉，感觉河流和岁月正在哗哗倒淌。凝神一看，又并非幻觉，这确实是一条倒淌的河流。

　　在某种意义上说，这里也是东江的另一个源头——东深供水的源头，这供数千万人畅饮的生命之源，必将从这里通向桥的另一端——香港。从东江到香江，是水连起来的，从高清卫星地图上看，恰似一条从母腹连接着香港的脐带和血脉。

然而，在我追溯的岁月深处，又哪里有什么高清卫星地图，更没有GPS（全球定位系统）和北斗导航系统，连一张像样的地图也没有。现在能找到的最早的东江流域地图，还是东江纵队在烽火岁月中的作战图。这里就从一位东纵老战士说起，曾光，又名杞贤，我听很多人说起过这个人，无论是见过他的，还是没见过的，都是一种肃然起敬的神情。1923年，曾光出生于广东五华县横陂镇，那里位于韩江上游。韩江是广东省除珠江流域以外的第二大流域，古称恶溪、鳄溪，这是一条洪水兴风作浪、鳄鱼噬畜伤人的凶险河流。相传，韩愈被贬为潮州刺史时，率一州百姓治水降鳄，兴修水利，留下了"八月为民兴四利，一片江山尽姓韩"的千古佳话。曾光从小就是在这样的传说中长大的，这也是他的精神源头之一。而在他幼年岁月，五华被辟为中央苏区县，他在红色摇篮里成长，那红色基因融入了他的骨子里、血脉里。

1938年秋天，还是一位十六岁少年的曾光就加入了东江抗日游击队，这是中国共产党在东江流域创建的一支抗日游击队。而东江，也是见证东江纵队创造了无数惊险传奇的一条河流。在当时处于绝对劣势的情况下，东江纵队能够奇迹般地摆脱敌军的一次次围追堵截，又能神出鬼没地一次次袭击敌人，其中有一个很大的优势，就是他们对于这一带地形地势的熟悉。而熟悉也是从陌生，甚至是从空白开始。那时东江纵队走到哪里，战斗到哪里，就要在哪里摊开地图。地图是他们在行军途中勾画出来的，很简陋，很粗糙，还有大量空白，而他们走到哪里，就会在那空白处标识出四周的山岭、河涌、村庄、城镇、道路，这红色的地图册就是一幅幅行走的活地图的集合。

一个稚气未脱的少年，在东江流域历经七年血与火的淬炼，锻打出了一身干练成熟的军人气质。曾光先后担任东江纵队政治组织科干事、营教导员、团政委，在那红色地图册上，也有他添加的标识、填补的空白。而桥头也是他们当年浴血奋斗的战场，这里还安葬着六十多名东江纵队及粤赣湘边纵队的烈士，其中就有他为革命捐躯的妻子。而在烈士的长眠之地，生长着一片倔强的木棉树，这是岭南最特别、最热烈的树木，每年早春在长出树叶之前，那硕大的花朵就已开得如血似火。

1945 年春天，根据中央指示，东江纵队司令部迁往博罗县境内的罗浮山，随后又开辟五岭根据地。曾光担任东江纵队第四支队民主大队政委，率部在象头山一带战斗，该大队又称象头山大队。1949 年 10 月 16 日，曾光任中国人民解放军粤赣湘边纵队东江第三支队第一团团长兼政委，他率部配合两广纵队挺进东江，解放博罗，这一天也被称为博罗的解放日，而曾光担任了中华人民共和国成立后的博罗县首任县长。博罗，乃是江山之间的一块风水宝地。江是东江，环绕博罗县境近百公里，境内还有数十条大大小小的支流与河涌；山是雄峙于岭南中南部、素有百粤群山之祖之名的罗浮山。然而，这样一片风水宝地，在战乱岁月由于堤防年久失修，每到汛期，洪水泛滥；而汛期一过则涝旱急转，又陷入了长时间的干旱。曾光在担任县长期间，率全县人民掀起了秋冬水利大会战。一位烽火岁月的指挥员，在和平年代变了身份，但军人的性情和使命感从未改变。他穿着一身旧军装，蹬着一双解放鞋，在当年的战场上重新铺开了地图，又开始指挥另一种战斗。他们一边因势利导，疏浚泥沙淤积的河道，让河水得以畅流；一边修堤复圩、建闸设堰，大大增强了抵御洪水的能力。一个旱涝交迫、水深火热的博罗，历经几年整治，被打造成了东江流域有名的鱼米之乡——这也是曾光在水利工程建设上的第一次实践。直到今天，还有很多老一辈的博罗人念念不忘他们的老县长，有人说："做官一定要做个好官，你心里装着老百姓，老百姓才会记得你！"

当博罗这一方水土的命运得以改变，曾光的人生命运也发生了转折，从此转入了水利战线。从1954年至1957年，他担任韩江下游防洪灌溉工程指挥部指挥，投入了一场规模更大、时间更长的大会战，先后兴建了一批大中型引水灌溉涵闸，加固了韩江南北堤防，使韩江平原大部分农田实现自流灌溉，成为粤东农业的精华区。此后，曾光历任广东省水利厅机械排灌总站主任，省水利厅副厅长兼广东省水利电力勘测设计研究院院长，省水利厅党组副书记、书记，直至1986年6月离休，他将毕生的心血都倾注在水利事业上。

曾光在他的一生中，还肩负了一项特殊的职责和使命——东深供水工程总指挥。

那时，曾光四十出头，正当壮年，也正是扛大梁、挑重担的年岁，但当这副担子落在他的肩上，他还是感到肩膀猛地一沉，这是"国之重任，港之命脉"啊！尽管此前，他已多次担任大型水利工程的指挥，但这个工程非比寻常，从一开始就不是一个单纯的水利工程。对此，周恩来总理已作出明确批示，"该工程关系到港九三百万同胞，应从政治上看问题"。

曾光还清楚地记得，1941年12月，在太平洋战争爆发的当日凌晨，日军突袭香港。在香港沦陷之后，周恩来发出两次急电，"必须不惜一切代价""想尽一切办法"营救被困香港的文化界人士和爱国民主人士。为此，东江纵队发动了惊心动魄的港九秘密大营救，以最快的速度，从日军严密封锁、全城搜捕的香港，将800多名文化界人士和爱国民主人士及其家属营救出来，转移到东江纵队的根据地，并创造了无一伤亡的奇迹，这堪称是香港沦陷之后的一次史诗般的拯救。而当香港同胞遭受自1884年有气象记录以来最严重的干旱时，周恩来总理又一次指示："要不惜一切代价，保证香港同胞渡过难关！"

在某种意义上说，这是另一种拯救。一位东纵老战士，就像当年接受战斗任务一样，一下进入了临战状态，那就是"必须不惜一切代价""想尽一切办法"将三百多万香港同胞从愈演愈烈、越陷越深的干旱和水荒中拯救出来。

二

一个工程开工之初，如同混沌之初。万事开头难，一个头开得好不好，就看你如何规划和设计了。这是工程之前的工程，也是看不见的工程，那图纸上的线条、符号和数据，一如王安石的诗句："看似寻常最奇崛，成如容易却艰辛。"那个过程说起来太复杂又太抽象，但归结起来就是曾光的一句话："先勘测，然后把大方案搞出来！"

对于任何工程，实地勘测都是艰苦卓绝的第一步，这一艰巨的任务就由曾光兼任院长的广东省水利电力勘测设计研究院承担。曾光随即抽调了一批精兵强将，由设计院副总工程师廖远祺主管，并由廖纲林、马恩耀和麦尔康分任工程规划、水工建筑和机电设备负责人，进行规划和初步设计。这一个个如今看来很陌生的名字，就是东深供水工程最初的一批拓荒者。

从 1963 年下半年开始，一位军人出身的总指挥带着第一批勘测人员闯进沟壑纵横的荒山野岭，气氛一开始就显得有些肃杀和神秘。那时候，东莞和宝安都是地广人稀的边陲农业县，到处都是荒山野岭，这逶迤的山岭如同构筑在两个世界之间的天然屏障，营造了天地间的一片神奇秘境。而当时人们的警惕性都很高，沿途的一些老乡看见了这些人的身影，不禁产生了种种猜测，这是些什么人？他们来这里干什么？看上去，这些人还真像是形迹可疑的"特务"，又像是偷偷摸摸的逃港者。当时还很少有老乡把这一个个神秘的身影同自己的命运联系在一起，而东深供水工程，不仅会改变香港同胞的命运，也将改变沿途老乡们的命运。

为了测量大范围的地形，勘测人员必须登上沿途的一座座山顶。那些测量仪器简陋而又笨重，在翻山越岭时只能扛着、抬着，每测量一公里，来来回回要走十几公里，先做线路测量，紧接着进行横断面测量，还要用岩钻和土钻的方式进行地质勘探。而他们走过的地方，很多都是从来没有人走过的路，甚至根本就没有路。这里的第一行脚印，或许就是这些勘测者最先踩出来的。那时没有防滑鞋，他们就在鞋子上绑上了草绳，但脚底还是不断打滑，每一步都提心吊胆。随着山势愈来愈高，他们下意识地仰望，头顶上，那和阴沉的天空一起倒扣下来的悬崖，仿佛顷刻间就会坍塌下来。这绝非一种夸张的说辞，这山谷中到处都是山体滑坡和泥石流的痕迹。就在他们攀登和仰望的瞬间，呼啸的山风刮起岩石表层的尘屑，沙沙沙，飞沙走石打在脸上生疼，还有一块块石头从天而降，仿佛惊雷滚过，许久，山谷和河谷还在一阵一阵震荡。俯身望去，一条河流沉在峡谷的最深处，看上去，像筷子一样细，这是石马河，也是山谷中最深的一条裂隙，那时候，谁也不知道裂隙有多深。越是危险和深不可测的地方，越要勘测清楚，看那悬崖峭壁上是否暗藏着山体滑坡的危险，河道里有多少暗礁险滩，在施工过程中需要采取什么措施，然后一一标注在勘测图上。当他们从狭窄陡峭的山径走过，必须用两手抓着岩壁上的野草和小树根，再用屁股蹭着地，一点一点地慢慢往前蹭。他们不是用测量工具在测量，他们是用自己的躯体和生命在一寸一寸地测量，每完成一次测量任务，都有死过一次又重生般的感觉。

珠江三角洲素有"地质博物馆"之称，在这里会遇到几乎所有类型的地质地貌。就是在这样艰险的环境下，曾光带着勘测人员共完成了各种比例的测量面积共计476.5平方公里，其中岩钻进尺5387.9米，土钻进尺2238.2米。这些精确到小数点的数字，凝结着他们的滴滴血汗，每个人脸上、手臂上和腿脚上都留下了一道道伤痕，你甚至不知道受伤的那一刻是怎样发生的，而当你用生命去测量时，连疼痛的感觉也没有了。

经过深入勘察和反复论证后，广东省水利电力勘测设计研究院提出了三种方案。

第一种是莞深沿海线方案，这一方案撇开了石马河，循着东江干流，在东江三角洲下游左岸、东莞厚街村附近设站提水，然后开凿一条水渠，沿海边引水至深圳后入港。这一方案的优势是没有崇山峻岭的阻隔，但沿着南海湾绕了一个大弯子，线路长，施工成本高，且沿海边开渠难免遭受台风袭击、海水倒灌。而珠江口和东江口又是咸潮上溯的频发区，这是沿海地区一种特有的季候性自然现象，又多发于枯水季节、干旱时期，导致人们在最需要淡水来救急的时候，抽上来的却是咸潮上溯、盐水入侵带来的咸水和苦水。就凭这一点，这一方案便不可行。

第二种是管道输水方案，这一方案也撇开了石马河，自东莞企石村附近设站从东江干流提水，再架设输水管道，沿广深铁路线穿越东莞、宝安沿线乡镇，至深圳布吉后输入深圳水库，全部采用压力管道输水。这一方案的成本比第一种方案更高，而在当时的条件下，由于管道受过水能力的限制，既不利于以后扩建，也难以解决沿线的农田灌溉用水。

那么，是否还有更好的方案呢？有时候最好的东西，往往都是放在最后的，这也是经过几番比较和严格淘汰后的一种选择，东深供水首期工程最终选择了第三种方案，这也是唯一没有撇开石马河的方案。

从东江到香江，恰好是一条支流的距离。这条支流是存在的，就是石马河，别称九江水，是珠江水系东江下游左岸一级支流，发源于今深圳市宝安区龙华镇大脑壳山。石马河由南向北，一路流经深圳龙华、观澜和东莞的凤岗、塘厦、樟木头、常平、企石、东坑等镇街，最终在桥头注入东江。据水文数据，石马河干流全长 88 公里，流域面积 1249 平方公里。当它流经樟木头镇时，河中凸现一块巨石，形似一匹振鬣奋蹄的骏马，这石马既是一条河流的象征，也成为一种命名的方式。

这条河流的源头，与香港仅一山之隔，却与香江背道而驰，这自然流向已经注定，若要让香港同胞喝上东江水，就必须在桥头设站提水，然后让石马河倒流八十多公里，实现"北水南调"，将东江水通过石马河水道输送至深圳水库，最后通过输水管道送入香港，这就是东深供水首期工程的第三种方案——石马河分级提水方案。这是一个设计几近完美的方案，既可以解决港九地区的供水问题，又可以兼顾工程沿线十多万亩（1亩约为0.067公顷）农田的灌溉用水，而在未来增加供水时也不受管道过水能力的限制，在避免水质污染方面则比沿海线方案较有保证。在三种方案中，这也是投资较少、效益最大的一种方案。

周恩来总理在听取汇报后，也拍板决定采用这一方案。

对此，我有一个疑问，既然第三种方案是最优方案，为什么一开始没有作为首选呢？一些专家告诉我，问题在于设计施工的难度。石马河弯道多，不利于沿途水泵的设置，因而首先要把石马河的S形河道取直，然后分别在桥头、旗岭、塘厦、雁田等地安装大型水泵，分八级提水到雁田水库，最后利用自然重力让东江水流到深圳水库。而在当时的技术条件下，这一分级提水方案，几乎每一级都是难以攻克的难关。

这里就从第一道难关说起吧，若要利用石马河这条自然河道，第一步就要解决引水的问题。原本是石马河自然注入东江，现在必须倒过来，使东江水注入石马河。

桥头太园，位于东江左岸泮湖村东南侧靠山坡，这个多少年来一向默默无闻的小地方，在1964年早春仿佛一夜之间就出了名。这里是东深供水工程的第一个取水口，当年的建设者们在这里建起了石马河分级提水的第一级抽水泵站——太园泵站。经地质勘探，这一带主要为白垩—老第三纪岩层风化土，可以满足地基承载力。但作为取水口，这里距东江干流还有近三公里的距离，必须先开挖一条人工渠道——新开河，使太园泵站能在最短的距离和较高的水位抽取东江水；再建一座四孔的进水闸，将东江水引入泵站前的集水池，提水注入输水管道。这个泵站除供水和灌溉外，还负担着围内排洪任务。为此，新开河和太园泵站是以石马河五十年一遇的洪水与东江普通洪水相遇作为设计标准，又以东江五十年一遇的洪水与石马河普通洪水作为校核标准，在泵站上游一侧另设压力水箱，若由于围外水位高而不能自流排涝时，即可经压力水箱和泵站边管道迅速启动排洪排涝，这就大大减轻了洪涝灾害的压力。

而今，太园泵站早已迁址另建，几经更新换代，这座老泵站已废弃数十年了，但当年的设施和设备基本上按原貌保存下来，一河碧水通过敞开的闸门正滚滚向南流，这是我们窥探似水流年的一个窗口和参照物。哪怕用今天的眼光看，依然能看出当年的设计者从 0 到 1 的开创和长久造福于世的执着追求。而对于东深供水工程总指挥曾光和他的战友们，这是东深供水的龙头工程，也是一个史无前例的开端。

三

流水一直指引着我的方向，但没有谁能踏上昨日的道路。

近六十年过后，那最早一批参与东深供水工程勘测、规划和设计的老前辈如今安在？

岁月不饶人啊！当年的总指挥曾光于 1986 年 6 月离休，2002 年在广州病逝。廖远祺、廖纲林、马恩耀和麦尔康等老前辈，除了一位多年前就已移居国外，其他几位均与世长辞。这让我的追寻如同在逝去的时光中追光，而在时间的光影里都是一些碎片。

几经周折，我终于寻访到一位当年的技术设计人员——王寿永。

眼前这位八十六岁的老人，那时候还是二十多岁的小伙子，他这一头苍苍白发，当年还闪烁着又黑又亮的光泽。人生岁月，从来没有倒错，一切都是顺序，而一旦拉开时空的距离，却又总是令人怅叹唏嘘。但王老看上去一脸平静，平静得让我暗自吃惊，一个人兴许只有曾经沧海，才会如此波澜不惊。在他漫长的人生中，履历其实很简单。他是云南人，20世纪60年代初毕业于成都工学院水利系，被分配到广东省水利厅设计院水工一室，从技术员到广东省水利水电科学研究院副总工程师，一直坚守在水利工程设计岗位上，直至退休。他这一生就像从一张张图纸上走过来的，不知参与设计了多少大大小小的工程，连他自己也数不清了，但一说到东深供水工程，他那微微眯缝着的眼睛豁然一亮，感觉一下变得精神了。

早在1963年国庆节前后，王寿永便接到东深供水工程的设计任务，大伙儿忙活了几个月，连春节也在加班加点干。直到1964年春节后，设计方案基本确定，接下来便进入技施阶段。所谓技施阶段，是一个专业术语，指施工单位可以按照图纸进行施工的设计阶段，必须将技术设计和施工详图合并设计，而东深供水首期工程的一大特点就是"采取现场设计和施工密切配合"，这是切实落实设计意图、降低工程风险、确保工程质量、推进工程顺利实施的关键步骤。随着指挥部一声令下，所有的工程设计技术力量都被调往施工现场，大伙儿随即开赴一线。

"那真是如军令一般啊，我们这些设计人员，每个人带着几件换洗的衣服，一个背包卷，一个脸盆或提个水桶，就搬到工地上去了……"

一位白发老人的讲述，不知不觉就把自己带回了年轻的岁月，也把我这个历史追踪者带进了当年的现场。那是1964年2月，还是农历正月初，连年都没有过完呢。岭南春早，却也有春寒料峭的时节，出门时，阴风裹挟着冷雨，一阵一阵袭来，每个人都倒抽了一口冷气。接下来便是一路风雨，一路颠簸，颇有一种"风萧萧兮易水寒"之感。到了工地，举目一望，第一眼看见的就是山坡上大写的标语："要高山低头，令河水倒流！"这是东深供水工程建设者书写在高山流水之间的山盟海誓，那一股奔涌而出的豪情，令人精神为之一振，感觉心跳一下加快了，热血开始沸腾……

在八十多公里的施工线路上，总指挥部设在东莞塘厦，旧名塘头厦圩。这是一个群山环抱的千年古镇，东与清溪镇相邻，北与樟木头相连，南与凤岗、深圳交接，在逶迤起伏的山岭中，石马河由南向北奔涌而下，这里既位于石马河流域的中心位置，也是东深供水工程的一个枢纽。到了指挥部后，技施设计人员又分成几个小组，分驻在桥头、塘厦、清溪马滩、凤岗竹塘等工地，分工负责闸坝、泵站、渠道和桥梁设计，另设一个专门小组驻在深圳水库，负责供水系统工程设计。

从一开始，曾光这位军人出身的总指挥就是以战略思维来统领工程，他将整个工程当作一个大战役来对待。整个工程就是一条漫长的战线，由于路线长、构筑物多、施工点分布广泛，一开始还真有点手忙脚乱的感觉。而一旦开工，全线的制梁场、土石方堆放的渣场、混凝土搅拌场、炸药库、供电设备该怎么布置？对工程管理稍有了解的人都知道，大型水利工程的施工管理，往往比其他工程项目要复杂得多。在千头万绪中，战略思维还真是一种化繁为简的方式。为此，总指挥部将全线划分为四大工区，分辖八个工段、两个水库，施工现场以工区为单位铺开，工区就是战场，众将听命，职责分明，兵分数路，奔赴各自的岗位和阵地。这就像作战部署一样，曾光也表现出了他性格中很强势的一面，他用一个又一个的"必须"，把每一件事都斩钉截铁地落实到位。

指挥作战，最重要的就是要有一幅全线作战图。此前，第一批勘测设计人员对工程全线已进行过勘测、规划和设计，但他们提供的还只是五万分之一的勘测设计图，这大图、大方案只是规划设计的第一步。到了技施阶段，必须在施工现场进行深化和细化设计，这也是指挥部给全线技施设计人员下达的第一个任务。在一个月内，全线技施设计人员，必须描绘出五百分之一的全线施工作战图，将精准度提高一百倍！同时，还要将各工区、工段的施工内容和生产要素配置画在一张平面图上，包括地形、地貌和所有的构筑物，工程项目的数量、大小、工期节点、工期要求及配置资源，还有项目部、工区、施工队，料场、梁场所在地的布置，总之，有了这张图，一切都能了然于胸了。

一个月，在纸上描绘出一幅如此详备的图是不容易的。

但当时谁都没有吭声，谁都知道这位总指挥说一不二的性格，在他面前，你想叫苦，也只能在心里叫，而最好的回答就是："保证完成任务！"

这是一场战役，每一步都是挑战。无处不在的挑战，特别磨炼人，也特别提升人。

王寿永被分派到了塘马工区，参与马滩、塘厦等六个泵站的图纸绘制，这也是那幅全线施工作战图的一部分，进场后的第一个挑战就是要在限定时间完成导线复测。每天一大早，天刚蒙蒙亮，他和战友们便扛着仪器、揣着干粮上山，翻山越岭，攀岩走壁，饿了啃干粮，渴了喝凉水。山风阴冷，汗流浃背，汗湿的衣服贴在背脊和胸脯上冷津津的，透心凉。他们先做导线复测，将整个线路复核一遍，接着进行横断面复测，用半个月时间完成了塘马工区的路线复勘工作，在一幅施工作战图上描绘出了属于自己工区的所有元素，这也让他们对所在工区的地质、地貌结构和每个施工点的特点都了如指掌。

白天复测之后，晚上便要连夜进行设计，经常是一干一个通宵。谁都知道，工程设计是高端专业技术，如今都是采用高端技术设备和电子化数字化作图。而在当时的条件下，一切只能因陋就简。他们的设计室就在临时搭建的工棚里，一进门，一抬头，就是一条横幅："自力更生、又快、又好地完成东江—深圳供水工程设计，早日给香港同胞供水。"这横幅下摆放着两排设计平台，那是用木桩架起来的一块块粗糙的木板，设计人员坐在那种农家用的木椅上，一个个弯腰低头，几乎是伏在案板上，用铅笔在图纸上一点一点地描绘着，除了眼前的图纸，几乎都忘了自己的存在。最伤脑筋的是，哪怕夜里下班了，在工棚里睡着了，连做梦时脑子也停不下来，还在绞尽脑汁、反反复复地进行设计。而那年头，又哪有什么高端技术设备，就连计算尺、绘图板、绘图仪器这些最基本的工具都十分紧缺，大伙儿只能轮流用。王寿永从广州带来了一把计算尺，在工地上用了整整一年，这把尺子上凝聚着他的心血和汗水，留下了一个个难以磨灭的指纹，也见证了那段争分夺秒的时光。这计算尺上的刻度和时间刻度一样，时时刻刻在提醒着他，催促着他。催促他们的不仅是来自指挥部的命令，还有香港那边逼人的水荒。一想到香港同胞在街头排队接水，甚至抢水的情景，这艰苦简陋的条件又算得了什么？每个人脑子里只有一个紧绷着的念头："那边在抢水，咱们这边必须抢时间！"

技施设计，对设计与施工的衔接要求十分紧密，就像两个齿轮一样，齿轮和齿轮之间只有互相紧密而流畅地咬合，才能带动彼此高速运转。那一代设计人员也像高速运转的齿轮一样，几乎都是夜以继日地连轴转。然而，设计又是典型的慢工出细活，正常设计程序是：设计计算—用铅笔画图—描图—晒图，这样才能做出正式图纸。但施工单位催得急，你这边出不了设计图，他那边就无法施工，而工期那么紧，谁能干瞪着眼坐在那儿等啊！每次一出图纸，王寿永立马就会骑上自行车，一路猛蹬送往施工现场。这自行车，就是他们当时最快的交通工具，但工地上坑坑洼洼，那是怎样的一条路啊，一下雨就变成了一个个烂泥坑，烂泥和乱石混为一团，一脚踩下去却软硬分明。而一经烈日暴晒，那软的硬的都变得像刀子一样锋利。

民工们形容这样的路是"天晴一把刀，落雨一团糟"。尽管王寿永练出了一身好车技，却还是时常深陷在泥坑里，有时候人骑车，有时候车骑人，时常要扛着自行车走山路，而且是一路奔跑。跌倒了，膝盖磕出了血，随手就抓一把泥土止血，这土办法还真有效。为了加快工程进度，他们有时候就在施工现场边画图、边设计、边施工，画好一张就往工地送一张，设计图纸画到哪里，工程就建设到哪里，这也是设计与施工最紧密的衔接。

那时候，在东深工地上，都是一个人当几个人用，王寿永一个人干着这么多事情，很累，实在太累了，感到自己的时间和精力几乎已经用到极限了，然而，一旦投入进去，他又总是能显出惊人的能量。这也是很多人的感觉。你几乎没有看见谁疲惫不堪的样子，哪怕每天只睡三四个小时，甚至通宵不眠，你看见的依然是一个个精力充沛、劲头十足的建设者，每个人仿佛有什么保持精力和干劲的秘密，这个秘密到底是什么呢？他们没有想过，哪有时间想啊，而我却一直在想，越想越觉得不可思议。

这不可思议的秘密，兴许隐藏在一个个奇迹般的工程中。这里就看看王寿永参与设计的两个工程吧。

马滩，位于石马河干流中下游，现属东莞市清溪镇马滩村，而在当年，这一带还是杂树丛生、芦苇疯长的荒滩河谷。哪怕到了今天，这里依然是一个偏僻冷清的角落，一条弯弯曲曲的小路在一片茂密的荔枝林钻来钻去，把我们引到了当年的工程现场。我来探访的这个季节，农历七月，正是石马河流域潮湿闷热的季节，在热腾腾的太阳底下，石马河从山坳间缓缓流过，不见风生水起，唯有静水深流，一双伸展的翅翼清晰地投射在倒映着天空的河水里，那是一只苍鹰默默飞过的影子。遥想当年，这河水中投下了多少建设者的倒影。

这里是东深供水工程进入石马河的第二级拦河闸坝，衔接下游旗岭梯级工程的回水，主要建筑物自左至右依次为土坝、泄洪闸、溢流坝、出水涵闸、泵站厂房，在左岸山边还预留了通航的船闸。拦河闸坝建于花岗岩基础上，在溢流坝上设有两米宽的人行桥和启门设备平台及构架，均为砼结构，即混凝土结构。这一工程于1964年12月建成后，经历多次扩建和加固，才形成了现在的规模。我久久凝望着这些年深日久的建筑，那风吹、雨打、日晒、流水、浪涛以及洪峰涂抹过的痕迹，年复一年，层层积淀，仿佛一点一点积蓄起来的岁月，才逐渐形成这种深重而又自然的光泽，历久弥坚。2003年东深供水工程完成后，另辟蹊径建起了封闭式输水管道，这一工程已移交东莞市运河治理中心管理。随着石马河从逆流而上恢复为天然流向，马滩水闸原有的供水功能从此成为历史，但它并未沦为徒然供人凭吊的遗迹，其作为水利工程的使命依然在时空中延续。

同马滩水闸相比，塘厦拦河闸坝及抽水泵站则是一个更为重要的枢纽工程，位于雁田水下游出口处，衔接马滩梯级的回水。据王寿永先生回忆，这一工程在设计上遇到了意想不到的难题：一开始选用的是上坝址，这一坝址在石马河原来的天然河道上，但由于河床部分及滩地被厚达两米多深的沙砾和堆积土所覆盖，回水也不够深，加之施工场地局促，在施工过程中放不开手脚，而在汛期施工还会受到洪水的威胁。经设计人员进一步勘测，最后选定下坝址，将抽水泵站厂房和闸坝布置在右岸阶地上，对原来的河道则以土坝填堵，并与左岸连接。这样一来，工程量大大增加了，但主要工程都在台地上进行，在洪水期施工的安全就有了较大的保障。按工程设计，在河中布置泄洪闸八孔，选用河床式厂房，另在闸坝顶上架设了一座公路桥。夏日正午那骄阳四射的光芒，照亮了这一枢纽工程的每一个角落，即便隔着近六十载岁月，你也能发现，每一个细节都是精心设计。忽然想起老子的一句话："天下大事，必作于细。"这才是真正的工匠精神啊！

透过这两个工程，或可窥一斑而见全豹。然而，若要看清一个大型供水工程设计意图，还需要拉开时空的距离，从头到尾一路看过来。若按严谨的专业术语定义，这是一项梯级串联提水工程，从桥头新开河和太园泵站开始，沿石马河逆流而上，这是一条不断攀升的路，一山更比一山高。这山坳中，是一条迂回曲折的河流。就在这山河之间，一个大型供水工程自北向南，依次翻越了纵贯东莞、宝安之间的 6 座山岭，在石马河干流上建造了旗岭、马滩、塘厦、竹塘、沙岭、上埔等 6 座拦河闸坝和 8 级大型梯级抽水泵站，将运载东江水的石马河逐级提升 46 米，注入雁田水库，然后在库尾开挖 3 公里的人工渠道，越过一道分水岭，经宝安县沙湾河注入深圳水库，又在深圳水库坝后敷设 3.5 公里长、140 厘米直径的压力钢管输水至深圳河北岸，由港方接水输入木湖抽水泵站，整个工程全长

83公里。这样叙述或许还太抽象,王寿永给我打了个形象的比喻,这个工程就像搭建一座由北向南,相当于十一层楼高的大滑梯,一条盈盈流淌的河流,就乘坐着这个大滑梯朝着香港奔涌而流……

东深供水工程建成后,石马河从一条天然河流变成了一条人类重新设计的水道,主要发生了三大变化:一是流向,由南向北变成了自北向南,而在后来经过东深供水工程后,石马河则由单向流变成可逆流的双向流;二是水深,石马河原是溪流性河道,在旱季枯流水浅,在注入东江水后变成常年蓄水满河;三是水位,原河水面是一条降水曲线,现变成分段蓄水,随着水位普遍比原来升高,有利于向沿途和香港供水。然而,水位升高对于防洪也是严峻的考验。石马河虽说只是东江的一条支流,但石马河自身还有众多的支流,在东莞境内就有五条较大的支流,自上而下依次为雁田水、契爷石水、清溪水、官仓水和潼湖水,这让石马河水系愈加纷纭复杂。当石马河流到江河交汇的桥头,其尾闾宽阔,每当汛期来临或遭遇台风暴雨,又受东江河水顶托,导致石马河流域水位高涨,洪水泛滥。东深供水工程虽是一个供水工程,但在设计上始终把防洪作为其主要功能之一,全线闸坝、泵站及电站,均按五十年一遇的洪水设计,按五百年一遇的洪水校核,而雁田和深圳两大调节水库则是按百年一遇的洪水设计,按千年一遇的洪水校核。近六十年的时间已足以证明,这一工程从头到尾都经受了洪水一次又一次的严峻考验,或是有惊无险,或是化险为夷。无论从哪个角度看,这都是一个设计周密、功能完备的宏伟工程，在每一座闸坝、每一级泵站的背后，都有着设计师们殚精竭虑又独具匠心的设计。

"这个工程是第一流头脑设计出来的！"这是香港一位权威工程专家发出的惊叹。这位一向以严谨著称的专家，还极少发出这样的赞叹。

这位专家就是邬励德（John Wright）。这位在英国也享有盛誉的工程专家，早在 1938 年就加入了港英政府，长年任职于工务局，曾任香港工务局署理总建筑师、助理工务司，1959年出任副工务司。1963 年 3 月，就在香港在大旱和水荒中备受煎熬之际，他正式接任工务司，也可谓是受命于危难之际。在供水事务方面，他主持或参与了香港两大水库——船湾淡水湖和万宜水库的规划与设计，在任内他也亲历了粤港双方一起推动东深供水工程建设的历史进程。

而今，一个跨流域、跨世纪的大型供水工程在经历了三代人之后，已经进入了高科技、智能化的时代，王寿永作为第一代建设者，还一直保存着那把磨得发黄的老式计算尺。当年，他们就是靠着这样的计算尺，还有三角板、绘图仪等简单得不能再简单的设计工具，一点点计算和描绘出了一幅宏伟的蓝图，一个设计难度在当时是超乎想象的大型供水工程，最终从图纸上跃然盘旋于山河岁月之中。而那一代逆流而上的建设者们，一个个都显得非常谦逊，数十年来几乎一直处于默默无闻的状态，这或许就是静水深流的真正含义吧。人道是，智者无言，这些工程设计人员胸中自有丘壑，却早已习惯沉默寡言。如眼前这位白发苍苍的老人，你不发问，他不开口，即便开口，他的讲述，他的神情，也始终保持着一种理智和平静。

　　"我只是一个很普通的技术设计人员，但我有幸参与了一个绝不普通的工程。"

　　这样一句普通又不普通的话，这样一个平凡又不平凡的人，让我默默地寻思了许久。

第二章

一支特殊的队伍

图 4

图 5

图 4　支援东深供水工程建设的学生。右一为陈
韶鹃（陈韶鹃供图）

图 5　施工期间，战胜了 5 次 10 级以上的台风，
也抗击了五十年一遇的暴雨山洪。图为施工人员
筑围堰与洪水搏斗的场面（广东省水利厅供图）

图6   "要高山低头，令河水倒流"是东深供水工程建设者的
口号（广东省水利厅供图）

图7   广东工学院土木建筑系651班全体毕业同学合影留念。
符天仪在二排左二，何霭伦在一排左七，陈韶鹃在二排左三
（何霭伦供图）

一

当我追溯一条逆流而上的河流时，也在追寻那一代逆行者的背影。

东深供水工程上马之际，什么都缺，最缺少的就是人才。当时，广东省从水利战线迅速调集了一批管理、设计和施工等各方面的人才，但随着八十多公里的战线全线拉开，那些抽调来的人手还远远不够用，各个工区都在向指挥部催要人手，那手摇式电话一天到晚响个不停，急骤的铃声跟警报一样。想想，工期那么紧，谁不着急啊。曾光这个调兵遣将的总指挥，此时手下已无兵将可调，只能向广东省水利厅连连告急。或许是急中生智，他们忽然想到了一个水利工程人才的"蓄水池"——广东工学院。1964 年 3 月 11 日，广东省水利厅致函广东省高等教育局和广东工学院，商请从广工土木建筑系和电机系选派一批高年级的学生支援东深供水工程建设，他们都是工程急需的专业技术人才。

当一纸公函摆到麦蕴瑜院长的案头时，他戴上高度近视眼镜，低下头，先默默地看了一遍，又抬起头来下意识地搓了搓手。这位当时已六十七岁的老院长，是一位著名水利专家。1897 年，他生于广东香山县（今中山市），这是孙中山先生的故乡，也是珠江流域水网密布、洪水频发之地。1915 年夏天，珠江流域发生有史可考以来灾情最大的一次洪水，千里田畴化为泽国，数百万苍生遭受灭顶之灾。那一年为农历乙卯年，史称"乙卯大水灾"。那时麦蕴瑜还是一个十七八岁的高中生，这场洪水是他有生以来最恐怖的经历、最惨痛的记忆，也影响了他未来的人生走向。翌年，麦蕴瑜考入上海同济大学攻读土木水利工程，这是他的第一志愿。1922 年，他又远赴德国，在汉诺威工科大学水利工程专业深造。毕业后，他一度在德国斯图加水电站担任实习工程师。德国当时是世界水利工程最发达的国家之一，这让麦蕴瑜看到了中国水利建设同世界先进水平的巨大差距。1927 年，麦蕴瑜满怀水利救世之梦回到祖国，历任广东省政府技术室主任、广州市工务局局长。那一代人，对孙中山先生在《建国方略》中谋划的一个未来中国充满了憧憬，"此为救中国必由之道"，也是一位革命先行者心目中的"中国梦"。而在水利工程上，孙中山先生提出了"筑堤，浚水路，以免洪水""兴修水利枢纽工程，发展水电能源"和"跨流域调水"等一系列设想。麦蕴瑜也曾踌躇满志，描绘出一幅幅兴修水利、重振山河的蓝图。然而，在那内忧外患、烽火连绵的乱世，无论是一代伟人孙中山，还是满怀水利救世之梦的麦蕴瑜，这些设想或梦想一直无法付诸实施，只能望水兴叹。

就在中华人民共和国成立前夕，1949 年 7 月，珠江干流西江又一次暴发特大洪水，那千疮百孔的堤围在洪水的冲击下一路土崩瓦解。这也是旧中国在崩溃之际甩给新中国的一个巨大的灾难现场。广东解放后，满目疮痍，百废待兴，首先就从堵口复堤、兴修水利开始。麦蕴瑜临危受命，先后担任广东省水利工程总局顾问、省水利厅总工程师，他同广大干部和群众一起，在1952年基本完成堵口复堤任务，随后又实施联围筑闸，将许许多多低矮单薄、高低不一、不成体系的小堤围连成一条条大堤，并采取修筑水库、加强排涝等多种措施，初步构筑起珠江流域水利防御体系。接下来的岁月，麦蕴瑜又先后担任广东省水利电力学院、广东工学院院长，培养和造就了大批既能设计，又能管理和施工的新一代水利工程技术人才，他们中许多人后来都成为新中国水利建设的中坚力量。

当香港遭受大旱和水荒，麦蕴瑜先生也一直揪心啊。而东深供水工程，就是孙中山先生在《建国方略》中谋划的"跨流域调水"工程。广工学子有机会参与这样的大型工程建设，既可以为工程效力，又可以在实践中得到锻炼，可谓一举两得。这却也让他有些犯难：若要选派学生，只能是学业基础最扎实的大四学生。但这些学生即将毕业，如果参与工程建设，就要变更原来的教学计划，重新调整学业课程，很多学生原来的毕业计划和人生规划都有可能被打乱。作为一院之长，他也得尊重学生的意愿啊。为此，他在校务会上提出本着自愿的原则，从土木建筑系和电机系选派一批大四学生支援东深供水工程建设，时间暂定为三个月。

此前，东深供水工程上马的消息早已在广工校园里传得沸沸扬扬，很多人早就听说了香港的水荒有多严重，也知道东深供水工程的首要任务就是向香港供水。要说粤港两地血脉相连，那还真不单是一个比喻，广工学子中大多在香港有亲人，还有不少从小就在香港生长，他们对香港自有一种与生俱来的亲情。当香港同胞喊渴时，他们也有一种源于亲情乃至生命的焦渴之感，早就想伸出援手，只是没有找到机缘。而现在，有了这样一个机缘，他们一个个争先恐后地报名。

何霭伦是土木建筑系农田水利专业的一名学生，她是家里的独生女，年幼时就居住在香港，在家人的呵护下犹如小公主一般，但她又绝非那种娇生惯养的娇娇女，从小性格就比较独立。对于香港，她儿时最清晰的记忆，就是家门前的一口水井，那水真清啊，尤其是夏天，清凉清凉的。当一家人围坐在井台四周，水的气息缭绕不散，一个家更加浑然一体。可那清澈的井水逐渐干涸，一口老井再也打不出水来了，他们全家也在水荒中从香港迁到了广州。她是喝珠江水长大的，却一直心心念念香港家门前那口干涸的水井。这种源于生命的记忆，或许就是她第一次自主做出人生选择的原因吧。在很多人看来，这样一位花朵儿般的女孩子，那白皙修长的手指应该去弹钢琴、拉小提琴，谁也没想到，她在填报高考志愿时，竟然会选择攻读土木建筑系农田水利专业。艰苦，沉重，是土木建筑系给人们的第一印象，尤其是农田水利专业，风里来，雨里去，水一身，泥一身，那简直是最苦最累的活路。建筑工地几乎是清一色的男人的世界，哪怕到了今天，也很少有女生选择攻读土木建筑系。然而，土木工程和水利工程又是国家建设的基础，是人类生存最基本的依托。一直以来，也有不少勇敢的女生选择了这样艰苦而又沉重的专业，何霭伦就是其中的一位。幸好，父母一向尊重女儿的意愿，对女儿的选择没有说一个不字。但可怜天下父母心，他们又怎能不为女儿担心，担心她吃不了这个苦，受不了这个累啊。这次，何霭伦报名参加东深供水工程建设，她生怕父母为自己担心，从报名到奔赴工地一直瞒着他们。她心中有一个强烈的念头，那就是让香港的亲人和同胞们早日喝上清澈的东江水。

何霭伦的同学符天仪和香港也有不解之缘，他们家族有三十多口人居住在香港，父亲也曾在香港做生意。小时候，她每年暑假都会去香港，而那时香港的自来水供应已越来越紧缺了，到处都在打井。但井水不但少，而且还带着一股难以下咽的咸涩味，越喝口越干，香港的亲人做梦都想喝上一口好水啊。而现在，东深供水工程终于开工了，一年后香港同胞就能喝上东江水了！她把这一喜讯连同自己报名支援东深供水工程建设的消息写信告诉了香港的亲人，很快，她就收到了从香港寄来的一封封回信。她把这些信激动地念给同学们听，那信中有一句话深深地打动了同学们："你们就是我们的希望！"

希望，或许只有那些身处绝境的人才能深深地体会到。而当你生活在这个世界，若有能力、有机会给人们制造希望，也会给自己增添无穷的精神动力。而那一代大学生还真是很少从自身的利益去考虑，他们都毫不犹豫地放下了手上的学业和接下来的毕业计划，最担心的就是失去这一次机会。很快，在麦蕴瑜院长的案头就摆上了一份份慷慨激昂的请战书，那一个个血红的指印，诠释着那一代大学生的青春热血……

到祖国最需要的地方去！这是那个时代最响亮的口号，也是那一代大学生的铿锵誓言。

1964年4月7日，清明刚过，雨后初晴，在麦蕴瑜院长的带领下，广东工学院选派的第一批学生——土木建筑系农田水利专业的八十四名大四学生，还有多名老师，一个个背上铺盖和衣物，以急行军的速度奔赴东深工地。那些平时爱美的女生们，一个个都换上平跟鞋，弯腰系紧了鞋带，然后挺起胸膛，撩起头发——出发。这也是他们第一次从校园走向旷野，从照本宣科的课堂走向实实在在的水利工程建设第一线。在千军万马的大会战中，这是一支特殊的队伍。他们不是东深供水工程建设的主力军，却是当时施工现场最年轻的一个群体，像阳光一样热烈，像水一样单纯……

二

人类早已洞悉了河流与岁月一去不返的本质，那些在岁月河流中匆匆掠过的身影，或早已逝去，或正在远去。即便是当年那些二十来岁的大学生，如今也该是八十岁上下的老人了。而当年的广东工学院，已与其他几所高校合并组建为广东工业大学，但它的简称依然是——广工。2021年7月下旬，一个风雨过后、阳光灿烂的日子，在广东工业大学的校园里，我有幸见到了几位当年参与东深供水工程建设的大四女生：何霭伦，符天仪，陈韶鹃……

　　眼下，这些鹤发童颜的老人，拿出一幅幅珍藏的老照片，指认着半个多世纪前的自己。那黑白照片里的阳光，又把那深远的岁月，连同一个个模糊的身影渐渐照亮，河水映出一张张波光粼粼的脸。而今，哪怕年近八旬，你也能感受到她们的活泼、开朗与快乐。那眼神里闪烁着一种历经沧桑的天真，那灿烂的笑容，有一种穿越时空的感染力。

　　何霭伦大姐指着一张合影给我看，"看，这个是我，这个是符天仪，这个是陈韶鹃，这是我们七位女同学的合影，很多人把我们称为七仙女……"

　　这张照片是她们刚上工地时照的，一个个白白净净、风姿绰约的女大学生，看上去还真像下凡的仙女一般，却又与她们背后的建设工地形成鲜明的反差。而在当年，当工友们笑称她们为"七仙女"时，她们都脆生生地回答："我们不是七仙女，我们是战士！"

　　从风姿绰约变得风风火火，看上去，她们还真像是一个个英姿飒爽的女战士。尤其是那眼神里，有一种永远不会随岁月磨砺而消逝的光芒，那是深藏在那一代青年心中的自信和希望。大仲马曾经说过，自信和希望是青年的特权。如果不走近他们，你也许不会发现，在岁月深处还有这样一种力量的存在。遥想当年，这样一群年轻人，这样一支特殊的队伍，被一条从东江到香江的水路组合在了一起。他们是那样年轻、单纯，既没有复杂的人生履历，也没有什么实践经验，但是他们拥有大仲马所说的青年的特权。自信，让他们在苦与累的同时，也亲身体会到自身的价值存在，又进一步拓宽了他们的人生。希望，哪怕到了今天，看着他们充满了希望又十分自信的样子，我知道，大仲马伟大的箴言又一次被那一代大学生证明了。这让我有了一种更接近真相的发现，在他们身上体现着那一代青年的优秀品质和不断提升的人格境界。

为了让这些大学生尽快进入角色，指挥部根据他们的专业特长进行了分配，并采取师傅带徒弟的方式，带着他们边学边干，边干边学。八十多名土木建筑系的学生被分派到沿线各个工段，在设计师和工程师的带领下，参加一些辅助设计和施工管理、质量检查等工作。而一位具有战略眼光的总指挥，他看见的绝不只是一个在建的工程，而是这个工程的未来。工程的延续，说到底就是人才的延续。曾光一直特别注重人才的培养。无论是在指挥部，还是在项目部，他走到哪里嘴边都挂着一句话："你们不但要把一个工程干好，还要带出一大批人才！"

李玉珪就是从这批学生中脱颖而出的人才之一。1942年他出生于海南陵水县，海南岛那时还属于广东省，也是广东最偏远的地方。李玉珪于1960年考入广东工学院土木建筑系。这个小伙子讲着一口难懂的海南话，时常惹人笑话，很多人更是连他的家乡都没有听说过。但这小伙子对自己的家乡话和家乡一点也不自卑，还一脸自豪地大声申辩："你们这些家伙真是孤陋寡闻，海南陵水，那是红色娘子军战斗过的地方，我讲的话就是洪常青讲的话！"别看他长得又黑又瘦，他还真有洪常青的一股子热血，这次为了报名参加支援东深供水工程建设，他咬破指头写血书，又直接找到老院长递血书，老院长一看那满纸浸透了的斑斑血迹，那高度近视的老眼都泛红了。到了工地，他被分到了设计组，从辅助设计开始。而那时他又怎能想到，他不但把自己提前交给了命运，还将为这个工程奉献自己的一生，并成为一位未来的工程总设计师。这对于他而言，当时连做梦也不敢想啊。

何霭伦和几位姊妹一开始被分派在桥头工段设计组。初到工地时，那振奋人心的口号、热火朝天的干劲，让这些大学生们深受感染。但时间一长，那艰苦的生活就是严峻的考验了。当时，这些大学生和所有的建设者一样，住的都是靠自己的双手搭建起来的临时工棚，大多是就地取材，先打几根木头桩，再搭上一块块木板，墙壁是稻草糊上稀泥巴，太阳一晒，那稀泥巴就干成了一张硬壳，一场风雨，那泥巴又稀里哗啦往下落。那工棚顶上盖着一层油毛毡，散发出一股燥热、刺鼻的气味。这工棚既遮不住阳光也挡不住风雨，大伙儿睡的都是大通铺，先铺上一层稻草，再摊开铺盖卷儿。天凉时，一床被子半垫半盖，天热时铺上草席倒头便睡。工地上一天到晚灰扑扑的，到了晚上下班回来，在掀开被子之前先要掀开厚厚一层沙土。而在清明前后，岭南就进入了回南天，从南海吹来的暖湿气流与自北南下的冷空气遭遇，天气阴晴不定，不是阴雨连绵，就是大雾弥漫，这样的天气特别潮湿闷热，从地面到墙壁都在滋滋往外冒水，连空气似乎都能拧出水来。这回南天反反复复，特别漫长，衣物被子都散发出霉味，有的都长出了一块块霉斑。若在校园里，还可以采取一些防潮措施，而在这工地

上、工棚里，既防不胜防，又哪有精力和时间来防，很多人都
患上了湿疹和体癣之类的皮肤病，又被蚊虫叮咬出一身密密麻
麻的红疙瘩，痒得要命，夜里一片沙沙沙的抓挠声，但大伙儿
白天干活实在太累了，蚊子咬不醒，抓也抓不醒。

何霭伦还记得，她们刚到桥头时，工地上还没有饭堂，
大伙儿都是露天吃饭，十来个人或站着，或蹲着，围着几个
大盆子，盆子里盛着冬瓜、南瓜、海带、盐菜汤，若是能吃
上一顿鱼肉那就是过大年了。喝的水则是从河道里直接抽上
来的，由于正在施工，那水被搅得很浑浊，像糨糊一样，尽
管经过简单过滤，但有一股呛鼻的土腥味，而到了干渴时，
大伙儿也只能憋着气儿往喉咙里灌。这水喝下去，经常拉肚
子、发热，却很少有人请过病假。在大伙儿看来，头疼脑热
不是病，吃点药、咬咬牙就挺过去了。苦不苦，难受不难
受，想想山那边的香港同胞吧，他们喝的就是这样的凼凼
水，甚至连这水也没得喝呢。

最难熬的还不是苦，而是累，特别特别累，这也是参与
东深供水工程所有人的感觉。累到什么程度？就说桥头工段设
计组吧，几乎每天都要从早上八点干到晚上十二点。加班、熬
夜，是一种常态，有时候熬到半夜转钟了，设计组的负责人
还在一项一项地落实接下来的设计任务，谁来完成？何时完
成？这每一个任务，要落实到每个人身上，包括何霭伦这些担
任辅助设计的大学生，也有明确指定的任务和限定的完成时
间。面对这样扎扎实实的任务，你想偷偷打个瞌睡也不行，不
是有人盯着你，而是有事盯着你，哪怕安排别人的事情，那也

可能与你有关，这每项设计都是一环扣一环。

何霭伦和姊妹们在桥头工段设计组干了几个月，主要参与了太园泵站的站房设计，还有施工现场的吊车梁设计。到了这里，她们才发现原来在课堂上、书本上学到的那些专业技术根本不够用，很多东西都搞不懂，但不懂就问，那些设计师、工程师都是她们的导师，只要你肯虚心地弯下腰来，就会有人手把手地教你。她们都是边学边干，边干边学，每个人都感觉这是自己成长最快的一段时间。越是宏大的工程，越是要注重细节，这需要精密的计算和描图，先计算复杂的数据，再一点一点地用铅笔描图。而处理繁琐的计算、复杂的图纸时，需要有高度的责任心，还要有足够的耐心，无论有多着急，都要静下心来，在不断打磨的过程中，这些初出茅庐的大学生也在一点一点地磨砺自己的心性。若没有这样的心性，你是坚持不下来的，那手头的活儿怎么干也干不完。那时候，她们总想着早点把手头的活儿干完了，找个地方大哭一场，然后睡个三天三夜。但一件事刚刚干完，马上又有下一件事。每次回工棚时都是深更半夜，走路时，脚就像踩在棉花上，连眼睛也睁不开，感觉一边走一边在做梦。但猛一睁眼，你就发现，这时候工地上的灯火还亮着，那些在一线的施工人员，正日夜不停地连轴转，指挥部的老总们还在加班，透过窗口的灯光，可以看见他们站在施工图前指点着的身影，看上去像一个个剪影却又那样清晰……

现在回想起来，何霭伦和姊妹们也说不出那几个月自己都干了些什么事。尽管每天都在手脚不停地干事，到头来，又想不起自己干了哪些特别难忘的事。说起来，她们做的都是很小又很细致的一些事，这些小事也许没有多少人记住，但在她们离开桥头工段设计组时，那些设计师们都依依不舍地说："没有你们这些大学生，我们的设计进度不可能有这么快！"

何霭伦和几位姊妹都知道，这是对自己的鼓励，但她们听了还是莫名地感动了好久。

按照预定计划，广工支援东深供水工程建设的第一批学生在协助工作三个月后，就要回到学校，回归课堂，但三个月后，东深供水工程全线进入了攻坚战。此时，正是河水高涨的汛期，施工人员在翻滚的浊浪中摆开了战场，那此起彼伏的号子声和汹涌澎湃的浪涛声混杂在一起，你都分不清是人类的声音还是河流的声音。当你置身于这样一个波澜壮阔的战场，你会深深地为那壮怀激烈的场景所感染，自告奋勇地做出自己的选择。这也是何霭伦和同学们的选择，他们向广东工学院和东深供水工程总指挥部请求，将支援工程建设的时间延长到六个月。这是他们第一次推迟返校复课。这也意味着，他们无法按时毕业了。

随后，何霭伦和几位同学便接到指令，从桥头转到上埔工段，从辅助设计转到施工管理和质量检查岗位上。上埔工段位于雁田水上游，是沙岭梯级和雁田梯级之间的一个关键工程，衔接下游沙岭梯级回水，拦河坝为无闸门控制的溢流堰，坝右端以土坝与山坡连接，泵站厂房为河床式，设在左岸，紧靠坝端。由于主体工程都是在汛期施工，因而在施工管理上愈加复杂和艰险。到了这里，你才深深理解陆游那句耳熟能详的诗句："纸上得来终觉浅，绝知此事要躬行。"对于这批大学生而言，这也是他们以"躬行"的方式在水利工程建设中第一次得到了全方位的实践和锻炼。施工管理首先要熟悉施工图纸、技术规范和操作规程，了解设计要求及细部、节点做法，明确有关技术资料对工程质量的要求。在这几个月里，何霭伦和同学们在工程技术人员的言传身教下，每天都带着施工图纸在工地上来回奔波。此时岭南已进入炎热的季节，往河谷里一走，头顶上是白得耀眼的太阳，水波上也折射出白晃晃的阳光，无论你看到哪里都是进射的光芒，连眼睛也睁不开。但你又必须睁大眼睛，仔细核对每一个难点、节点，确保工程的每一个细节都能够按照图纸保质保量并且安全地施工，那真是连眼睛都不敢眨一下。而工地上的路，都是临时开辟出来的施工便道，这泥土路经风吹雨打和烈日炙烤，又加之人踏车碾，到处都是沟沟坎坎，"天晴一把刀，落雨一团糟"，走在这路上，一不小心就会摔个大跟头，甚至会一骨碌滚下河谷。就算你没有滚下河谷，这一趟走下来，浑身都被汗水湿透了，整个人就像从水里捞起来的一样。

施工管理难，质量检查更是难上加难。陈韶鹃当时被分派到了塘厦工段，负责质量检查工作，每天都要在正加紧施工的闸坝上、桥墩上爬上爬下，对施工质量进行仔细检查，仔细到每一根钢筋、每一颗螺丝。刚开始，一看那耸立在河谷里的桥墩和闸坝，下面就是激流和漩涡，她吓得把双臂紧抱在胸前，背脊发凉，腿肚子打颤，紧张得都透不过气来。对于她，这就像人生中的一道坎，你既然选择了，那就必须迈过去。她麻着胆子小心翼翼地迈开了这一步，又试探着，从那闸坝上、桥墩上一步一步走过来了。慢慢地，这个胆小的女生愣是把胆子练出来了，几个月下来，还练出了一身功夫，在一个个桥墩和闸坝上上下自如，身手敏捷。对于一位未来的水利工程师，这也是她练就的一身扎实的基本功。

在施工一线奋战的那些日子，要说不苦不累那是假的，但这些女大学生又真的很快乐。在很多过来人的印象中，这是一群非常敬业的女孩子，也是一群随时都会把快乐带给别人的女孩子，不管多苦多累，没有一个人皱着眉头苦着脸，无论走到哪里，她们马上就会和那里的施工人员打成一片，随时都能听见她们银铃般欢快的笑声。

三

那一年显得特别漫长又格外短促，眼看着三个月又过去了，这一批广工学子在工地上已干了整整半年，从清明过后一直干到了国庆节，按原计划早该返校复课了。然而，随着他们在实践中的锻炼和成长，每个人似乎都找到了属于自己的角色，工地上越来越离不开他们了，他们也越来越离不开工地了。而此时，工程全线已进入了"倒排工期、背水一战"的冲刺阶段。为了抢抓工期，让香港同胞早日喝上东江水，广工学子又一次请求延迟了返校复课的时间。

在工地的日日夜夜，同学们不仅经历了人生的各种挑战，也经受了大自然的严峻考验。东江流域在经历了1963年至

1964年春天的跨年度大旱后，自1964年入夏，先后遭受了五次强台风暴雨袭击，最高风力达十二级。这些自然灾害，既难以预测又在预料之中。难以预测是那时还没有准确的天气预报，只能大致预测可能会有台风来袭，却不知道它将在哪个具体时刻、确切地点发生，又有多大的强度。而预料之中的是，广东沿海地区历来是台风灾害多发地，每一次台风都会带来一场暴风雨，并引发山体滑坡、泥石流等次生灾害，而石马河流域地势凶险，河谷沿途都是复杂而又特别脆弱的山谷，这一带原本就是东莞、宝安山区泥石流多发地带。

在采访当年的施工人员时，他们最不愿提到又难以回避的就是灾难的记忆。他们不怕高温酷暑，不怕毒辣的太阳，就怕风雨来临。一下雨，哪怕是寻常风雨，从施工便道到工地就变成了沼泽一样的烂泥坑，你根本没法施工，更影响工程质量，而工期如此紧迫，对质量的要求又非常严格，搞不好就要返工。这耽误的工期怎么办？每个人都快急疯了。若是遭遇台风暴雨泥石流，那就更要命了。

1964年10月13日深夜，一个超强台风登陆广东沿海地区，一场致命的灾难骤然降临。据陈韶鹃追忆，她在睡梦中被一个炸雷猝然惊醒，也不知当时是什么时刻，在黑魆魆的夜里，狂风大作，"当时猛烈的台风来临时，就像在面前有十挺机关枪在扫射"，顷刻间，一座座工棚被狂风吹翻，连那油毛毡屋顶也不知被刮到哪儿去了。当她在短暂的愣怔中反应过来，在狂风中挣扎着支撑起身子，一道道闪电像锯齿一样划破夜空，那暴雨倾泻而下，这哪是下雨啊，简直是天塌地陷一般。后来才知道，这场暴风雨，导致石马河出现了五十年一遇的大洪水，暴涨的洪水冲撞着工地围堰和那些设施设备，发出一连串惊心动魄的拍击声……

黑暗中，很多人仿佛还深陷在噩梦之中，感觉世界末日降临了。突然，不知是谁在电闪雷鸣中大呼一声："同学们，共产党员，共青团员，冲啊，赶紧去保护围堰和设备啊！"这一声召唤，把大伙儿迅速凝聚在一起。天地一片漆黑，谁也看不清谁，不管是男生还是女生，一个个胳膊挽着胳膊，肩膀靠着肩膀，在狂风暴雨中用血肉之躯组成一道道人墙，抵挡着一浪高过一浪的洪水……

而在同一时刻，陈汝基同学和一位年过花甲的老工程师正在风雨中跋涉。

陈汝基西装革履、文质彬彬、头发梳得一丝不苟的形象，给同学们留下了一生难忘的印象。可到了这工地上，他这模样没过多久就变了，脸变黑了，皮肤变得粗糙了，衣服上沾满了汗渍和泥斑。此前，他被分派在凤岗工区工务股，在廖纲林工程师的指导下协助施工管理。廖工在开工之前就参与了工程规划和勘测设计，随着工程全线开工，廖工又拖着瘦弱的身体一直奋战在施工一线。廖工走到哪里，陈汝基就跟到哪里，或在烈日下暴晒，或在风雨里跋涉，他被这位老工程师的敬业精神深深地感染了。而在那个台风之夜，他们还经受了一场生死考验。随着工程下游的水位不断上涨，如果不及时关闭上游雁田水库的泄洪闸，洪水将冲毁下游上埔、沙岭、竹塘工段的围堰工程，形势十分危急，数千名建设者的生命更是危在旦夕。雁田水库属凤岗工区管理，而当时从凤岗工区到雁田水库的通信线路已被狂风吹断。廖工奋不顾身，要紧急赶赴雁田水库去处理，陈汝基则自告奋勇护送廖工。这一老一少穿上雨衣，在暴风雨中驱车赶往雁田水库。当他们行至上埔工段附近时，洪水已淹没了唯一一条通向雁田水库的道路，汽车没法开过去，只能徒步行进。这一老一少顶风冒雨，借着手电筒微弱的光亮，还有路两旁的树作为导向，翻过了一座山岭，跨过了一座小桥，地势越来越低了，水也越来越大了。在汹涌的洪水中，陈汝基为了保护廖工，一直在齐胸深的水中深一脚浅一脚地探路，每走一步，他都是先往前试探着挪一步，扎稳脚跟后，再回头拉廖工一把。就这样，他们一步一步地挣扎着，摸索着，走完了三公里多被洪水淹没的路，仿佛比三十公里还遥远。陈汝基后来说，这是他这一辈子走过的最艰难的路。

　　终于，一老一少在凌晨两点多赶到雁田水库，在廖工的指挥和处置下，关闭了泄洪闸，减少了泄洪流量，从而拯救了竹塘等下游工段的围堰，阻止了一场悲剧的发生，确保了在一次重大自然灾害中无一例安全事故发生。很多人都说，这是奇迹，这是一位老工程师和一位大学生冒着生命危险创造的奇迹。

　　还有一位叫罗家强的同学，被分派在沙岭工段协助施工管理。沙岭拦河闸坝位于当时的雁田乡（今属东莞凤岗镇）金沟桥处，是石马河支流水贝水和雁田水的交汇处。一旦遭遇台风暴雨，这种河流交汇处便风高浪急，险象环生。在同学们的印象中，平日里罗家强是一位沉静内向、文质彬彬的小伙子，连跟女生说话也会紧张脸红。但他到了工地后就像换了一个人，除了协助施工管理，他粗活重活都抢着干，那一张白面书生的面孔也晒得又黑又糙，身体也变得粗壮了。而就在那个台风之夜，他一直坚守在近七米高的闸墩上，在暴风雨中弓着身子，紧绷着脊梁，使劲帮工人拉动混凝土振捣器风管，这是一种通过振动来捣实混凝土的设备。在那个机械设备极为缺乏的年代，每一台设备都是命根子，一旦损毁就没法施工了。就在他拼命拉着风管时，一股狂风猛地吹来，他像一只苍鹰般飞了起来，旋即又被狂风席卷而下，一头撞在坚硬的混凝土闸底。一声闷响，刹那间，一个鲜活的生命就永远定格在二十三岁。当工友们掰开他紧攥着的双手，那掌心里还留下了一道道正在淌血的裂口，那是拉风管拉出来的。

"出师未捷身先死，长使英雄泪满襟。"一位同学的猝然离去，让这一批涉世未深的大学生对这句古诗有了深刻体验。多少年后，罗家强同学的音容笑貌，还有他在危急关头爆发出来的惊人的勇气和力量，一直深深铭刻在同学们的忆念里，而当他们重返母校，追忆似水流年，又情不自禁地为一个早逝的生命而热泪长流。

符天仪拿出一张工地上的男女生的合影说："看，这个是陈汝基，这个是罗家强……"

陈韶鹃指着罗家强的影像，抹着眼泪哽咽着说："家强要是还活着，现在也该儿孙满堂，正享受天伦之乐呢。"

对于我，一个岁月长河的追踪者，这又是一次深深的凝视。这张照片依然以工地为背景，但和他们刚上工地时显然不一样了，哪怕透过褪色的黑白影像，你也能看清鲜明的变化，那些正值桃李年华、花信年华的姑娘们，那些书生意气的小伙子们，一个个都像变了一个人，那安全帽下的一张张面孔，在强烈的阳光暴晒下像火焰一样通红，一只只胳膊黑乎乎的，像黑陶一样黝黑发亮，但每个人都显得更成熟了，更加阳光和苗壮了。而在他们的背后，是一道巍峨的拦河闸坝和一座崛起的泵站厂房，这就是他们在成长的过程中，挥洒着青春热血乃至生命而建造出来的。当这些老人指着一幅幅照片和一个个年轻身影时，我突然觉得，这是对青春的指认，也是对生命的指认。

兴许，就是在这样的指认之下，他们对自己的职责和使命才有了更清醒的确认，让他们的灵魂从刚来的激情升华到了更持久的理性，无论是风暴，还是死神，他们都能冷峻地正视和面对，用他们的话说，"再黑的夜都会迎来黎明！"当风暴过后，又一个黎明降临，他们记忆中那个至暗时刻终于挺过去了，而他们和无数建设者一起，用血肉筑成一道道人墙，抵挡住了洪水的冲击，保护了围堰和设备设施。何霭伦还清楚地记得，当洪水逐渐退去，她才发现自己脸上、手上、胳膊和腿上多处受伤，有的伤口还在流血，有的血迹已经凝固。她擦了一把血迹，也抹了一把眼泪，那一刻也感到很无助，很想家，特别想念爸爸妈妈。可随着太阳冉冉升起，当漫天霞光染红了这一片河山，她又像满血复活的女战士一样，风风火火地奔波在工地上……

1964年11月16日，随着东深供水工程的土建工程和主体工程基本完成，工程重点已转入机电设备安装阶段，广东工学院第一批支援工程建设的学生和老师，才奉命返校复课。而在此前，广东工学院又派来了第二批支援工程建设的大学生，这是从电工系选派的九十一名大四学生，另有七位教师。他们有的被分配到总指挥部的各个技术部门，有的参与工房配电柜的安装，有的则协助全线输变电工作，将高压电送到每一个站。他们笑称，这是"跟着线路走"，走遍了全线的每一座闸坝、每一个泵站。他们还半开玩笑又豪情满怀地说："土木系的同学是让'高山低头'，电工系的同学就是让'河水倒流'！"

这话还真是说出了他们各自的专业特点。土木系的学生主要参与土建工程建设，一路沿着石马河谷的山岭施工，只有让"高山低头"，才能把东江水翻山越岭输送到山那边的香港。而电工系学生主要参与机电设备和输电线路的安装和架设，这样才能把东江水一级一级地抽上来，通过梯级泵站让石马河倒流，最终输送到香港。

陈文富和冯正就是当年支援东深供水工程建设的电工系学生，据他们回忆，最艰险的还是架设电线，先要在崇山峻岭中勘测出一条既能节省人力物力，又能保证安全供电的线路。在这样一个地势复杂、经常发生山体滑坡和泥石流的地方，连一根电杆栽在哪里，也要反复察看。还要对电力负荷精打细算，才能确立一根根电杆和一个个变压器盒的位置。当输电线路和安装位置都确定好了，按照图纸安装施工时，几乎所有人都傻眼了，那时既没有修通上山的便道，也没有用来吊装的大型机械设备，每个人都呆呆地望着头顶上层层叠叠的山坡，眼神里几乎充满了绝望。老天，连羊肠小道也没有一条，这些电杆、变压器怎么搬上山呢？怎么办，还能怎么办，只能靠人力来搬运了。一根电杆重达几百公斤，要七八个壮实汉子才能抬起来，全线一共要用三百多根电杆，还有十几台变压器，这些家伙又大又重，连个援手的地方都没有，又丝毫不能有闪失。而那上山的路，就别说了，根本就没有路，他们只能在岩石的缝隙里扎稳了脚跟，一步一步地往上登，不时有踩松了的石头从他们脚下滚下来。这又是一次次对生命极限的挑战，如果没有一种信念，这事绝对没人肯干。还有很多连抬也没办法抬的地方，他们就只能先用绳子把自己吊到山上去，把电杆、设备捆扎好了吊上去。当时，施工人员真是什么办法都想到了，他们还组织了一个马帮，把电线电缆驮上山，但路太陡了也不行，太陡了连马也害怕得四腿连连打颤。

　　一条输电线路终于架设好了，还仅仅只是一个开始，这些大学生还要跟着电工师傅们，背着沉甸甸的工具袋，每天在山岭间来回巡查线路，有时候坠落的山石把电线砸坏了，有时候由于施工人员日夜鏖战把电机烧坏了，有时候电机被风雨雷电损坏了。这么长的战线，在这样的大山里，供电事故随时都可能发生。电路一断，一切陷入了瘫痪，抢险如救火，每接到一个电话，都像119火警电话，他们一下就条件反射般地跳起身，然后向事故发生的路段飞奔。陈文富还记得，一天晚上，一场突如其来的暴风雨造成山体滑坡，高压电缆被滚落而下的坠石砸断了，那灯火通明的施工现场蓦地一片漆黑，从河谷到山野又重新陷入了原初的荒凉死寂中。几位负责巡查的同学跟着电工师傅，打着手电，背着工具袋，在滑下来的乱石中跌跌撞撞地奔跑，在茫茫黑夜，什么也看不见，只听见坠石还在飕飕飞舞，有的从身旁穿过，有的从头顶上飞过。这家伙能不能砸着你，就看你的命了。他们在黑暗中搜寻了一会儿，终于发现了砸断的电缆，摸索着把电线接上了。然而，刚接通，由于施工放炮，电线又被炸石砸断了，又得重新接。当电线终于接好时已是凌晨了，他们又累又饿，一个个靠在电杆上站都站不起来了，然而，当他们看到工地上又已灯火通明，一个个又打起了精神。这时，他们也看见了自己的形象，每个人都是一身山泥，就像在烂泥巴里滚过的一只只泥猴，只有眼睛还在闪闪发光。有人半开玩笑说，他们是走到哪里，哪里就会发光的人。还有人说，他们一来，就来电了！

这一批学生，一直干到 1965 年 1 月 27 日才返校复课，此时整个工程已进入尾声，离全线贯通只有一个多月的时间。

这两批支援东深供水工程的广工学子，原本是要在 1964 年 8 月应届毕业的。事已至此，只能延期毕业，这让他们从四年制本科变成五年制本科，从 1964 届毕业生变成了 1965 届。这不只是毕业时间的延期，时间可以改变一切，也足以改变他们的人生命运。此前，广东工学院土木建筑系的毕业生还从未分配出广东省，且大多分配在大中城市。但这一届毕业生大多都被分配到了云南、湖南和广西等省区，很多人一辈子扎根在基层。尽管他们经历了命运的阴差阳错和人生的坎坎坷坷，但支援东深供水工程建设却是他们青春无悔、终生不悔的选择。这对于他们而言是一段非常锻炼人的经历，每个人最大的感受就是成长。在这里，他们什么重活都干过，什么苦都吃过，他们锤炼着岩石也锤炼了自己的筋骨，每天都如一层石头压着一层石头地实干，愣是把自己扎扎实实地打造出来了，最终用青春的汗水、坚定的信念和扎扎实实的基本功完成了特殊的"毕业设计"。这个工程成为他们生命的一部分，也是他们一辈子刻骨铭心的记忆。他们把人生中最美好的青春年华留在了这里，这让他们的一生都有了意义。后来，他们一直延续着这一种精神、信念和毅力，在各自的岗位上发挥才智，创造业绩。大多数人都成为单位的技术骨干、中坚力量，有的同学还担任了院长、总工程师，被评为全国优秀水利技术工作者。可以说，没有东深供水工程的历练，这一切都是难以想象的，而这也是一个供水工程超越了水利工程的意义。

当他们追忆似水年华，也一直铭记着老院长麦蕴瑜。他老人家不顾年高体弱，在那一年里多次来到工地，每次来都要从头到尾走一遍工程全线。说来，他老人家走一趟真不容易，他两眼高度近视，连往返于家中和学校都要牵着小女儿的手缓缓前行，但他却一次次深入工地，慰问和指导分散在各工区、工段的广工学子们。而作为广东省水利工程总局顾问，他也要给东深供水工程出谋划策，这一工程也倾注了他的心血。他在慰问学生时，语重心长地说过这样一席话："各位同学能参加东深供水工程的建设，是十分光荣的……几十年后，当你们的儿子、孙子问你们参加过什么工程时，你们就可以说，我在学生时代就参与过中央级的工程！……这是你们历史上的一个里程碑！"

在同学们心中，老院长是"学为人师、行为世范"的标杆，他的言传身教和殷殷嘱托，一直铭记在同学们心里。1995年1月14日，麦蕴瑜先生在广州病逝。这位老人经历了战争的洗礼和颠沛流离的年代，却怀揣一颗赤子之心，他的一生都和水利联结在一起，即便在生命的最后时刻，他还在不断收集整理珠江流域的资料，为珠江治理而殚精竭虑。在他去世后，家人为其整理出的著作和资料多达一车厢，并捐献给国家，这是他留给国家最后的财富。他在个人的回忆录中写道："三十五年来的事实证明：只有中国共产党才能救中国，亦只有在中国共产党领导下，才能真正用到我辛辛苦苦学来的水利技术。我虽然老了，微躯还健，尚能闭门读书，闭门思过……"

而今，近一个甲子的岁月过去了，当年那些风华正茂的同学们，有的还在老骥伏枥发挥余热，有的早已退休正在颐养天年，还有十多位老师和同学已仙逝作古。逝者如斯，在岁月长河中，那一年只是一朵转瞬即逝的浪花，在时光流转中回眸一瞥。而他们在梦中也时常回到五十多年前那难忘的日日夜夜，那倾注的心血、挥洒的汗水，一下子都清晰地、真真切切地在眼前闪现。回忆不只是追怀过往，有一些东西会在时空中传承和延续，并不断被赋予新的意义。季羡林先生说过一句话："回忆之动人之处就在于可以重新选择今天的看法。每当我翻出一些早已静默在记忆底层的回忆时，又会有强烈的思绪调整今天的看法。"

后来，何霭伦、符天仪、陈韶鹃等老同学应邀重返母校，给新时代的大学生讲述东深供水工程背后的那些故事和那段热血沸腾的青春岁月，哪怕在时隔半个多世纪后，阳光的烙印依然凝固在他们的脸上。这些一生追逐阳光的前辈，殷殷勉励年轻学子在新时代承担起新的历史使命："我们能一步一步走过来，现在的年轻人一定也可以，你们会比我们更棒！"

第三章

第一条生命线

图 8　香港居民排队取水的拥挤场景（广东省水利厅供图）

图 8

图 9

图 9　1964 年 4 月 22 日，香港副工务司兼水务局局长毛瑾（莫瑾）及广东省水利厅厅长刘兆伦在广州举行"东深供水"协议签字仪式（刘兆伦供图）

深圳水库正式向香港供水

香港居民用水从此将获得很大程度的改善

本报深圳1日电 深圳水库从今天起正式向香港方面供水,从此香港同胞和居民的用水情况,将获得很大程度的改善。

今天,湖水经过了水库管养员打开的阀门,沿着由广州市工人制造的巨大的输水铜管,急湍地向东南流去。输水设备是从去年11月下旬正式开始安装的,经过一个多月来的试验性放水,证明工程质量良好。

在建库过程中,工程领导部门十分注意水的清洁卫生,进行了巨大的清库工程,因而水库的水异常清彻。经过广州市自来水公司反复多次的检验,证明水质优良,完全适宜饮用。

根据广东省宝安县人民委员会同香港英国当局达成的协议,深圳水库每年供应香港方面的用水将达五十亿加仑左右。自从深圳水库去年12月6日开始向香港试行供水后,香港的水荒情况得到了很大程度的改变,从在年这个时期每天向居民供水四小时增加到每天供水十小时。

1961.2.2. 临方日报

图 10　图 11

图 12

图 10　为了接收东江水,香港于20世纪60年代兴建船湾淡水湖。图为船湾淡水湖建成后,1969年8月第一次满溢,市民于溢洪口戏水、捕鱼,欣然享受急流飞瀑的乐趣(广东省水利厅供图)

图 11　天真烂漫的小孩在船湾淡水湖溢洪口手捧鲜鱼,喜上眉梢(广东省水利厅供图)

图 12　深圳水库正式向香港供水新闻(广东省水利厅供图)

一

随着人类对一条河流的重新设计，她将逆流而上，成为从东江引流入港的第一条生命线。

我来这里时，那清澈的东江水正从桥头向着遥不可及的远山延伸。遥远的不只是空间距离，还有时间。在我视线的尽头，是一个日子，1964年2月20日，这是东深供水工程正式开工的日子，一支支队伍从四面八方奔涌而来，其中有从广州动员来的五千余名知识青年，有从东莞、惠州、宝安等地抽调来的五千多名民工，他们以军事化的速度，在接到指令的三天内全部到达指令工段，而在建设高峰期一度高达两万多人。这是一场波澜壮阔的大会战，从桥头、司马、旗岭、马滩、塘厦、竹塘、沙岭、上埔、雁田到深圳水库，建设者们像石马河的浪头一样你追我赶，他们要在这荒凉河谷里拓开一条生命线。哪怕到了深夜，也有马灯和火把照亮荒凉河谷，照亮那千军万马鏖战的场景。每个生命都有一种趋光的天性，这大山里许多沉睡的生灵也仿佛提前苏醒了。

同样地，对于香港同胞，对于石马河流域的乡亲们而言，东深供水工程的开工无疑也是一个命运的开端。而就在开工两个月后（1964年4月22日），广东省水利厅厅长刘兆伦代表广东省人民政府与香港水务局局长毛瑾签订了《关于从东江取水供给香港九龙的协议》。这一协议现保存在深圳市宝安区档案馆。该协议对正式向香港供水的日期和水量做了明确规定："广东省人民委员会举办东江—深圳供水工程，于一九六五年三月一日开始由深圳文锦渡附近供水站供给香港、九龙淡水。每年供水量定为六千八百二十万立方米。"而当时，工程指挥部也定下了两条硬指标，一是必须按时通水，二是投资不能超过预定成本。想想也知道，一个翻山越岭的大型供水工程，要在一年的时间内建成通水，而且不能超过预定投资成本，这时间有多紧，任务有多重，压力有多大？但这是必须兑现的诺言，一位军人出身的总指挥，代表东深供水工程指挥部，立下了一年内就要让香港同胞喝上优质东江水的军令状。曾光知道，这既是一场硬仗，更是一场与时间赛跑的突击战，从一开工就进入了倒计时。

一个如此巨大的工程能够在一年内完成吗？一年时间真的能向香港供水吗？这也是港方最担心的。开工两个月后，香港工务司邬励德便带着几位港方的水利工程专家走进了工地。这些风度翩翩的绅士，走在风尘仆仆的施工现场，深一脚，浅一脚，一边走，一边看，一边不停地摇头。这工地上除了几台用来压土的东方红履带式拖拉机，看不见任何大型施工设备，连中小型机械也寥寥无几，看得见的只有密密麻麻的人群，把整个石马河两岸都覆盖了。一路上，开山劈岭，挖河修渠，拦河筑坝，全靠一双双手臂，一把把铁锹，一副副肩膀，一条条扁担，一只只箢箕，一个个人，你挖我挑。各个公社、大队、生产队还掀起了劳动竞赛的热潮，插红旗，树标兵，号子声喊得震天响。这样一幅千军万马开河移山的雄壮画面，让人感受到人民的力量、群体的力量是多么伟大。但若换了另一种眼光看，这样全凭人力和手工一点一点地去啃，简直就是蚂蚁啃骨头啊！

邬励德是见过大世面的，也是干过大工程的。对于东深供水工程设计他是非常称道的，但看了这施工场景，他的心情很复杂，既有难以名状的感动，又有不可思议的感叹。早在1960年，香港就开始兴建船湾淡水湖，这一大型人工湖位于香港大埔大尾笃船湾郊野公园内，毗邻赤门海峡，为香港面积最大、容量第二大的水塘。这个淡水湖，原为船湾海，为吐露港北面一个三面环山的海湾，只要在一面加建堤坝，并将坝内海水抽干后，便可建成一个大型储水库，工程量还远远赶不上东深供水工程，但投资预算高达四亿多港元，超过了东深供水工程预定投资的十倍，全部采用挖掘机、推土机等大型机械设备施工，可这一工程开工建设四年了，才完成一半的工程量，预计建成至少还要四年。相比之下，东深供水工程又怎么可能在一年内建成通水？若果真如此，那简直是上帝创造的奇迹！邬励德虽说信仰上帝，但对于水利工程建设他更相信科学技术。临走时，他很谨慎地撂下了一句话："这工程完工，至少要三年！"

三年？香港当时的水荒，别说等三年，连一年都等不了！

此时，所有的目光又聚焦在总指挥曾光一人身上。为了给香港拓开一条水路，他和他的战友们已经没有退路，而在没有退路时往往会生出一种背水一战的勇猛。在众目睽睽之下，曾光对港方人员说："我们保证按协议规定的时间向香港供水！"他的声音并不高昂，听起来，不是誓言，而是诺言。那些港方人员看着他沉毅的脸色，一个个依然充满了难以置信的神情。那就拭目以待吧。

一位总指挥到底能不能兑现自己的诺言，这是一个长达一年的悬念，不到最后，这个悬念谁也无法解答，包括他自己。时间已经限定，谁也无法压缩，从一开始这注定就是一场悲壮的战役，又注定是一场没有敌人的战斗。尽管那山坡上大写着"要高山低头，令河水倒流"，但高山不是他们的敌人，河水也不是他们的敌人，他们只能向时间亮剑，而他们的对手就是他们自己，必须战胜自己，超越自己，甚至以挑战生命极限的方式去创造奇迹。

时间证明了，一个宏伟的工程，在一年的时间里确实创造了令世人惊叹的奇迹，而那些创造奇迹的人们，每一个都是那样平凡而又质朴。

王书铨，这位现年八十四岁的老人，看上去就像一个邻家老大爷，一开口我就听见了浓郁而熟悉的乡音。他是湖南常德人，我们是湘北老乡。1956 年，他从北京水电学校毕业后便投身于水电建设。而对于他，一生最难忘的经历就是在东深供水首期工程奋战的那段岁月。1964 年 8 月的一天，他接到了被抽调到东深供水工程施工的指令。那时候他孩子刚出生不久，他看着头裹毛巾的妻子和襁褓中的娃儿，久久不忍离去。

妻子也依依不舍地看着即将远行的丈夫，却一声声地催他早点动身，还平静地笑着说："等你回来了，孩子说不定都会叫爸爸了呢。"但一出门，他就听见了孩子的啼哭声。他下意识地站住了，想去抱抱襁褓中的娃儿，抚慰一下身体虚弱的妻子。然而，他心一横，就猛地钻出了门，头也不回地上路了。一个父亲，一个丈夫，最难迈开的就是这一步啊！然而作为一个施工技术人员，一声令下，他就必须奔赴施工现场。这一路上，他在疾奔的风声中隐隐约约听见孩子的哭声……

到了工地，王书铨被分派在旗岭枢纽工程闸坝工地结构组。旗岭拦河闸坝建在石马河干流上，原东莞县于 1960 年 7 月建成旗岭陂灌溉工程，在东深供水工程兴建时决定全部拆除，新建一座拦河闸坝。新闸坝共有闸门十三孔，无闸门段的溢流堰七孔，左右岸供水灌溉涵各一座，还有两岸土坝等建筑物。这一工程是整个工程的重中之重，由总指挥部集中人力、物力进行攻坚战。至 1964 年 8 月下旬，整个工期已差不多过半，那纸上的蓝图正日渐变成实体，一座座拦河闸坝已初具规模，根据总体施工部署，水工部分应在 9 月底完成。而在旗岭拦河闸坝，水工部分最重要的预制构件则是闸墩上的鱼嘴工程。

鱼嘴工程，指在分汊河道江心洲头部修建的整治建筑物，通常也将洲头分流坝作为鱼嘴工程处理，因形同鱼嘴而得名，如著名的岷江鱼嘴工程。鱼嘴工程的布置对于汊道的分流分沙影响很大，其主要作用为保护江心洲头，维持分汊河型以及河势的稳定；又可调节汊道的流量，改善汊道的通航或灌溉条件；还可以调整分沙，尽量使泥沙分向非通航汊道，加速通航汉道的冲刷和非通航汉道的淤积，达到改善通航水深的目的。鱼嘴工程的坝体一般采用石料修筑，也可采用石笼砌筑，或用混凝土和钢板桩。

王书铨在东深供水工程的首要职责就是负责鱼嘴工程施工，像他这样的施工员，也是工地上最基层的技术组织管理人员。但他原来也没有搞过这方面的施工，只能边学边干。而鱼嘴工程又难以通过水力计算方法计算，因此，在研究鱼嘴工程方案和工程效果时，通常是借助河工模型试验。当时正值东江和石马河流域的主汛期，许多基础工程都是在水下五米至十米进行。从模型试验到正式施工，先要筑起围堰，在河床上钻孔，打下四米深的桩基，筑起一个个闸墩，寻常难以承受之重，就全靠它们以最坚固的方式来承受了。我是一个迟到者，只能以现在的眼光来打量过去进行时中的场景，看着那一个个顽强地耸立着的闸墩，想象当年施工的难度和人类的顽强。据王书铨回忆，那半年多时间里，他和结构组的同事们每天都泡在齐腰深的污泥浊水里，一天泡到晚，一泡几十天，时间一长，下半身就开始肿胀、破皮、流血、化脓。这些，当你全神贯注、埋头干活时，仗着一股儿干劲，还不觉得，到晚上收工后，尤其是晚上睡觉时，那可真是又痛又痒，奇痒难忍，越抓越痒，越痒越抓，那种奇痒的感觉，甚至会伴随许多人的一生。

那一年，工地先后遭受了五次台风的袭击，洪水连续三次冲垮了施工围堰。灾难一开始并没有地动山摇的感觉，反而进行得十分隐蔽，仿佛不想被人类过早地察觉其诡秘的意图。在暴风雨和洪水冲刷下，一道围堰缓慢地滑动，而人们还在紧张地施工。慢慢地，有人感到双腿发软，脚底下仿佛有什么被抽空了。这奇异的感觉一旦出现，就大难临头了，那围堰已处于濒临崩溃的状态。那些经验丰富的施工人员迅疾察觉到了，他们开始大声惊呼，"快，围堰要倒了，赶紧抢险啊！"大伙儿旋即组成抢险队，拼命抢救围堰。然而，在大自然面前人类显得多么渺小。当风暴过去，人们千辛万苦建起的施工围堰，有的被洪水冲垮了，有的被泥石流掩埋了，化作一堆堆废墟、乱石和黄土。灾难已经发生，谁也无法追究大自然是否公正，唯一的方式，就是补救。而一场灾难甚至可以让他们回到原点，一切都要重新开始。这里不说别的，只说那被洪水连续三次冲垮了的施工围堰，王书铨和他的战友们至少重修了三次。这让我脑子里闪过一个念头，他们都是西叙福斯神话里的主角，要将大石推上陡峭的高山，每次他用尽全力，大石快要到顶时，石头就会从其手中滑脱，又得重新推回去……

　　尽管严峻的考验一个接一个，但工程仍在一寸一寸向前推进，时间显得既格外紧迫，又格外漫长，每一天都是漫长无比的煎熬。为了赶工期，在施工过程中都是多工种齐头并进，只要一个环节被卡住了，所有的工程都要停工。对于鱼嘴工程，最重要的施工就是砼浇筑，这是将拌制好的混凝土料浇筑入仓、平仓、捣固密实的施工过程。入仓，在混凝土浇筑工序中，应控制均匀性和密实性，浇筑要求连续、均匀并防止混凝土产生离析；平仓，用人工或机械的方法，将整个浇筑的仓面均匀摊平和充满混凝土料；捣固密实，亦称振捣，有人工捣固和机械振捣两种，水利工程中普遍采用机械振捣方法。那时的混凝土搅拌机也比现在要简陋多了，随着机器齿轮沉缓地转动，水泥、石头和沙子相互摩擦，发出吱吱嘎嘎的声响。这本是尖锐刺耳的噪声，对王书铨来说却是最动听的声音，只要能听见这样的声音，就说明一切运转正常，有时候忽听嘎的一声，那就坏了！不是卡壳了，就是死机了，必须以最快的速度进行抢修。

为了抢时间，在混凝土搅拌之前，你就必须做好预制构件模板，扎好钢筋，提前准备好一切工序，保证混凝土一出炉就立马浇筑。尽管时间紧迫，但闸坝工程尤其是鱼嘴工程对防渗和施工质量要求非常严格。在很多人看来，混凝土浇筑是傻大三粗的工作。只有干过这一行的人才知道，这是特别细心的活儿：预制构件模板必须光滑干净，钢筋也不能沾上灰尘。施工员在检查时戴上白手套，在模板和钢筋上轻轻一摸，若有黑色污垢就必须重新进行清洗，还要用砂纸或钢丝球清理模板上残留的水泥。清理干净后，再均匀涂上一层模板油，连看不见的角落里也要一点一点地揩干净，否则就不能浇筑混凝土。一旦强行浇筑就会出现凹凸不平的痕迹，形成砂眼或肉眼看不见的缝隙，后患无穷。这也是王书铨作为施工员把关最严格的一道关卡，从钢筋、模板、波纹管到钢绞线，必须严格遵循每一道工序，每一个环节都要严格把关和检验。每半小时还要对刚浇筑的预制构件进行一次养护，以延长水的渗透时间、保持预制构件的湿润度。而混凝土浇筑又讲求时效性，浇筑时间无论有多长，一口气也不能歇，绝对不能停，一旦停下那水泥就硬化了，报废了。尤其在闸坝合龙阶段，对于施工人员更是漫长而艰难的考验，若没有合龙就不能歇息和吃饭。水流一旦冲开堤坝，一切又要从头再来。

旗岭拦河闸坝合龙时已是 12 月，风寒水冷，指挥部限令三天之内必须合龙，否则就会耽误后续工期。王书铨连续五十六小时没合眼，他其实早已忘了时间，也忘了自己，只剩下一个誓言：三天，必须合龙！最终，他们兑现了自己的誓言，旗岭拦河闸坝终于在限令时间合龙了，进入了试验性蓄水阶段。而接下来又是连日鏖战，他们在工地上度过了一个最热闹的、热火朝天的春节，直至 1965 年 2 月 26 日，离对香港正式供水只剩两三天了，旗岭枢纽工程终于完成了闸坝上游防渗墙施工、主体工程拦河闸坝施工和机电闸门安装工程，可以交付使用了。

终于，是那一代建设者用得最多的一个词眼，一个终于接着一个终于，这是他们在顽强拼搏中最期待的一种状态或一个结果，但每一个终于都只是暂时告一段落。

随着工程全线通水，王书铨终于可以回家了。后来回想起来，那大半年日子他都不知自己是怎么熬过来的。回到家里，他走路时连脚都拖不动了，整个人几乎完全变了形，那被烈日晒得焦黑的脸上露出了硬生生的骨骼，整个人瘦了十几斤。对于他，一位年轻的技术员，那也确实是脱胎换骨的一年。乍一看，妻子简直不认得他了，但那咿呀学语的孩子，还真是用稚嫩的声音叫了一声爸爸，叫得他两眼一热，眼泪像水一样流了下来……

二

　　一条水路，一条血脉，一条生命线，在人类付出的血汗中艰辛惨淡地向前延伸，每一个工程都是血肉之躯筑起来的。而东深供水工程建设者中最大的一个群体，就是成千上万的民工。很想找到一个当年的民工，我早已习惯于这样的寻找，寻找一个当年的在场者来代替我这个时过境迁的追踪者，让发生在半个多世纪之前的事实重新得到确认。

　　当年，按广东省的部署，土建工程主要由当地人民公社社员承建，东莞地段由东莞建，宝安地段由宝安建。而东深供水工程的六座拦河闸坝和八级大型梯级抽水泵站都在东莞境内。自古以来，东莞便是地处东江下游、珠江口东岸的岭南水乡，东江干流横亘东西，石马河水纵贯南北，构成了一个十字架，河湖交织，水系发达，然而这一方水土却也是洪、涝、旱、咸、潮五患肆虐之地。1953年的东江大水，东莞全县淹浸田地二十多万亩，倒塌房屋四千多间，受灾人口达二十多万。而大雨过后，旱涝急转，又难以引水灌溉，导致粮食大面积减产乃至绝收。这样一个以粮食生产为主的农业县，却是"十年九失收"，那些种粮人连自己也养不活。随着东深供水工程上马，除了把供水香港作为首要任务，按周恩来总理的批示，还要"结合当地农业效益进行兴建"，这给东莞人民带来了福音，也让他们干劲倍增。当人民政府发出支援东深供水工程建设的号召，老乡们就像在抗战时期支援东江纵队一样踊跃。东莞县从每个公社调集了三百多名青壮年社员，由一个公社副书记带队，县里则由一位县委副书记带队指挥，采用军事化的团、营、连、排编制，在全线各工区、工段安营扎寨，日夜奋战。这成千上万民工就是东深供水工程建设者中最大的一个群体，白天是燃烧的太阳，夜里是燃烧的灯火，夜以继日地燃烧热血和生命。

而今，那些曾在石马河流域挥洒血汗的民工早已难觅踪迹，但历史不会就这样无声无息地消失。从东莞到深圳的这一方水土，你随便遇上的一个七八十岁的本地老人，很可能就是当年的土夫子。土夫子，他们都管自己叫土夫子。很想找到一个当年的民工。然而，这些普普通通的老百姓，哪一个又不是处在默默无闻的状态呢？这世间最难寻找的就是无名英雄，他们也从来没把自己当成什么英雄，说来还真是可遇不可求。几经寻觅，一个被太阳晒得黝黑的老人，终于出现在我面前，这是一个年近八旬、身子骨还挺硬朗的老人，那满头的白发在阳光的照耀下根根闪亮，连脑子也仿佛被阳光照亮了。

这位老人名叫黄惠棠，东莞东坑人。1964年，大年初五，一大早，黄惠棠便同那些青壮年劳力一起出发了。几天来一直阴雨连绵，但阴雨挡不住早行人。那时他还是一位刚刚二十出头的后生仔，还没结婚成家。但他还依稀记得，有一个和他同行的哥们，刚结婚不久，大门口还贴着大红的喜联，在雨水的冲刷下，血一样地流淌着。多年以后，他一直在回想，这哥们怎么舍得抛下新婚妻子，就这样头也不回地走掉了。这不是心肠太硬，实在是心肠太软，只要一回头，就怕迈不出这一步了。

这一路走来，风雨泥泞，但大伙儿都劲头十足，有的扛着锄头，有的挑着箢箕，在一面迎风招展的红旗引领下，开赴司马泵站建设工地。这工地位于常平镇司马村西南面的一个凹岭内，站址设在凹岭西北山坡。当时，这工地上有各类施工人员一千多人。民工们进场的第一件事就是开山修路，先要开出一条条施工便道。东深供水工程全线八十多公里，每一条便道都是民工们开凿出来的。

岭南灿烂的阳光，养成了岭南汉子热烈的天性。这些土夫子就像大多数岭南人一样，他们又黑又瘦，看起来不起眼，但一旦干起活来，一下子，突然就变得让你不认得了。人都是有毅力的，而这些东莞民工又特别有毅力。每天，上工的号子一响，他们就一天干到晚，不歇气。回想起那段岁月，黄惠棠老人来劲了，仿佛又回到了当年的场景，"施工现场那叫一个震撼啊，你追我赶，喊声震天，干起活来不只手里有劲，心里更有劲！"

那时候施工用的钢筋、水泥、沙子也是民工们从两三公里外的地方运过来，而重要的运载工具就是手推车，那笨重的木轮子，一推就嘎吱嘎吱叫，像公鸡啼叫一般，俗称鸡公车。手推车装满土后，上坡要使劲推，下坡要拼命拉，由于车斗重，必须用整个人的力量压在两个手把上才能保持平衡，那些经验丰富的车手可以双脚离开地面，连人带车飞速往下冲，在滚滚风沙中像飞一般，故名飞车，这可大大提高速度和效率。在深圳水库工地上，有一位远近闻名的"飞车姑娘"，曾经创造过一天完成五十四立方米土的最高纪录。但这样飞车一旦把握不住就会失控。1964 年秋天，一场风雨过后，那烂泥路又溜又滑，一位民工在推着一车沙子飞速下坡时，突然失控了，那小推车从山坡上直冲下来，咕咚一下掉进了雨后暴涨的河水里。别看这么一辆鸡公车，它可顶得上几个壮劳力啊，谁都不舍得就这样让它沉没在河底。很快，旁边有一位水性好的青皮后生，用嘴咬着一根麻绳，一头扎进了河水里，他想用麻绳绑住小推车，再让岸上的民工一起用力把推车拉上来。但那河水暗流汹涌，他在漩涡中挣扎着，想把小推车捆住，一次不成，那青皮脑袋就会浮出水面换口气，随即又一头扎进水里，直到他换了六次气后，终于把小推车捆住了，被大伙儿一起拉上来了。然而，大伙儿还来不及兴奋，就发出了一阵惊呼，那后生仔已被一股激流席卷而去，一个青皮脑袋再也没有浮出水面……

那是黄惠棠永远也忘不了的一幕，然而，在那时，你几乎连悲痛的时间都没有，一个任务接着一个任务，中间几乎没有停歇。黄惠棠和东坑民工们完成钢筋、水泥、沙子的搬运任务后，随即又投入司马泵站的土石方开挖工程，先要将一座小山包推平搬走。这在如今，用大型推土机、挖土机施工，一座小山包实在算不得什么，而在当年，那就是愚公移山。民工们硬是用铁锹锄头挖、用扁担箢箕挑，在一个月里将这座山包推平搬走了。为了打牢泵站基础，必须将松土夯实。由于没有打夯机，只能靠人力打夯，南方人又称打硪。那石硪是一个圆柱形石墩，周围系着几根又粗又结实的绳子，七八个壮劳力拉着绳子，一边喊着声调高亢、节奏性强的号子，一边用力把石硪拉高，然后又猛地放下。如此一唱众和，边打边唱，一下一下把土地夯实。在那风尘滚滚的施工现场，如同一个灰土的世界，置身其间的每一个人，满身扑满了灰土，连头发、胡子也沾满了灰尘，感觉自己也如同尘埃。

接下来，他们还要在司马泵站下游河道里修一条供水渠。那河床底全是淤泥，施工时，这稀泥巴一下就淹到了大腿根，无论你是用铁锹挖，还是用撮箕舀，这稀泥巴都很难搞出来。这可怎么办呢？大伙儿都急坏了。黄惠棠一边尝试一边琢磨，他忽然想到了什么，从烂泥坑里一下爬了出来，撒开两腿奔向了工棚。大伙儿还没有反应过来，他又一阵风地回来了，手里拿着一只铁皮桶。这就是他刚才琢磨出来的法子，用铁桶来挖！还别说，这一试，还真行，这铁皮桶既能当铁锹又能当撮箕，一下解决了一个大难题。在全线河床淤泥开挖时，这一法子还被指挥部推广了。不过，这铁桶挖稀泥也把他们累坏了，一个个，浑身上下泥糊糊的，只看见两只眼睛还在眨巴着。而那时工期又特别紧，天天都是二十四小时三班倒。在半年时间里，他们就这样一桶一桶地挖出了一条人工渠道。当最后一天的活儿干完，每个人的疲劳也到了极限状态，尽管手里挂着铁桶子也撑不住摇摇晃晃的身体，一个一个咕咚咕咚往烂泥里栽，有的甚至倒在烂泥坑里呼呼睡着了。

当一段往事讲到这里，黄惠棠老人终于长吁了一口气，又下意识地咬了咬牙说："只要在东深工地上干过的，干任何工作都不算辛苦了！"

透过这样一位老人的身影，我仿佛又看到了多少年前的那条河流。而今很少有人知道，他与这条河流之间发生过怎样的生命联系，更不知道，这位平凡的老人还有那样一段不平凡的岁月。他们都是平常得不能再平常的老百姓，但为了这条生命线，他们却付出了数倍于常人的艰辛和气力，几乎把自己的生命能量都全身心地迸发和释放出来了。而男人们上了工地，女人们就要承担起家里和田地里的活路，那也是一个为东深供水而默默奉献的广大群体。

不过，黄惠棠和东深供水工程的结缘还仅仅是一个开端，随着司马泵站和人工渠道同时完工，黄惠棠因吃苦能干被选拔参加了水工培训班。那时工期多么紧张啊，指挥部却让他们脱产学习了两个月。这些学员中，很多都是初中毕业，还有部分高中毕业生。而黄惠棠只上过六年小学，培训的却是中专的知识，这对于他简直比在工地上干活还累。每次一进教室，他的耳朵支得老高，眼睛睁得大大的，生怕漏掉一个字。为了弥补知识上的差距，他每天早上四点起床，晚上十一点就寝，一天只睡五个小时，其余时间全部用来学习。这两个月的培训，让他的人生命运从此发生了改变。1965 年 3 月，他被招入刚刚成立的东江—深圳供水工程管理局（下文简称"东深管理局"），从一位民工变成了一名专业水工，从此成为一名"东深人"，一辈子守望着这一江碧水……

像黄惠棠这样改变命运的民工还有不少，那是我接下来要追踪的。

从司马到雁田一路风雨，雨一直追着风跑。石马河在雁田一带发生了一个大转折，河流在海相碳酸盐岩和灰黑色、红色、白色的石灰岩中穿行，只有流水可以洞穿它们。岭南赤红色的土壤像血一样弥漫在水中，在激流中颤动。一个上午，我就差不多经历了八九条河流。但一个凤岗人告诉我，这其实是我的错觉，流经凤岗的其实只有一条河——石马河。忽然发现，我可能绕得太远了。我在其间反复穿梭，只因一条河有太多的回环往复。在这样的错觉中，甚至是迷失中，我一直找不到那个历史的入口。

雁田，这一带为东莞和宝安两县的交界处，那时属于东莞县塘厦人民公社，如今属于东莞市凤岗镇。雁田抗英，是被很多历史教科书遗忘了的一段历史。1898年，也就是戊戌变法的那年头，英国政府威逼清廷签订了《展拓香港界址专条》，强租九龙半岛及附近两百多个岛屿为"新界"。此时，衰老而疲惫的慈禧就像一个怨妇，每天在晨昏颠倒的深宫中摸索着自己凋零、枯萎的白发，暗自嗟叹。而对于南海边那一片遥远的即将沦陷的土地，在她干枯的老眼里，也不过几根脱发而已。一纸屈辱的条约很快就签订了，甚至早已没有了多少屈辱的感觉。英国人没想到，大清王朝好欺负，中国老百姓却不好欺负，一支由民众自发组成的抗英队伍突然对他们开火了。在激战中，雁田五百壮士披挂上阵，从凤岗赶来增援，在中国老百姓的嘶吼声中，英女王陛下的皇家部队再也无法保持军人的风度，他们拖着中了七枪的首领狼狈而逃。但没过几天，英军又卷土重来，大清的国门有太多的漏洞，凤岗雁田一下成了抗英的桥头堡，一千多名雁田人在祖先栽下的龙眼树下歃血为盟，在他们冲入敌阵之前，已叮嘱他们的家人给自己挖好了坟坑。随后又有东莞各地组成三千多人的义勇队赶来增援，他们与沦陷区的抗英农民武装沿着石马河的丘陵修筑起二十多里的防线，架起一百多门从虎门调来的大炮，夜袭英军，将英军像撵鸭子一样驱赶到罗湖河以南。从那以后，英军再也没有越过"新界"。这是历史上罕见的奇迹之一，一群中国的老百姓打败了强大无比的英国正规军，凤岗雁田也因此被誉为"义乡"。

当历史翻开新的一页，雁田又堪称是另一意义的"义乡"，又有一支支民工队伍，为建设东深供水工程开进了雁田，王淦辉就是其中的一位。这位当年十九岁的民工，是东莞水乡厚街人，如今已是一位七十六岁的老人，却掩饰不住一身矍铄的风骨。一见他，我就把手伸过去，无言地一握，立刻就感觉到他骨子里暗藏的一股力量。这是来自岁月深处的力量。尽管老人家一开口，就是一口我很难听懂的莞乡话，但他那掩饰不住的激动表情，却不知不觉把我带入了五十多年前的现场。

在东深供水首期工程中，雁田枢纽位于东莞和宝安之间的分水岭，这是一个控制性工程，也是复杂的系统工程，主要有三大工程：雁田水库加固工程、新建雁田泵站和溢洪道改建工程。

雁田水库位于今东莞市凤岗镇雁田村南端，地处东莞与深圳交界处，这里是东江水逆流而上到达的最高点。这个水库原由当时的东莞县塘厦人民公社兴建，于1959年10月开工，1960年5月竣工，建有主坝一座、副坝六座、溢洪道一座、灌溉涵一座，总库容1409.7万立方米，正常蓄水位48.6

米。在东深供水首期工程的规划设计中，雁田水库被列为首座高水位运行调节水库，经八级提水，将水位提高 46 米后注入雁田水库，再由库尾 5 号副坝放水注入白坭坑，越过分水岭，开挖 3 公里人工渠道，沿沙湾河将供水导入深圳水库，再由深圳水库输送到对港交水点。由于原有水库设施难以承担高水位运行的重任，必须对主坝和六座副坝进行加高培厚，这一工程于 1964 年 2 月 20 日开工，采用人工填土、拖拉机碾压的方式，按施工计划，在 5 月上旬汛期来临之前，填土必须达到度汛高程，至 7 月底水库加固工程必须全部完成。这大量的土石方工程，全靠手里的铁锹、锄头和肩上的扁担箢箕。那是一个充满力量感的时代，工地上几乎是清一色的壮劳力。一个个民工，就像当年短兵相接、贴身肉搏的东纵战士，那精瘦的身体迸发出惊人的能量。

中国农民是最能吃苦受累的，活儿再累、条件再艰苦也没什么。但人是铁，饭是钢，他们干的是重体力活，吃的是力气饭，最重要的是能吃饱肚子，哪怕肚子是用粗糙的食物撑饱的，也能给他们补充强大的能量。那时候，从上到下都全力支持东深供水工程建设，当地供销社还专门组织货源，保证每一个民工能吃饱饭，偶尔还能打打牙祭，吃上一顿鱼或肉。而参战社员在生产队里记工分，在工地上还能按完成的土石方拿到奖励，这把大伙儿的积极性一下调动起来了，人人都铆足干劲，一手一肩，一挑一担，一个个如猛虎下山，蛟龙出海，那粗犷豪迈的劳动号子喊得惊天动地……

偌大的工地，只见人山人海，唯一的大型机械，就是一台东方红履带式拖拉机，它来来回回、沉重而缓慢地碾轧着，将民工们刚刚挑上来的泥土一层一层压实。每压实一层，经检验合格了才能重新填土。一开始，为了多干土石方，王淦辉和很多民工都等不及泥土压实，就直接填土了，可一检测，不合格，返工，必须返工！这让他们很有抵触情绪，不就是挑土筑坝嘛，哪来那么多讲究？王淦辉血气方刚，火气大，脾气急，眼看自己的汗水白流了，活儿白干了，还要返工，差点跟施工员打起来。但没过多久他就明白了，这水坝工程还真是马虎不得，千里长堤，溃于蚁穴啊！在施工员的反复解释下，他懂得了第一个土建工程专业术语——干容重。土壤容重称为干容重，又称土壤假比重，指一定容积的土壤（包括土粒及粒间的孔隙）烘干后质量与烘干前体积的比值。简单说，干容重就是指不含水分状态下的容重，一般用于表示土的压实效果，干容重越大表示压实效果越好。这个指标非常严格，每填20厘米的土壤就要马上取样，检测，每一道工序都要验收签字，只有达到干容重的标准，才能继续施工填土。

到了5月上旬，填土已至47米高，达到了度汛要求。而随着汛期来临，工地也进入了"水深火热"的季节。在王淦辉的记忆中，最难受的不是活儿累，而是夜里热得睡不着觉，几十个人挤在一个工棚里，热烘烘的实在受不了。而这些民工大多来自厚街水乡，水性好。夜里实在热得睡不了，他们就泡在石马河的水里，只把一个个青皮脑袋露出水面。但水边蚊子多，他们还要不停地打蚊子，一条河里到处都是啪啪啪的声音，每个人都在扇自己的耳光。

"筲箕水冷，鳌头暑酷"，王淦辉这样跟我说。这话的意思是条件艰苦、环境恶劣，其实也可用来形容岭南的气候。这里初春乍暖还寒，而夏天又漫长而炎热。从5月上旬到7月底，石马河谷的天气一天比一天热了，连风吹在身上都是滚烫的。在这赤日炎炎似火烧的日子，雁田水库加固工程也进入了艰苦卓绝的攻坚阶段。对于施工人员，这每一个日子都是挺着身子扛过来的。扛到7月底，已是限期完工的最后关头，大伙儿只能豁出命来干了，每天的劳动时间之长，劳动强度之大，已经超过了人的体能极限。尤其是夜晚施工，有的人干着干着就因极度的劳累与疲倦而歪倒在地上，在泥水浆里睡着了。有时候在凌晨三四点钟，曾光和指挥部人员会突然出现在工地上，他们一来是突击检查，二来是看看有什么急需解决的问题。当他们看到有些民工东倒西歪地躺在地上呼呼大睡时，一个个心情非常复杂，既矛盾，又难过。若有人想要唤醒他们，曾光立马用指头压住嘴唇轻声说："嘘——！莫惊醒他们，这些民工兄弟实在太累了……"

到了主坝合龙的节骨眼上，更是一场突击战。为此，指挥部还特意吩咐：加餐！不但要让大伙儿吃饱，还宰了几头大肥猪。说来，王淦辉那时的饭量可真大，他一口气吃了半斤大米饭，半斤肥猪肉，摸摸肚子还只吃了个半饱，又加了半斤饭，半斤肉，把肚子撑得像皮球一般。这是他有生以来吃得最饱的一顿饭，他拍拍肚子就冲上了第一线。而接下来，也是他在工地上扛过的最累的一天一夜。当一道主坝和六座副坝的加固工程按期完工，王淦辉一身从里到外都被汗水湿透了，一个壮实的小伙子累得连腰都伸不直了。那时他还不知道，这将是他一辈子的劳伤。而当时，他只想赶紧钻进工棚里去睡一大觉，谁知一个踉跄，那浑身沾满了泥水的身子就咕咚一下朝后仰倒了。这一摔有多重，他也不知道，但他感到特别舒服。啊，现在，终于可以躺下来了，他轻轻闭上眼，舒服啊！

那天清晨，在那加高培厚的大坝上，躺满了一个个泥人，他们睡得真香啊。

然而，在雁田枢纽的三大工程中，还只完成了一项，接下来他们还要投身雁田泵站建设。泵站建设先要开挖基础，还要在下游修建一条百米引水渠，而抽水入库方式采用虹吸管布置。按工期计划，8月下旬就要进行泵站厂房、变电站、过坝虹吸管的混凝土浇筑，10月中旬这一工程必须完成。这就意味着，在8月下旬之前，必须如质如量完成泵站基础开挖工程和引水渠的土石方工程，这又是由民工来承担的重任。而按原设计方案，新建泵站位于左边靠河床的位置，但在开挖后，一个意想不到的情况出现了，由于左边靠河床部分为冲积沙壤土，承载力差，根本不能用来建设泵站厂房，只能修改设计，决定向山边平移九米，将泵站厂房设在河床右岸主坝脚滩地上。这一修改，此前开挖的大量土石方等于白干了，而向山边平移九米又增加了大量的工程量，但工期计划却不能推迟。一切，又只能靠民工加班加点来干了。

雁田枢纽的最后一项工程是溢洪道改建工程，由于雁田水库原有的单孔溢洪道泄洪能力太小，无法满足东深供水工程的要求，必须将其拆除后改扩建为二孔、每孔净宽 6 米的新溢洪道，以钢制平板闸门控制，下接陡坡。这一工程于 11 月下旬开工，先爆破拆除旧溢洪道，然后开挖基础，在 12 月下旬完成混凝土浇筑工程，1965 年 1 月 25 日完成防护砌石，2 月底完成闸门和启闭机安装。至此，雁田枢纽工程终于赶在向香港供水的日子前全部完工。

这一个改变了香港、深圳和东莞命运的工程，也改变了王淦辉这位普通民工的命运。当时，工地上有文化、懂技术的人太少了，指挥部决定从民工中挑选一部分有文化的人，经过考试和培训，担任施工员。王淦辉是民工中少有的高中毕业生，在施工中边干边学，也懂得了不少道道，这让他有了一个改变命运的机遇，经过两个月的培训，他成了一名临时施工员。而在东深管理局成立后，王淦辉也和黄惠棠一样，被招进了东深管理局，从此成为一名"东深人"，一辈子都守望着这条对港供水的生命线。如今，尽管他早已退休了，但他依然守望在这里。他驼着背，这是当年落下的毛病，但那脸上依然是坚毅而充满信心的表情。透过一个民工的身影，我仿佛看见了成千上万的民工，每个人脸上都是那样坚毅而充满信心，这，兴许就是那一代人的集体表情。

三

1965 年 2 月 27 日，又一个春天来临。石马河谷，木棉、紫荆和簕杜鹃一路掩映，这岭南的繁花又如期绽放。岁月中没有永生，只有风流水转的轮回。这一天，东深供水工程宣告全线贯通，广东省政府在塘厦举行了隆重的庆典大会，除了数以万计的建设队伍，指挥部还邀请了香港工务司、水务局的代表和港澳各界知名人士出席。随着工程启动电钮按动，几乎所有人都屏住了呼吸，只见一台台水泵启动运行，一江清水自北向南奔涌而来，河水倒流，春潮涌动，东江水与石马河深深地融合在一起，一条奔向香港的河流，陡然变得开阔而舒畅了，那哗哗的流水声、人们的欢呼声和喜庆的鞭炮声、锣鼓声交织在一起，久久回荡在石马河两岸的青山翠谷之中，哪怕隔着近六十年岁月，仿佛还能听见那经久不息的回声……

　　这是由我国自行设计、自行建造和安装的跨流域大型供水工程，也是我国最大的跨境调水工程，但它并未就此画上句号，在接下来的岁月中还将不断扩建和升级改造，而此次落成的工程后来被称为东深供水首期工程或初期工程，堪称是对港供水的第一条生命线。尽管只是首期工程，但无论从设计上，还是从施工上看，这一工程的难度在当时几乎是超乎想象的，而建设者们仅仅用一年时间完成了祖国和人民交给他们的艰巨任务。在竣工庆典之前，香港工务司邬励德和几位香港专家就参观了工程。他们还是那样，一边走，一边看，一边不停地摇头，这是不可思议的摇头。一个如此巨大的工程，如此艰苦简陋的施工条件，竟然能在一年内完成，在邬励德看来，这是他从未见过的奇迹。而这不是上帝创造的奇迹，这是中国人民创造的奇迹!

这一工程能在一年内完成,不仅归功于工地上数以万计的建设队伍,还得到了全国人民大力支持。为了以最快的速度向香港供水,一方面,中央和广东省从各地选调优秀的技术人员参与设计和施工;另一方面,在中央的统筹调配之下,全国共有十四座城市、六十多家工厂调整了生产计划,加班加点为东深供水工程生产专用水泵、电动机、变压器等各种机电设备,总数多达两千多台。尽管当时我们国家还很穷,钢材、水泥等建设物资紧缺,但东深供水工程需要什么,几乎都能得到百分之百的满足。按照周恩来总理的批示,铁道部在运力非常紧张的情况下,优先将东深供水工程所需的设备和物资材料运到施工现场,这都是工程能按期完工、按时向香港供水的重要保障,也是国家保障。如果说这一工程有什么背景,它最大的背景就是祖国!

对此,那一代在干旱和水荒中挣扎过的香港同胞,有着源于生命与血脉的感激之情和感恩之心。在竣工庆典时,陈耀材先生眼里闪烁着兴奋而又感激的泪光,用双手捧着一面锦旗,代表港九工会联合会向东深供水工程指挥部献礼,那锦旗上书写着八个笔墨酣畅的大字:"饮水思源,心怀祖国。"高卓雄先生紧随其后,代表香港中华总商会向指挥部赠送了一面锦旗:"江水倒流,高山低首;恩波远泽,万众倾心。"这是香港和祖国骨肉相连、血浓于水的生动写照,诚如香港华侨华人研究中心主任许丕新先生所说:"东江水是滋养香港的血脉,是香港繁荣稳定、永续发展的基础工程和发展前提,其意义无论从什么角度看都是不可估量的，香港人应当永远感恩祖国和内地同胞。"

1965 年 3 月 1 日，从这一天起，那源远流长的东江水便带着血浓于水的深情，流到了数百万香港同胞的身旁，每个人都有一种绝处逢生之感，香港有救了，香港同胞有救了！当年，香港鸿图影业公司还摄制了一部大型纪录片《东江之水越山来》。该片导演罗君雄是广东香山人，1919 年生于与澳门相邻的前山古镇（今属珠海市），十三岁时随父母移居香港，一家人在大澳开杂货铺。罗君雄少年时对电影特别着迷，他堂兄罗志雄就是一名电影人。经堂兄引荐，罗君雄进入香港电影行业，他从小工做起，辗转当上场记，逐渐学会了菲林冲洗、剪片、摄影等技术。但他还没来得及一试身手，1941 年 12 月，太平洋战争爆发，日军空袭香港。到圣诞节时，港督宣布投降，香港全面沦陷。罗君雄和父母在兵荒马乱中逃往广西、贵州，途中又被日军抓为壮丁，强迫他背伤兵、运炮弹，他又趁机逃走了，而他父亲却病死在逃亡途中，而失散多时的母亲在父亲死后才与他得以重逢。这劫后余生的命运，让他一直深怀亡国之恨和家国之痛，直到中华人民共和国成立后，他才觉得自己有了一个坚定的靠山。

此后，罗君雄一直深耕于香港影坛，并开创了香港影业的多个第一。他是香港影联会创办人，是香港最早试用升降拍法的导演，也是香港最早研究彩色摄影的著名摄影师。而从少年时移居香港后，他就深受干旱与水荒之苦，一直渴盼着香港能够引来源头活水。当他听说东深供水工程即将上马的消息，立刻就开始筹划拍摄一部纪录片。尽管纪录片在香港并不叫座，也不被投资人看好，但罗君雄说干就干。他带领着一支只有五个人的摄制队：一个司机，一个当地联系人，一个剧务，一个助理，而罗君雄一人身兼编剧、导演、摄影数职。他们首先拍摄了香港街头市民排队候水、挑水、利用运水船输水的场景，然后奔走在东深工地，在现场拍摄记录了这一工程如何通过83公里的河道、八个抽水泵站、六个拦河大坝将东江水逐级提高到46米，最终翻山越岭来到香港。工程建设了一年，他们也跟踪拍摄了一年，从导演到摄制组，都被这个工程深深震撼着，而最后的镜头就是东深供水工程竣工庆典的剪彩。

就在东深供水工程正式向香港供水的当天，这部长达八十多分钟的大型纪录片也在香港同步上映。那些经历过水荒的香港同胞，在电影里看见了施工人员挥汗如雨的建设过程，还从特写镜头中看见了一滴滴清澈、晶莹的东江水在阳光的照射下跳跃、旋转、俯冲，汇入一股奔涌的清泉越山而来。而当他们拧开家里干涸已久的水喉，看着白花花的东江水哗哗流出时，一个个都热泪盈眶。连罗君雄也没有想到，这部一开始在业界不被看好的纪录片，在香港竟然创下当时中西影片的最高卖座纪录，这是香港电影史上第一部票房收入过百万港元的纪录片，直到今天，依然是一部享誉国内外的经典纪录片。

按照粤港双方签订的协议，东深供水工程每年对港供水6820万立方米，这在当年是香港所有山塘水库蓄水量的一倍。如香港需额外增加供水量，广东省将视供水设备能力适当增加，额外增加的供水量由双方代表另行协议决定。特别值得一提的是，这也是新中国历史上最早的跨境水权交易，而这一模式一直持续到现在，每一次合同签订都是由广东省政府和香港特区政府谈判商定供水量、供水方式和价格。而当时一吨水的水价是一毛钱，多便宜啊，连最底层的香港老百姓都用得起。然而，水又是无价的，如一位曾经历水荒的曾先生所说："很难想象没有东江水，生活会是什么样子。一滴水，甚至能够挽救人的生命，它是难以用金钱来衡量的！"

一条河，只是换了一种流向，数百万香港同胞却换了一种活法。尽管香港此后又多次遭遇五十年一遇乃至百年一遇的大旱，但水荒却从此成为渐行渐远的历史，那首"月光光，照香港，山塘无水地无粮，阿姐担水，阿妈上佛堂，唔知（不知）几时没水荒……"的歌谣，在潺潺流水声中渐渐变成了一段传说。无论何时，只要拧开家里的水喉，流出来的就是清甜的东江水。这是香港同胞渴盼已久的梦想，也是从中央到广东省对香港的庄严承诺，如今这梦想和诺言都一一实现了。同样还是那些少年，他们再也不用上街去候水、挑水和抢水了，当东江水流进那些干涸的山塘水库，一些活蹦乱跳的鱼儿也从东江随水而来，这些孩子们也像鱼儿一样活蹦乱跳，水，让他们又绽放出了天真烂漫的天性……

第四章

更上层楼凭远处

图 13　香港于 1968 年建成的船湾淡水湖
（广东省水利厅供图）

图 14　东深供水一期扩建工程——旗岭闸坝
（广东省水利厅供图）

图 13

图 14

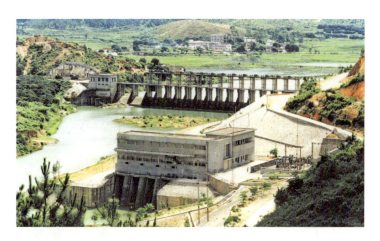

图 15

图 16

图 15　东深供水二期扩建工程——马滩泵站全景（图源：《东江—深圳供水工程志》）

图 16　东深供水三期扩建工程——人工渠道（广东粤港供水有限公司供图）

一

追踪东深供水工程数十年来的变迁，总让我下意识地想起宋人的词句："江水悠悠去，更上层楼凭远处……"

谁都知道，水，从来不是定数而是变数，这也注定了水利工程的特殊性和复杂性，世上任何一项水利工程都不是一代人就能完成的，更不能毕其功于一役。东深供水工程的全线贯通，还只是从 0 到 1 的开创，接下来还有"一生二，二生三，三生万物"的未来。不过，东深供水工程一开始并没有什么初期工程或首期工程之说，这都是后话。

回首当年，那千军万马大会战，用一年时间就建起一个跨流域的大型供水工程，可谓是"进之以猛"，而在接下来的运营管理上则要持之以恒。早在工程竣工之前的 1965 年 1 月，广东省就组建了东深管理局，这是归广东省水利厅管理的副厅级机构，王泳被任命为东深管理局第一任党委书记兼局长。

王泳，这位老前辈在四十多年前就已离开了这个世界，他像无数的无名英雄一样，渐渐被历史遗忘了。但当你追溯一条岁月长河时，一个日渐模糊的形象又渐渐变得清晰起来。那时候有不少像曾光一样从东江纵队转业到水利战线的军人，王泳就是其中之一。1918年，王泳出生于东莞厚街。1938年秋天，日军以海陆空立体作战的迅猛攻势，掀开了大规模入侵华南的序幕，东莞危在旦夕。当时正在东莞中学就读的王泳，在日寇的炮火声中以"触白刃，冒流矢，义不反顾，计不旋踵"的义勇精神，挺身而出，投笔从戎，加入了由厚街同乡、中共党员王作尧组建的"东莞抗日模范壮丁队"，这是东江纵队的前身之一。一位报国书生，历经七年血火征战，终于迎来了抗战胜利。随后，东江纵队主力奉命北撤，王泳由于患有严重胃病，未能随主力部队北上。在解放战争时期，东纵留下的一部分武装小分队和复员人员又组建了粤赣湘边纵队，王泳担任了中国人民解放军粤赣湘边纵队东江第一支队第七团政治部主任。随着全国解放战争形势的迅猛发展，第一支队在东江流域开辟了大片根据地，并于1949年1月成立了惠（阳）紫（金）边人民政府，由王泳出任县长。除了政治和行政工作，王泳还逐渐显露出在后勤和财务方面的管理才能。中华人民共和国成立前夕，东江第一支队在当时的根据地陆丰县河田镇成立了南方银行第一支行，任命王泳兼行长。中华人民共和国成立后，王泳也和他在东纵的老战友曾光一样，由军队转入行政队列，又由行政岗位转入水利战线，担任广东省水利厅设计院院长。1965年2月27日，就在东深供水工程举行落成庆典的当天，东深供水工程总指挥部向东深管理局正式移交工程，这是一个"交钥匙工程"，当总指挥曾光把一只大手伸向王泳，两只大手紧紧握在一起，一个接力棒就这样传递到了王泳手中。可以说，东深供水工程从建设到管理都打下了东江纵队的烙印，第一任建设总指挥是东纵老战士，第一任管理局局长也是东纵老战士。而随着东深供水工程的诞生，也诞生了一个特殊的群体——"东深人"，他们都是东深供水工程的管理者和守望者。

东深管理局在组建之初，就像一支刚刚成立的游击队，这个跨流域供水工程如何运营，怎样管理？一开始，摆在王泳和大伙儿面前的还是一张白纸。一张蓝图怎么画？像黄惠棠、王淦辉等刚刚招进来的民工，除了两个月的短期培训，几乎都没有接受过正规化、专业化训练，更加不知道该如何着手了，大伙儿都眼巴巴地看着老局长。其实王泳那时还不到五十呢，但对于这样一位老革命、老资格，大伙儿都习惯于这么叫。很多人对他都有些敬畏，他个子不高，但棱角分明，乍一看，给人一种刻板的甚至有些苛刻的印象。而他一旦进入正题，那还真是一本正经，尤其是他那言简意赅的讲话稿，从来不用别人代笔，都是自己深入调查又深思熟虑后撰写的，丁是丁，卯是卯，一个萝卜一个坑。只要你跟老局长相处时间长了，打交道多了，你就会发现，他是一个乐观的人，也是一个豁达的人，很爽朗也很随和。黄惠棠还记得，老局长时常来看望他们这些在一线担任巡护任务的水工，他自己也像个水工一样，扛着一把铁锹，穿着一双齐膝深的高筒套鞋，只要往大伙儿中间一站，你就分不清谁是谁了，一个一把手和这些水工的距离一下拉近了。老局长和大伙儿七嘴八舌地谈着眼下的事情，也谈着东深供水工程的未来。别看大伙儿都嘻嘻哈哈的，这样的闲谈其实不是闲谈，后来他们才发现，这是一把手在深入一线搞调研呢。在做了大量调研之后，王泳又和专业技术人员一起开始了另一种规划与设计，先后制定了水文水利总则、水库运行调度、梯级抽水泵站联合调度、抽水泵站操作运行、水电站运行操作、变电站运行操作等一系列运行规程以及机电设备修理规程等，这一系列规章制度把东深供水逐渐引向了有章可循的规范化管理，一支"游击队"在短时间内就打造成一支有模有样的"正规军"。

制度的力量是强大的，一旦制定就要严格执行。就说黄惠棠这个普通水工吧，其主要职责就是巡查、维护堤坝和渠道等设施。每天，他都穿着一双闷热的高筒套鞋，拖着一把铁锹在工程沿线巡查，这样的巡查每天来回两趟，每天要步行二十多公里，无论风吹日晒，雷打不动。他这一辈子就是这样一步一步走过来的。一边走，还要一边清理沿途的垃圾，寻找和发现各种各样的隐患。千里之堤，溃于蚁穴，白蚁洞一直是堤坝最隐秘又最危险的祸患，一旦发现白蚁洞，就要用水泥浆将洞穴灌死。此外，还有很多狡猾的老鼠在渠道和堤坝边的草丛中挖洞，黄惠棠还要一边巡查一边割草，让草的高度不超过五厘米，确保能够找到老鼠洞和白蚁洞。而一旦到了汛期或风雨天，水工们更是不分白天黑夜加紧巡查，严防洪水和风雨冲垮堤坝，还要及时开挖排水沟。每到汛期，最危险的就是翻沙鼓水，用专业术语说，就是管涌。这是在渗流的作用下，土体细颗粒沿骨架颗粒形成的孔隙，水在土孔隙中的流速增大引起土的细颗粒被冲刷带走的现象，涌水口径小者几厘米，大者几米，在孔隙周围形成隆起的沙环。管涌发生时，水面出现翻花，但先要沉住气，冷静地进行观察和辨别，若是只见清水冒

出，那问题不大。若是忽而冒出清水忽而冒出浑水，就要高度
警惕了。若是只有浑水冒出，那就非常危险了，一旦发生大量
涌水翻沙，就会使堤防、水闸地基土壤骨架遭受破坏，甚至造
成决堤、垮坝与倒闸等恶性事故。而一个水工的职责在此时便
会凸显出来，他必须在第一时间火速向上级报警，而在抢护人
员赶来之前，他还必须采取紧急抢护措施。这是一个人的战
斗，先要在冒水孔周围垒土袋，筑成围井，再在围井口安设排
水管或挖排水沟，以防溢流冲塌井壁，还要铺填粗沙、石屑、
碎石和块石阻遏水势。这样的险情黄惠棠一辈子不知遭遇过多
少次，由于他判断准确、处置果断，每次都是有惊无险。

　　对这些坚守在一线的水工，王泳不知说过多少次："苦活，
累活，重活，都是这些民工在干！"而在他的管理之下，严厉
的制度也充满了人性的温度。当时，这些民工招进来后，原本
在试用一年合格后就可以转正，谁知一年之后风云突变，在那
十年内乱岁月，这一批民工一直都是临时工，每个月只有三十
多块钱的工资，吃的还是农村粮，每月还要向生产队上交一笔
钱，而剩下的那点钱连养活自己都不够。黄惠棠带过一个徒
弟，那小伙子一见他，就差点被吓走了。你看他，由于长年累
月在野外作业，那脑袋晒得黑乎乎的，在烈日下一边走一边
看，就像顶着一口大黑锅。而这活路又苦又累还特别枯燥，那
小伙子只跟着他干了一星期就再也不肯干了，而他说出的理由
更让人哭笑不得："师傅啊，我要像你这样干下去，一辈子也
找不到老婆！"

　　不说这个小伙子，就连同黄惠棠一起招进来的那些民工

也有不少卷铺盖回家了，回到家里种地也比干这又苦又累的临时工强。眼看着民工们一个一个走掉了，而留下来的待遇问题又迟迟得不到解决，这让王泳心急火燎。为了给这些民工转正，他一直在奔走疾呼。而在那种如洪水纵横决荡般的冲击下，很多机关都瘫痪了，他也自身难保。但不管受到怎样的冲击，王泳和那一代"东深人"，一直苦苦地坚守在东深供水工程沿线，一切如大浪淘沙一般，每一个留下来的都是意志最坚定的。王泳在战争年代就患上了胃病，在各种折腾和奔波劳累中病情越来越严重，人也越来越瘦了，瘦得只剩下一身硬生生的骨头。在工程沿线巡查和抢险时，有时候他的胃病发作，疼得浑身抽搐、满头大汗，但他都说"没事，没事"，依然苦撑着瘦骨嶙峋的身子坚守在一线。对于他，最大的事就是确保对港正常供水，一旦供水中断那就是天大的事！当我在时隔多年后追踪着这样一个身影，脑子里时不时就会迸出陆机《述先赋》中的一句话："抱朗节以遐慕，振奇迹而峻立。"那一个原本依稀模糊的身影，一下化作了一个如中流砥柱般峻立的形象。当年，东江纵队的前身东江抗日游击队与八路军、新四军并称为"中国抗战的中流砥柱"，而王泳和那一批坚守在东深供水工程沿线的"东深人"，又何尝不是经受住了大风大浪冲击的中流砥柱？在那长达十年的非常岁月，东深供水工程一直保障对港的正常供水，而供水量还年年递增，这又是一个令人难以置信的奇迹。

随着东江水源源不断涌来，像母亲的乳汁一样哺育着香港，香港同胞不但告别了"旱魃为虐，如惔如焚"的百年水荒，一向低迷的香港经济也因水而兴，风生水起。对于一个追求利润的商业社会，水"利"就是滚滚而来的红利。在香港水旺则财旺，水顺则业顺。当香港遭受大旱和水荒之际，不仅是香港市民一水难求，香港经济也会受到重创，商店因停水而关门，工厂因无水而瘫痪，连病人去医院住院时的水费也要自理。当年在香港旺角有一家人气很旺的琼华酒楼，每天都要从几十公里外一车一车地拉水来维持经营。在那闹水荒的日子里，不知有多少老板因停工停产而破产，甚至因巨额亏损而自寻短见。即便没有出现极端的干旱状态，缺水也是香港的一种常态，那限时限量的"制水"措施大大限制了当地各项产业的发展。在东深供水工程向香港供水以前的 1964 年，香港有三百余万人口，地区生产总值仅有 113.8 亿港元，而在东深供水工程引流至香港的第一个十年，香港就增加了一百多万人口，全港地区生产总值增长了五倍。香港也由此迈进了一个快速发展的黄金时代，一跃而为亚洲"四小龙"之一。

香港经济的腾飞、人口的激增，意味着需要更多的水资源来支撑，每一个人都是要喝水的，这该增加多大的供水量啊！只要有充足的供水，一切就会进入良性循环，而一旦缺水，势必陷入恶性循环。这一点，港英当局是看得很清楚的，也是相当清醒的。从 1966 年开始，港英当局就向广东省频频提出增加供水的要求。与此同时，为了储存更多的淡水，香港也一直在加紧建设船湾淡水湖，这一工程历经 8 年，直到 1968 年才初步建成，实际耗资 4 亿港元，储水量达到 1.7 亿立方米。这一淡水湖原本是为了储存更多的天然降水而建，但靠天吃水没有稳定的水源，储水量再大也是枉然。不过，这一工程并非失败的工程，而可谓是"歪打正着"，正好用来接收东江水。就在船湾淡水湖建成后第二年，1969年8月，第一次出现满溢。为此，港英当局又于1970年开始进行船湾淡水湖堤坝加高工程。到1973年完工时，储水量增至2.3亿立方米。但这样的蓄水水库，无论你建造得有多大，都必须有源源不断的活水补充。就在这一年，港英当局正式向广东省提出了在近、中、远期增加对港的供水量的请求，希望从1974年到1979年的年供水量逐步增加到1.68亿立方米，这比原来的协议供水量翻了一倍多。显然，这是东深供水首期工程难以满足的，若要实现供水量的增长，就必须对工程进行一次大规模扩建。这次扩建，后称东深供水一期扩建工程。

1973年11月，广东省组建了东江—深圳供水工程扩建处，并成立领导小组，由东深管理局革委会主任王泳担任组长，后任指挥长。广东省水利电力勘测设计研究院承担了规划和设计任务，由副总工程师姚启志主管。而在总体设计上，首先就要面对一个难题：扩建工程必须在不停止供水、不影响沿线农田灌溉、不断扩大供水的前提下进行。马恩耀是东深供水首期工程水工建筑的设计负责人，每一座水工建筑，从草图到蓝图都倾注了他的心血，他熟悉得如同自己手心里的掌纹。这次扩建的初步设计，一开始提出的是"从兴建中小型水库及增加供水设备两方面研究扩建工程方案"，但经过进一步勘查，在石马河流域附近虽然找到了一些可兴建中小型水库的地方，但集水面积都不大，有些还需跨流域引水，工程量大，淹没地区多。这一带又处于边防地区，牵涉到的问题比较复杂。在反复论证之后，这一"兴建中小型水库"的设想最终被否决了，那么就只剩下了一个选择："采用在原工程各级抽水站的基础上增加抽水设备的方案，从东江抽水解决扩大供水要求。"

这一初步设计方案经上级批准，随后便进入技施阶段。1974年3月，东深供水一期扩建工程开始施工，此时距首期工程开工已整整十年。一期扩建，主体工程包括两部分，并分为两个阶段施工。第一部分和第一阶段为深圳水库输水系统扩建工程，技施阶段由马恩耀负责设计。深圳水库是对港直接供水的最后一站，若要扩大对港供水的流量，就必须对原来的过坝管道及输水管道进行扩建。具体而言，就是在深圳水库新建一道直径1.8米的钢筋混凝土内衬钢板的穿坝涵管，另增建直径1.4米的供水钢管各一条——这是一个关键工程，也是一个瓶颈工程，由广东省水电第一工程局（广东水电一局）负责施工。这一工程的土石方工程量不大，没有那种千军万马奋战的场景，但啃下去的都是硬骨头。

如今，要找到当年的历史见证人也很难了，经多方寻觅，我见到一位在东深供水一期扩建工程中奋战过的普通女工王小萍。看着她那瘦瘦小小的个子，你很难把她与一个电焊工联系在一起。那时候的电焊设备非常笨重，在焊接的过程中，那连接焊机的电缆还要大力拉，力气小了还拉不动。现在的焊机比原来先进多了，操作起来也轻松多了，但还是很少有女性担任电焊工。那容易灼伤眼睛的焊花强光、红外线和紫外线，还有焊接中的电子束产生的X射线和焊条散发的刺鼻气味，连男子汉都受不了，何况还是这样一个小女子。不说现在，回首当年，当一个小女子走上工地、拿起焊枪时，很多人都睁大了眼睛，惊奇地看着这个小巧玲珑、一脸秀气的女孩子，这是哪家的丫头啊，怎么干起了这么笨重的电焊工？那个反差实在太大了。而更让人想不到的是，这位小女子，竟然是局长兼总指挥王泳的女儿，但她却没有享受到父亲的一点照顾。这让多少人感慨，就凭这一点，你也知道她的父亲是一个怎样的人了。时隔多年后，当我和她谈及这事，她先是轻轻抿嘴一笑，随即又下意识地咬了咬牙关。事实上，她也从未想过要得到父亲的照顾。她知道，这是不可能的。不说别的，就说她母亲方萍吧，那也是 1938 年投身革命的东纵老战士，但直到离休之前，她都是东深管理局的一位普通干部，每每有了提拔晋级的机会，她总是主动把机会让给别人，尤其是那些有专业特长的年轻人。王小萍是父母最疼爱的小女儿，而在父母看来，最疼爱的方式就是让她历经磨炼，炼成一块响当当的好钢。

王小萍在这样一种家庭环境下长大，她打小就没有什么干部子弟的优越感，反而是做了更多吃苦的准备。她十六七岁就下乡插队，什么苦都吃过，什么累活重活都干过。而应聘后，她一心只想学门技术，为东深供水贡献一己之力。刚上工地时，她还是一个电焊学徒工，分派给她的第一个任务，就是跟着师傅抢修输水管道。进入管道前，钢管内的水已被抽干了，但那地下埋管长达 3.8 公里，由于长时间处于密闭的状态，管道内空气不流通，每一次作业都要用巨大的鼓风机呼呼往里送风。施工时，先要用铲子、刷子把那些缀满了螺蛳、贝壳和杂物的钢管内壁一点一点刮干净，再弯着腰把电缆线背在肩头，一边走一边拖着电缆举着焊枪作业。鼓风机在呼呼喘息，人也在呼呼喘息，但只要有风吹进来，人就不会觉得憋闷，最难受的还是电焊时飞溅出的火花，任你如何小心，还是时不时会被烫伤。多少年过去了，她胳膊上还留有一块块颜色变得暗沉的伤痕。她指点着这些伤痕，讲述着那段肩扛电缆、举着焊枪的经历，还有父母的故事，那嘴角上一直挂着淡淡的笑纹，可眼角上却渗出了泪花。

一个普通女工在焊花中闪现的花季年华，也是她此生最难以忘怀的青春记忆。而让她一直倍感欣慰的是，这个工程按期交工了，她的汗水没有白流。1975 年 12 月，深圳水库供水钢管扩建工程竣工验收，这一工程攻克了对港供水的最后一道瓶颈，被指挥部评为优质工程。然而，在整个东深供水一期扩建工程中，这还只是第一步。如果把东深供水工程比作一条长龙，这里又得从龙头说起。众所周知，供水流量取决于引水流量，为了增大引水流量，还必须增加桥头新开河的引水流量，对沿线的供水渠道和河道进行大规模扩建，这就是东深供水一期扩建工程的第二部分和第二阶段，主要在东莞境内建设，大量的土石方工程亦由当时的东莞县负责组织施工。像东深供水首期工程一样，在那个年代，这繁重而紧张的施工任务依然只能靠人海战术去完成。1976 年 12 月 5 日，东莞县从东深供水工程沿线八个公社共抽调了五万多名民工，由各公社书记带队，从桥头到雁田，沿石马河流域摆开了阵势，掀起了东深供水工程建设史上的第二场大会战。

这次大会战的指挥长，也是一位东纵老战士——莫淦钦。他是东莞桥头石水口人，1937年入党，同年加入东江纵队。中华人民共和国成立后，他一直在东莞工作，历任东莞县委副书记、县武装部第一政委、县长、县人大常委会主任、县委书记。对于东江，对于桥头，对于石马河，他是再熟悉不过了。而这一次大会战，参战民工是首期工程的好几倍，但工期也更紧张。为了不影响对港正常供水，不耽误来年的春耕生产，必须赶在1977年春节前完成水渠河道扩建的土石方工程。入冬之后，岭南的冬天也挺冷的，当寒潮袭来，也要穿上棉袄才能抵挡风寒。然而，当寒潮遭遇千军万马大会战的滚滚热潮，哪里有什么寒冷的感觉，许多民工都是光着膀子、打着赤膊挖土挑担，一个个热汗滚滚，浑身冒着热气，嘴里热乎乎地喊着："乡亲们，早点干完，回家过年！"

这是一次集中力量的突击战，也是大决战，1977年1月15日，供水渠道和河道扩建工程提前五天完成，从开工到完工仅用了四十天时间。数万民工一个个欢天喜地，大伙儿终于可以回家过大年了。

但对于整个一期扩建工程，接下来还有一场场硬仗要打，广东省水利水电第三工程局（下文简称"广东水电三局"）就是一支勇猛善战、敢打硬仗的铁军，也是东深供水一期扩建工程的主力军。当年，广东水电三局就是为东深供水工程而成立的，其总部一直设在塘厦。这里也曾是东深管理局的总部，而从东深供水首期工程、三期扩建工程到改造工程，每一次工程指挥部都设在塘厦。在改革开放之初，广东水电三局也参与了深圳蛇口工业区的建设，中国改革开放的先行者、蛇口工业区创始人袁庚一度想让三局把总部迁到蛇口，却被三局婉言谢绝了。他们一直把东深供水工程建设视为自己的第一职责，一直到现在，其总部机关从来没有搬离过塘厦。

在一期扩建中，广东水电三局承担了全线八级梯级泵站、水工渠道及相应的公路桥涵、沿线3kV输变电的改扩建工程和同轴通信电缆及四遥集控的安装调试，主要采取了挖潜扩能和技术改进两种方式。欲实现挖潜扩能，先要搞清楚原有电动机组和水力机械还有多大的潜力。经过两次现场测试，原180千瓦电动机组尚有富余潜力，可暂时不改变，但需在司马、马滩、塘厦、竹塘、沙岭和上埔六站增加同型号泵组各一台，另在雁田泵站增装48SH-22A型泵组一台，采用射流抽气方式抽真空充水。这增加的七台泵组，使东深供水工程全线泵组的安装总台数达到四十台，在原有基础上进一步提升了供水能力，但经测算，尚无法满足港方的供水量。这就必须采取第二种方式，对原有水泵机组进行技术改造。如雁田水库以北七座泵站，原来采用的是36ZIB-70型轴流泵，在运行八九年后，即便还能保持原有的功率，也难以满足扩大供水的需求。科技人员经过反复试验，在不改变水泵外壳尺寸及土建结构的情况下，通过更换叶轮，提高比转速，将原来的水泵一律改造为36ZIB-100型水泵，扩大供水的流量和扬程。从现场测试到其后的实践证明，这两种方式所产生的不只是加法效应，而是乘法效应，不但可以解决扩大供水的需求，甚至还超过了初步设计的预期。

　　当历史进入 1978 年，翻检这一年的大事记，最伟大的事件就是 12 月 18 日至 22 日——党的十一届三中全会在北京召开，全会作出把党和国家工作中心转移到经济建设上来、实行改革开放的历史性决策，开启了中国改革开放历史新时期。这是中华人民共和国成立以来具有深远意义的伟大转折，被称为中国改革开放的元年。

　　就在这一伟大的历史转折点上，1978 年 11 月 26 日，东深供水一期扩建工程全线竣工，整个工程建设历时四年半。这是一个低投入、高效益的工程，总投资 1483 万元，还不到首期工程的一半，但年供水量却达到 2.88 亿立方米，其中对港年供水量增至 1.68 亿立方米，比首期工程翻了一倍。令人痛惜的是，就在一期扩建工程竣工运行后不久，刚刚年过花甲的老局长兼指挥长王泳就因积劳成疾而病逝了。一个生命从此画上了句号，但他却留下了难以磨灭的功绩。作为东深供水工程管理局的第一任局长，他是东深供水工程运行管理走向正规化的奠基人，在十年内乱岁月中更是一位坚如磐石的守护者。他把一个大型供水工程从一个时代带进了另一个时代，让对港供水量提升了一倍，而这个刚刚迈入新时期的工程还将"风生水起逐浪高"，一浪高过一浪……

二

　　就在东深供水一期扩建工程竣工的那一年，还发生了一个与之形成鲜明对比的事件，当时全世界规模最大的海水淡化厂——香港乐安排海水淡化厂宣告停产。

出于种种考虑，港英当局长期试图引入海水淡化技术，为香港开辟新水源。对此，香港工务司邬励德早就明智地指出，兴建海水淡化厂动辄需花费上亿港元的成本，而产出的淡水不多，这等于把金钱直接"投入沟渠"。但港英当局不听他和众多港方专家的劝阻，依然执意推进海水淡化工程。1972年7月31日，港英当局正式宣布在香港"新界"屯门区小榄乐安排兴建海水淡化厂，由分别来自英国、法国、美国、意大利及日本五个国家的七个财团投标，最后由日本大阪的世仓工程有限公司以3.37亿港元投得，这是各个财团中出价最低的。由于港英当局缺乏修建资金，便向当时的亚洲发展银行贷款1.2亿港元，还款期为十五年。1975年10月15日，乐安排海水淡化厂初步建成，由当时港督麦理浩揭幕，第一部机组开始运行。到1977年9月，历经五年建造，这一全世界规模最大的海水淡化厂终于全面投产，可谓举世瞩目。然而，一如邬励德所料，海水淡化成本比东深供水高六倍，又加之全球石油危机导致原油价格上涨，令海水淡化成本飙升多倍，而该厂设备需由日本工程师负责营运及维修，成本更为昂贵。结果是，该厂全面投产仅仅一年后，就在1978年不得不黯然宣告停产，最终于1982年正式关闭，一个耗资数亿港元的海水淡化工程就这样打了水漂，厂房后以爆破方式拆卸。我也曾到此探访，原址现已变成一个摆满了地摊的跳蚤市场。而就在1982年6月1日，港英当局宣布解除了长达六十年的限制用水法例，实现二十四小时供水。这背后，只因有了源源不断的东江水。

从香港供水的历史看，邬励德不愧为一位称职的水利工程专家。他在任内亲历了内地和香港共同推动东深供水工程的历史进程，也见证了香港为开辟水源而做出的诸多努力。在比较之后，东深供水对于香港确实是最佳选择，也是他做出的正确选择。为表彰邬励德多年来在工务局作出的贡献，英女王授予他圣米迦勒及圣乔治勋衔。而位于香港大坑的励德邨，就是以他的中文名命名。

历史已经证明，香港的幸与不幸，都与水直接相关，而香港最大的幸运，就是有来自祖国内地的供水。在东深供水一期扩建工程运行两年后，到 20 世纪 80 年代初，香港地区生产总值首次突破千亿大关（1070 亿港元），人口突破五百万。在人口剧增、地区生产总值飙升的同时，用水量势必激增。而此时，毗邻香港的宝安县已成为中国改革开放的桥头堡，在 1979 年 3 月获国务院批准撤县设市——深圳市，1980 年又设立深圳经济特区，1981 年升级为副省级城市。东莞作为一个传统的农业县，于 1985 年 9 月获批撤县设市，随后又升格为地级市，并成为经国务院批复确定的珠江三角洲东岸中心城市。随着深圳、东莞的现代化崛起，其人口和用水量也呈几何级翻番。众所周知，供水必须未雨绸缪，否则就会陷入临渴掘井的被动局面。而无论何时，向香港供水都是东深供水工程的首要任务。

为了进一步扩大对港供水量，1980 年 5 月 14 日，粤港双方又签订了《关于东江取水供给香港、九龙的补充协议》：

自 1983—1984 年度供水 2.2 亿立方米开始，逐年递增 3000 万至 3500 万立方米，到 1994—1995 年度达到年供水量 6.2 亿立方米。这里且不说深圳、东莞所需水量，只说对香港的供水量就必须达到东深供水首期工程的九倍。看看这一笔"流水账"吧，从东深供水首期工程对港供水 6820 万立方米，到一期扩建工程后的 1.68 亿立方米，再到 1994—1995 年度达到年供水量 6.2 亿立方米，这是怎样的增速？又该要多大的工程才能承载？

对于香港同胞的要求，祖国从来不会拒绝，而是竭尽全力满足。1981 年 1 月 15 日，广东省组建了东江—深圳供水二期扩建工程指挥部，决定对东深供水工程进行一次更大规模的扩建，由时任广东省水利电力厅厅长李德成担任指挥，规划和设计依然由广东省水利电力勘测设计研究院承担，而副总工程师姚启志又一次担纲设计主管。

如何才能满足供水量剧增的要求呢？广东省水利电力勘测设计研究院在规划中曾提出了五种方案，经过对各方案进行技术和经济层面的论证，最后选用在原有工程布局的条件下进行扩建的方案：一是新建八座抽水泵站，扩增装机容量，在桥头新建东江抽水泵站一座，沿线七座泵站各增建厂房一座，八站共增加抽水泵组 26 套，使装机总容量达到 21600 万千瓦；二是再次增建对港供水管道，对深圳水库输水系统进行扩建，穿过深圳水库坝下新建直径 3 米的输水钢管，另在坝后至三叉河间新建长度 3.5 公里的钢筋混凝土输水管道，其过水能力为 16.8 立方米 / 秒。而随着水位提高，还必须将深圳水库大坝加高 1 米并建造混凝土防渗墙；三是利用落差在丹竹头和深圳水库坝后新建两座水电站；四是新建渠道及扩挖河道，这期扩建工程除了扩大工程规模外，在梯级布置上基本没有大的改变，但原来河渠的过水断面严重不足，必须新建和扩建河道共 19 公里。

初步设计完成后，随即进入技施阶段，何毓淦和陆宏策任总负责人，由水工、机电和地质等人员组成设计组集中在深圳进行现场设计。与此同时，东深管理局也选派了一批精兵强将负责施工管理。易兴恢先生就是当时的施工管理者之一。这位如今已年届八旬的老人，看上去还是那样硬朗挺拔，一双眼睛仿佛能穿透岁月，炯炯发光。1988 年，他从汕头市水利部门调到东深管理局，曾任副局长、总工程师。在二期扩建时，他负责供水河道、渠道及附属建筑物改造工程的施工管理。接到任务后，他先把施工线路来来回回走了几遍，越走心里越是堵得慌。此时距东深供水首期工程建成已二十多年，距一期扩建工程竣工也有整整十年了，由于那时候的施工条件所限，在运行这么多年后，难免出现泥沙淤积。而岸边灌木横斜、杂草丛生，虽说这能对水体起到一些过滤作用，却也导致水流壅塞不畅。在经年流水的侵蚀下，河坝渠堤到处都是渗水的痕迹，眼看着那清澈的东江水就这样白白流走，实在是太可惜了。而那些裂缝，还留下了洪水淹浸的隐患。这一个个问题，都必须在二期扩建中解决。而二期扩建和一期扩建一样，在施工期间必须保障对港正常供水，还要逐年增加供水量，而且不能影响沿线农田灌溉，只能利用停水期和枯水期的有利时机完成水下工程。东深供水工程每年仅有一个月的停水检修期，整个渠道改造任务，必须在停水检修期内全部完成。面对如此繁重的施工任务和如此紧张的工期，一个老水利人也感到压力巨大啊！

易兴恢根据全线勘查的实情，和技施设计人员一起反复论证，制订了一份详细而具体的实施方案：一是对河道或渠道进行三面开挖，以加大过水能力；二是对弯曲河道进行裁弯取直，既缩短了输水河渠的长度，又加大了过水断面；三是将原堤坝加高加固，对土坝以混凝土或石块砌衬护坡，这样可以防洪、防渗，这也是二期扩建的主要土建工程。别看这简简单单的几句话，"那各种图纸，堆起来有这么高……"老人随手比画了一下，让我一下明白了那个高度，差不多有半人高。

一个时代有一个时代的工程，而东深供水工程是一个跨时代的工程，从二期扩建工程开始，中国已迈进了新时期，这与前期工程已不可同日而语了。以前的工程，没有明确的业主单位和施工企业之分。工程是国家的，国家把一个工程交给某个工程局。而当时所有的工程局也都是国家直属的，从施工、质量监控、投资控制都由这个工程局一揽子负责、一条龙完成，直到最后把钥匙交给你，即交钥匙工程。工程还须征调大量民工，而人民就是国家的主人，任何付出都是不计报酬的。随着中国进入改革开放的年代，逐渐引入市场机制，东深供水工程依然是国家工程，但这个业主不能笼统地由国家来担当，必须有一个具体负责的业主。这个业主就是东深供水工程管理局，在施工期间由东江—深圳供水二期扩建工程指挥部代行业主的职权。而二期扩建主体工程的施工，则由广东水电三局按照省计委批准的概算，以包干的方式签订承包合同。这也是改革开放给水利工程建设带来的一大变化，以前，施工单位是完成上级交代的任务，而现在则是按合同办事。

陈立明，现任广东水电三局党委书记、董事长。第一次看见他，我就感觉这是一个骨子里有股倔劲的硬汉子，一副敦实的身板，一个硬扎扎的板寸头，短短的发茬里白发参差。他是东莞大朗人，1983年7月从华南理工大学建工系水利专业毕业，被分配到广东水电三局。三局当时有两千多名干部职工，而大学生还是凤毛麟角。陈立明算是幸运的，高中毕业就迎来了高考的机会，又以优异的成绩考上了重点大学，一毕业，就赶上了东深供水二期扩建工程。

刚上工地时，这位刚刚从校园里走出来的大学生，第一个强烈的感受就是心理落差，那是理想与现实的落差。那时他们住的工棚仍是用稻草跟泥巴糊的墙，夜里常有蛇虫钻进来，尤其是上厕所，那茅房在工棚一百多米之外，一旦刮风下雨，那一段路就变成了烂泥坑。尽管他是一个苦读出来的乡下娃，但这住房比他家里的农舍都差多了，父老乡亲都指望着他上了大学有大出息呢，结果却从米箩里落到了糠箩里，甚至觉得几年大学都白上了。看着他那满脸难色，一位干过一期扩建工程的长辈笑道："小伙子，以前咱们可比这更艰苦啊，现在的条件可是好多了！"

这也是大实话，而当时施工条件最大的改善，就是从国外进口了一批先进施工设备。这些设备很多人以前见都没见过，刚一开来就引起了人们的围观，尤其是在施工时大显神威。以前要搬走一个小山包，上千民工你挖我挑，要辛辛苦苦干上几个月。而眼下，几台大型推土机开上去，几个人，几天时间，呼啦啦地就风卷残云般推平了，干净利落地搬走了。大伙儿对这些设备都特别珍惜，有一次，那液压设备的一根油杆一不小心给碰花了，老局长心疼得不得了，又是叹气，又是搓手，要知道，这洋玩意儿当时在国内没法修，还要运到国外去修，这一个来回，漂洋过海，该要耽误多少时间啊。

陈立明先被派往司马泵站施工，这也是一个大学生走出校门后迈出的第一步，从最基层的施工员做起。在二期扩建中，司马泵站要在旧厂房西侧新建一座厂房，厂房前后的输水管道均与原上下游渠道相接。但按原设计图进行基础开挖时，发现了局部软土层，为黄红色和花斑色的黏土。陈立明一看就感觉有问题，但也不敢肯定。何况，这是权威部门、权威专家在反复勘测后做出的设计，你一个初出茅庐的大学生能够指手画脚吗？但这小子还真是初生牛犊不怕虎，旋即便向技施设计人员反映了这一问题。他也由此而结识了一个对自己一生都有影响的人——李玉珪。

还记得那位咬破指头写血书大学生吗？他就是李玉珪。当年，为了支援东深供水首期工程建设，李玉珪在推迟一年毕业后，被分配到了海南文昌县水利局。直到1979年，他因专业成绩突出，从海南调入广东省水利电力勘测设计研究院工作，随后便参加了东深供水二期扩建工程的技施设计，挑大梁负责整个河道水闸的系统设计。在技施设计告一段落后，设计单位根据合同的要求，还要在施工现场派驻设计代表，李玉珪又在施工阶段当了三年设计代表，也可谓是维持工地与设计单位联系的联络官，主要职责是代表设计单位处理设计图纸上需完善的事宜，解答工程各方提出的问题，签署工程设计变更单，同时也可以处理施工方提出的一些修改，签署技术核定单。他每天都在施工现场跑，哪座泵站、哪段河渠的施工遇到了问题，他都必须跑到现场去仔细察看，而一旦发生了暴风雨、泥石流或山体滑坡等自然灾害，他更要以最快的速度赶到现场。陈立明将司马泵站新厂房基础开挖的情况告诉他后，珪叔和设计人员赶到现场勘测，随即在技施设计上做了调整，将厂房位置向北平移了约 27 米。这是一次及时的发现，也是一次及时的处理，从根本上化解了一场隐患。李玉珪在长吁一口气后又拍着陈立明的肩膀说："小兄弟，你可真是立了大功啊，若不是你及时发现马上报告，后果真是不堪设想，基础不牢，地动山摇啊！"

李玉珪叫陈立明小兄弟，陈立明却叫李玉珪为珪叔。那时候，李玉珪才四十出头，身材消瘦，皮肤黝黑，最有特点的还是那带着一口浓重的海南口音的普通话。由于他和蔼可亲，见了谁都笑呵呵的，大伙儿都亲昵地称他为珪叔。在广东，能称为叔的人都是德高望重的长辈。那天下班后，珪叔还非要拉着陈立明这位小兄弟去工棚里喝几口。水利工地风湿重，珪叔喜欢喝两口，但酒量不大，一喝就满脸通红。在陈立明的印象中，这是一个饱经沧桑却如赤子一般的汉子。而这还只是他们交往的开始，在接下来的岁月里他们还有更深的交往。

　　司马泵站的工作告一段落后，陈立明就被调往东江口工地，担任第五工程队技术员，在这里他又遇到了另一个影响自己一生的人——牛叔。牛叔不姓牛，他本名张国华，名字中也没有一个牛字，却是一个牛人。他是从湖南和广东交界的南岭煤矿转来的一个矿工，此前干过风钻工，也当过安全工。无论在哪里，他干活时都像一头埋头苦干的老黄牛，又加之在工作中特别较真，性格偏强，是典型的牛脾气，大伙儿都叫他牛叔。在二期扩建时，牛叔先是担任第五工程队副队长，后又担任队长，负责东江口引水工程施工。这里一直是东深供水的龙头工程，这次扩建按规划设计要新建一座泵站，在建设进水口闸时，必须对东江防洪大堤进行开挖。但凡穿堤破坝工程都必须确保百分之百的安全，只能选择在枯水季节施工。这一工程在施工安排上分两个枯水季节施工，主要是集中力量突击修建两座与洪水密切相关的建筑，这是同汛期赛跑的工程，一旦汛期来临而工程未按计划完成，洪水穿堤破坝而出，那就是惨重的灾难了。

　　对于那两个时间节点，陈立明在时隔多年后仍然记得一清二楚。第一个枯水季节是 1984 年 9 月至 1985 年 3 月，这段时间的施工目标是主攻厂房及进水池混凝土浇筑，为了保证安全度汛，建筑物浇筑高度必须高出防洪高程。据当时的工作日志，1984 年 9 月 28 日，主副厂房及进水池基础动工开挖，先要在透水性很强的沙土层上挖十二米多深的厂房基础。但计划总是赶不上变化，就在他们按部就班开挖时，一股地下涌流喷薄而出，那开挖的基坑转瞬间就变成了一个大水坑。当大伙儿发出一片惊呼时，牛叔倒是镇定，他抖了抖满头满身的泥水，把手猛地一挥："赶紧调水泵，抽水！"在牛叔的指挥下，大伙儿在基坑周围布置了十二台大功率的深井排水泵，但抽水的速度远远赶不上地下涌流的速度。牛叔又向指挥部请求，增加了六台抽水泵，通过昼夜排水，终于把水抽干了。可在接下来的施工中，当基坑挖到更深处，又出现了预想不到的淤泥层，必须另加打桩处理。这些计划之外的变化所耽误的施工时间，都只能加班加点去追赶了。12月3日，他们终于完成了基础开挖工程，随后开始浇筑混凝土底板。到1985年3月底，眼看汛期就要来临，他们已经把厂房及进水池混凝土浇筑达到三米高程以上，初步达到度汛要求，接下来在确保汛期安全的状态下进行厂房及进水闸土建工程施工。第二个枯水季节从1985年9月至1986年3月，主攻东江新防洪堤建设、进水闸及闸门等配套工程。这次枯水季节施工倒是没有遇到什么重大变故，一直按计划有条不紊地推进，到1986年3月底，在又一个汛期来临之前，这一龙头工程终于按时完成交工。

那时工程队的技术人员很少，尤其是陈立明这种科班出身的技术员更少。他一来，就开始挑大梁，说是技术员，牛叔交给他的却是技术主管的事。这对于他，还真是个尴尬的角色。每次他在施工现场发现了什么问题，或有什么技术上的想法，说了，也没有多少人听进去。那些施工人员虽说不是科班出身，但都是有着多年施工经验的老师傅。有的人比他父亲年岁还大，你个乳臭未干的毛头小子，在这里指手画脚，你懂什么呀！一个老施工员还挺委屈地说："咱们干了大半辈子工程了，现在让一个娃娃来管，我就不信他比老子还懂得怎么搞工程！"这些长辈说的倒也是实情，搞工程，实践经验非常重要，但在综合管理方面，在吸收最新的科技成果方面，他们就不如这些科班出身的娃娃了。而那时，一个初出茅庐、年轻气盛的大学生，难免有种"天之骄子"的优越感，陈立明有时候也难免带着这种优越感同一些老师傅发生争执。他是个牛脾气，但他不认死理，只认真理，他那神气，就是一股子掌握了科学真理的神气，换句话说就是得理不饶人。每次他和老师傅们争执得不可开交时，就只能由牛叔来调解了。牛叔爱骂人，那两只"牛眼"一鼓一瞪，就开始骂人了，但他很少骂陈立明这样的年轻技术员，他骂得最多的就是那些老师傅："你们这帮老伙计啊，可别小看这个毛头小伙，眼下，他确实没咱们这么多经验，可他那些新知识、新技术，咱们一辈子也学不来。你们就等着瞧吧，他一旦有了经验，就要当技术主管、项目经理，往后甚至要当咱们的局长呢！"

　　牛叔这样一骂，反倒把陈立明骂清醒了，整个人一下就变得冷静了。是啊，他最缺少的就是实践经验啊，为什么不能虚心向这些老师傅请教呢？为什么不能换一种方式跟他们交流呢？此后，他就不断调整自己的心态和姿态，在长辈面前变得越来越谦逊了，虚心了。走到哪里，他先不忙着说出自己的想法和看法，而是低下头弯下腰向老师傅们请教，有不同意见也以商量的语气跟他们沟通。这样一来，老师傅们对他提出的意见都很服气，也很开心，他们夸奖这娃娃时，就像夸奖自己有出息的儿子。而在内心，陈立明也是把他们当作自己的父辈。

　　小伙子越来越成熟了，这是牛叔的感觉，也是很多人的感觉，牛叔也把更多的事情交给他去办。此后，陈立明要对每一个项目的施工进度、质量和安全进行技术管理，从处理好各工作面的工序衔接到各单项工程的流水，材料的周转，机械的调配，各工种劳务的协调，他都渐渐有了比较清晰的思路。每天从工地回来，他晚上还要写汇报材料，哪些设计需要优化，哪些设计需要变更，这都是原来的设计难以一一考虑到的，只有在施工过程中才会发现，一旦发现就要写出汇报材料，以最快的速度提交给决策层，为工程队、工程局的领导提供决策参考的第一手资料和数据。这很多事情，一开始他都是接到任务后去干，而后是他主动去干，没有谁去指挥他干，他自己就是自己的指挥。即便到了今天，他作为广东水电三局的一把手，很多事依然是亲力亲为，他指挥得最多的就是自己。有时候，他一干就是一个通宵，当他把写好的材料交给牛叔时，牛叔鼓起两眼瞪着他。小伙子一下忐忑起来，以为牛叔又要开骂了。牛叔却问："昨晚又熬了一个通宵吧？"

　　他老老实实地说："两个通宵了。"

　　牛叔拍了一下他的肩膀说："赶紧去睡一觉吧，这样下去，还不累死你？"

　　那一年，确实是陈立明有生以来最累的一年，也是他收获最大的一年，而经历就是最大的收获。一个大学生，走出校门，走进社会，堪称是踏上人生的又一条起跑线。陈立明在第五工程队没干多长时间，就正式担任了技术主管。而当时工程局下设的工程队，相当于现在的分公司，一个工程队的技术主管已跻身为中层管理人员。现在回想起来，一个大学生，迈进三局的门槛还不到一年，就从最基层的施工员到技术员，再到技术主管，他有何德何能，能够一下得到这样莫大的信任？那时候陈立明还没有太深的阅历，却也有了很多独到的感受："大学毕业的前几年，不要太计较个人得失，最切实最重要的是，如何才能承担起社会交付于自己的一份责任。而无论你是哪所大学毕业，建工单位更看重的还是你在实践中的表现。一个人能够得到信任，第一就是你值得信任，信任是靠自己赢得的，当然也要有伯乐的发现和赏识，但你能不能干，肯不肯干，才是最终决定你的命运和前途的！"

我琢磨着这话，年轻人大学毕业、走进社会的几年，事实上也正是他们人生经历中的又一个断乳期，他们就像年轻的、活跃而又不稳定的岩层一样。同时这又是决定着他们未来走向的一个关键时期，一般都要经过三五年的历练，才能完成身份和角色的转换，确立起一生的基本方向，甚至找到他们一生的出路。陈立明找到自己最终的出路了吗？这个问题对于当时的他，还没有答案。但他很庆幸，在这条人生起跑线上，他没有输掉。兴许，到了下一个工程，下一个项目，他就像牛叔预言的一样能独当一面，干上项目经理了。

随着东深供水二期扩建的主体工程告一段落，便进入了机电设备安装阶段。若要大幅度提升供水量，就必须大幅度提升机电设备尤其是水力机械的功率，这是历次扩建的另一条战线，比施工的技术难度更高。林圣华，这位如今已经年近九十岁的老人，于1986年调入东深管理局，曾任桥头管理处副处长、处长，在二期扩建时负责机组安装调试。此前，在大型轴流泵站中，由于水泵选型不合理，造成水泵长期偏离高效点运行，能源浪费十分惊人。而在这次扩建中，从太园至上埔的七座泵站，均选用64ZLQ-50型水泵，该型水泵采用直管式出水流道、直径2000毫米二节拍自由式拍门和通气孔作为断流装置。这些型号和数据，对于我这个门外汉简直如天书一般，而林圣华却了如指掌。

这一次扩建共增加了二十多台大型水泵，一台水泵有几层楼高，安装的过程十分复杂，机组安装后要先进行调试。一切都要严格按运行规程操作，在开机之前先要仔细检查设备连接部件，每一个螺丝有无松动，各个运转件是否灵活，叶轮安装是否牢固，主轴转动是否轻盈。而在运转时还要观察机组运行是否平稳，有无异常音响，温度上升是否正常。一旦出现异常噪声或震动时，就要立即停机进行检查，对损伤零件应立即更换修理。1984年9月，林圣华参与解决了上埔泵站第一台试用机组的启动问题。随着主机组启动运转，大伙儿的眼睛一下睁大了，连心都悬了起来，一个个凝神屏息，每个人把一口长气憋在喉咙里。然而，机组仅仅运转了几秒钟，大伙儿的眼神一下就乱了，那转动部分开始上下剧烈跳动，大伙儿的心都快跳出来了。林圣华凌厉地把手一挥："立即停机，进行事故检测！"这是一个果断的决定，而接下来则是漫长的煎熬。如此庞大的机组，要检测出事故原因又谈何容易，从主轴变速、零部件的松紧到电机定转子磁场都要一一进行检查。技术人员有的蹲着，有的跪着，有的趴在地上，有的钻到了机组背后，这一干就是好几天，他们终于查找到了事故的主要原因，是电机定转子磁场中心的高差和叶轮与外壳中心的高差影响了机组的正常运行。原因找到了，但如何才能排除故障，接下来大伙儿又要进行一轮一轮的调试，他们为此又不知熬过了多少个白天黑夜。这长久的煎熬让人实在难以忍受，有个同事为了测试这台机组的性能，竟然踢了一下正在运转的机器，一串鲜血飞溅而出，那脚趾头当场就被机器削掉了，大伙儿的眼睛一下变得血红了。这是一个不该发生的事故，多少年来，林圣华一直难以忘怀这血的教训，为此而痛心不已。而让他倍感欣慰的是，这第一台泵组终于调试成功，那转动部分不再跳动，整个机组匀速平稳地运行。这次调试成功，对后面七个泵站在技术上有着非常重要的指导意义。至此，林圣华和大伙儿才把那一直憋在喉咙里的长气随着流畅的东江水一起吐出来，那一刻的感觉，痛快，太痛快了！

　　就在二期扩建工程施工之际，徐叶琴，这位高大帅气的安徽小伙子，从武汉水利电力学院硕士研究生毕业，分配到了东深管理局。当年，他才二十四岁，是东深管理局有史以来的第一位硕士生，这也是机电设备安装调试最急需的人才，他一来，就担任了雁田真空破坏阀改造项目的技术负责人。雁田泵站选用的是50ZLQ-50型水泵，采用虹吸式出水流道。这是一种高效率的水泵，但在运行中也有一个难题，当水轮机需要紧急停机时，导叶迅速关闭截断进入转轮的水流，此时，后面的水流因惯性作用继续由尾水管排出而使顶盖下部空腔有部分真空，这部分真空又迅即被尾水管倒流回来的水流填满，当水流倒流回来时流速很快，这股强大的高速水流产生很大的冲击力，有时会将转轮抬起并造成机件损坏。为了解决这一难题，需在虹吸管驼峰顶部加装真空破坏阀，当导叶紧急关闭时，顶盖上腔形成的真空，由于顶盖内外空气压差的存在，真空破坏阀阀体被推动向开侧移动，真空破坏阀打开将空气引入顶盖下部，使真空遭受破坏而迅速断流。徐叶琴通过对真空破坏阀的改造，攻克了这一难题，这在当时也是一项关键技术。

最让徐叶琴忘不了的是 1986 年 11 月，二期扩建的最后一台泵组在太园泵站安装完毕，这本意味着工程全线的机电设备安装运行就要大功告成了，可在试机时却出现了抬机现象——机组上抬后又迅速落下，若不及时处理，将造成发电机推力轴承损坏、水轮机导轴承密封装置失效，甚至造成发电机转子风扇与挡风板碰撞和摩擦，发出十分尖锐的金属撞击声和摩擦起火，危及整个机组的正常安全运行。徐叶琴和技术人员经反复分析，终于找到了故障原因，这种直接从江河取水或向江河直接排水的泵站，由于水位变幅较大，其最高工作扬程与最低工作扬程的扬程比过大，往往使得水泵工作点超出水泵运行范围，使水泵运行效率降低，难于满足高扬程和低扬程工况的运行要求，有的还使水泵机组运行不稳定，产生汽蚀振动和在低扬程运行区的抬机现象。大伙儿经反复试验后，对太园站泵组采用 0 度作为泵站最小启动的运行角度，终于有效地解决了抬机故障。后来，在太园泵站的技术改造中，徐叶琴等人又提出了双速全调节轴流泵及其优化选型数学模型和求解方法，经太园泵站现场试验和运行考验，这种方式不仅技术上先进可靠，运行调节方便，而且具有高效节能、经济效益显著的特点，这在大型泵站的运用属全国首创。

徐叶琴和陈立明一样，他们都是东深供水工程的第二代建设者，尽管他们已在二期扩建工程中初露锋芒，而在接下来的岁月，他们还将扮演一个个挑大梁的角色。

1987年，距香港回归祖国还有十年。这年10月，由水利部派员参加组成的东江—深圳供水二期扩建工程验收委员会，对工程全线进行了严格的检查验收，并作出了这样的评价："二期扩建工程已按设计要求完成，工程设计合理，施工安装质量符合要求，工程质量合格，同意竣工验收，移交东深管理局使用。"至此，东深供水二期扩建工程历时七年，终于全部竣工，年供水量达8.63亿立方米，其中对港年供水量增至6.2亿立方米。一看这数字，你就明白了对港供水在东深供水中占多大的比重，而把向香港供水作为首要任务，一直是祖国不变的承诺，这是永远的诺言。

三

当东深供水二期扩建工程竣工运行后，香港、深圳和东莞又迎来一轮经济腾飞，到20世纪90年代，香港已成为一座高度繁荣的自由港与国际大都市，被评为世界一线城市的第三位。而当香港经济达到了一个前所未有的高峰，香港当局又提出到 2004 年将供水量从 6.2 亿立方米增加到 11 亿立方米的要求，深圳市也要求将年供水量增加到 4.93 亿立方米。这意味着，东深供水工程的总供水量必须增至 17.43 亿立方米，才能满足港深双城的要求。为此，广东省水利厅又于 1988 年 9 月完成了东深供水第三期扩建工程规划报告书。1989 年 12 月 29 日，广东省成立了东江—深圳供水第三期扩建工程指挥部，由副省长凌伯棠担任总指挥。

在某种意义上说，这次扩建也是逼出来的工程。其实，东深供水工程从初建到三期扩建，都是逼出来的，而正是在这种倒逼机制下，一个跨流域的供水工程才会"风生水起逐浪高"，一浪高过一浪，而每一次扩建都是一次全方位的提升。

1990 年 9 月，东深供水三期扩建工程进入技施阶段。每当工程进入技施阶段，就像上紧了发条的时钟一样，每个人脑子也像上紧了发条的生物钟，没人催促你，你自己也会催促自己。为了在最短时间内拿出最优的设计方案，广东省水利电力勘测设计研究院一方面从各部门抽调精干力量，组成专门的设计团队——"东深室"；另一方面还先后从上海、天津、武汉、成都等地借调了一批设计工程师，他们都是当时水利工程设计的"大牛"。

严振瑞就是雁田隧洞的设计者之一。1990 年 8 月，他刚从清华大学水利系毕业，入职广东省水利电力勘测设计研究院。他还没有来得及熟悉一下这座南国大都市，就被分派参与三期扩建的现场设计工作，随技施设计人员一道开赴设在深圳工区的"东深室"，进行现场设计。一位初出茅庐的大学生，刚刚毕业就有机会参与这么重大的工程，担任这么关键的设计任务，这让他的心跳一下加快了。

"兴奋，自豪！"在时隔三十年后，严振瑞回首当年，依然激动不已。

然而，一旦开始设计后，他才发现设计的难度之大。这次扩建将东江取水口较之前向上游移了一段距离，通过扩建的东江（太园）、司马、马滩、竹塘及沙岭五座抽水泵站及新建塘厦泵站，将东江水沿新扩建的人工渠道逐级提升至沙岭梯级上游，而沿线河道、渠道及各泵站、输变电线路都必须进一步改进和增扩。为了减少抽水能源消耗，在规划设计上，最大的特点是在第六级沙岭泵站提水后，从沙岭、雁田至深圳水库要开凿一座6.42公里长的输水隧洞——雁田隧洞，如此一来，原八级泵站在三期扩建后减为六级，但运行效率大大增加，只需要六级提水即可经雁田隧洞和沙湾河把东江水直接送入深圳水库，再经不同交水点分别向香港、深圳供水。

大自然给人类设置了太多的障碍，最好的应对方式就是因势利导。而在此前，横亘在东莞和深圳之间的一道分水岭，一直是一道难以逾越的坎儿。此时，随着我国现代化进程的迅猛发展，三期扩建施工以机械化为主、人工为辅，有了这些大型机械设备和更先进的施工技术，才有可能以洞穿的方式突破这道坎。

雁田隧洞，人称东深第一隧。在全线二十多个单项工程中，最关键的就是雁田隧洞，这是全线的咽喉，也是卡脖子工程。严振瑞接到的第一项重任，便是参加雁田隧洞工程施工图设计。这是三期扩建中最大的一条隧洞，也是广东第一座浅埋长输水隧洞，为圆拱直墙式无压隧洞，北起东莞境内的上埔泵站前，南接深圳境内的丹竹头村，大致沿北穿越低山丘陵谷地，其中有一段要从雁田水库水底下穿越，工程地质和水文地质条件都非常复杂，当时这样的工程在全国都是少见的，而施工难度之大，也是全国少见的，从设计到施工都面临严峻的挑战。

随着初步设计告一段落，雁田隧洞工程开工后，严振瑞又担任了现场设计代表，为了准确掌握施工现场的第一手资料，进一步完善技施设计，他和几位设计代表住进了用竹子和石棉瓦搭起来的临时工棚，这一住就是三四年。这工棚虽说比以前的条件好多了，但夏天依然闷热难熬，冬天四面透风，一下雨就噼里啪啦响，遇到台风暴雨时更是"外面下大雨，里面下小雨"。最让人受不了的是水边的蚊虫特别多，老鼠和蛇也经常"光顾"。他记得有一次，一位同事回家一个星期后再回工地，晚上掀开床铺准备睡觉时，突然发现被窝里藏了一窝还没长毛的小老鼠，那一团团蠕动的小血肉，都惊恐地睁开了眼睛，望着人们吱吱叫，叫得人一阵阵发毛。就是在这样简陋的工棚里，严振瑞完成了他入职后的第一个设计作品——雁田隧洞进水闸，这是调节进洞水量的主要控制枢纽，也是他入职后接受的第一个重任。我一直想要描述那个设计的过程，但水利工程的设计难度乃至设计过程又是难以用文字来描述的，我只能根据设计人员的讲述做一个基本交代：先要对进水闸流量进行现场实测，再通过分析给出进水闸自由孔流流量系数计算公式，然后根据水位、流量、流量系数关系曲线等数据进行具体设计，而一切的设计在施工过程中还要不断调整和修改。

一个设计方案确定后，对于施工单位而言，一切又将从零开始——施工。雁田隧洞由广东水电二局承建。谁都知道，这条隧洞是全线最难啃的"硬骨头"，但再难啃，你也得把它啃下来！作为全线建设重点控制性工程，若不能按期贯通，工程全线就无法贯通。为此，雁田隧洞项目部与指挥部立下了军令状，确保在1993年6月30日前完成贯通任务。面对如此艰巨而又紧张的工期，他们几乎没有片刻时间等待。从1990年8月初开始，一支支参与雁田隧洞建设的劳务工程队和机械设备就开始进场施工。他们采取了进口与出口两边同时掘进的施工方案，在确保工程质量和施工安全的前提下，每道工序实行三班倒二十四小时不间断作业。

周清，现任广东水电二局股份有限公司工程分公司党总支书记、总经理。1991年7月，他大学毕业，被分配到广东水电二局，在雁田隧洞工程中担任技术员，在这里一干就是三年，他说他用三年时间，才真正看清楚了一条隧洞。

雁田隧洞处于岩层浅埋地段，沿线又是局部夹泥质粉砂岩，强风化，岩体较破碎，呈破裂、镶嵌结构，沿线冲沟、裂隙与溶洞极为发育，在这种地质状态下施工极容易发生坍塌。这也是设计代表严振瑞最不放心的，在施工过程中，他几乎天天都要来这里，蹚着齐膝深的泥水，打着手电深入现场察看险情，并采取预防措施。然而，无论你怎么小心防范，有些事故几乎是防不胜防。据严振瑞回忆，在雁田隧洞施工的过程中，前后发生过大大小小上百次塌方，其中冒顶通天的塌方就有十次。最严重一次塌方，从洞顶一直塌到地表，半座山砸了进去，那幽深的隧洞顷刻间露出了一方被撕裂的天空，形成一个竖井形的空洞，塌方又造成巨大的涌水，掌子面前方的夹泥质粉砂岩变成了迅速下滑的泥石流，直接压坏超前管棚和支护钢架。危急时刻，严振瑞、周清和施工人员采取紧急处置措施，通过迅速回填粗石碴及沙袋才压住了塌方体坡脚，同时采取喷锚支护和工字钢架进一步加固支护，并在四周挖排水沟排水，才化险为夷。

由于施工危险性极高，指挥部对这里的施工安全也高度关注，还专门进口了一批新装备，并从天津请来工程师传授"引滦入津"工程经验。凌伯棠也是一位军人出身、雷厉风行的总指挥，但他深知，有的地方可以逼，有的地方逼不得。此时，施工全线已采取了"贯通倒计时"的倒逼机制，在这种咄咄逼人的情势下，指挥部却从未催这里加快进度，凌伯棠还一再叮嘱要把安全放在首位，宁可放慢施工速度，也要保证安全，只有在所有安全防护措施到位之后，才能施工。他不是那种叮嘱一下就放心的人，那些日子，他几乎天天都要跑工地，天天都要过问这里的施工安全。他大睁着眼睛，也叮嘱施工人员一定要睁大眼睛，保持高度警觉，连蛛丝马迹也不能放过。

1993年五一节那天，这是全世界工人兄弟共同的节日，但雁田隧洞作业面依然有条不紊又小心翼翼地进行。晚上10点40分，在隧洞里施工的人们，其实也早已分不清白天黑夜，随着隧洞里传来最后一声炮响，施工人员眼前豁然一亮，通了，啊，一条隧洞终于全线贯通了！顷刻间一片欢腾。但连欢声他们也是小心翼翼的，他们已经习惯了。而在同日贯通的，还有连接隧洞的输水渠，这一隧一渠在 5 月 1 日贯通，给东深供水三期扩建工程放了一个双响炮。

而今，无论是当年参与设计的严振瑞，还是参与施工的周清，对雁田隧洞都特别有感情。每年 12 月停水期，他们都会特意回去看看，他们的职业生涯就是从一座隧洞开启的。然而，也有人的生命是在一条隧洞结束的。

在东深三期扩建工程中，除了雁田隧洞，还有一条重要隧洞——深圳电站枢纽引水隧洞，简称"深圳隧洞"，这条全长 3.7 公里的隧洞，由渐变段、出口段、截水环及洞身组成，为广东水电三局承建，由牛叔张国华率第五工程队负责施工。这条隧洞的进口和出口均处在峭壁之上，这里是岩溶地质，洞内漏水，处处危岩落石。有一次，连劳务队的厨房也给砸掉了。这里又是严重滑坡地带，已经多次发生滑坡泥石流。有一次泥石流，让全线交通中断了三四天。在这里施工，先要把人用绳子吊上去，挖机作业的柴油都是人工从山下背上来，连空压机也是拆卸之后靠人力背上山，然后在施工现场重新组装。在隧洞掘进过程中，有一段为强风化岩土地带、破碎带，断层多，地下水丰富，岩石节理发育，基岩承载力较差。每次进洞施工，牛叔总是最先一个上，最后一个撤。而一旦发现了险情，他一边命令施工人员后撤，自己却一个劲地往前冲。有人拦着他，他吼道："我不去，谁去？"这倒不是蛮干，在发现险情、处置险情方面，他确实是经验最丰富的一位老师傅。当所有人都撤到安全地带后，他还蹲在洞子里，静静地观察着地质的变化。他的腿虽被坠落的石块打断过，但他的观察和处置，也避免了一次次重大事故。

时间越紧，牛叔越是强调要严格按照安全规章和设计图纸施工。在施工过程中，他们因地制宜，灵活运用新奥法进行隧洞施工，采用径向锚杆、超前锚杆以及挂网喷射混凝土等支护方式，并在局部结合钢拱架，采用边开挖、边衬砌的方法。尤其是爆破，这是他盯得最紧的工序，每一步都必须按严格的程序操作，先在岩壁上打出一个个炮眼，再把炸药分开送进一个一个炮眼，炸药一个连着一个，装完了还要连接线路，形成爆炸网络。为了防止意外爆炸，连手电筒也不能带。当一切准备就绪，所有施工人员撤离爆破的危险区，随后，爆破工合上电闸后也迅速撤离了危险区。此时，洞穴里一片死寂，所有人都在安全区等着那轰然炸响的爆破声。然而，有一次，那爆破声却没有响起。难道是哑炮？而排查哑炮是最危险的，必须重新检查线路，随时都有爆炸的危险。每到这危险关头，又是由牛叔上阵。他先把所有的炮眼和线路巡查了一遍，没有发现任何问题。这就怪了，问题到底出在哪呢？到最后他才发现，或是由于洞内光线太暗，或是爆破工当时有些紧张，电闸没有完全推上去。牛叔把电闸从容推上去后，迅速撤离到安全区，顷刻间传来了一连串的轰鸣声……

牛叔当时已是奔六十的人了，不但要跑来跑去指挥施工，有时候风钻工缺人，他还要自己顶上去。他原本就是一位经验丰富的老风钻工，但毕竟是年岁不饶人啊，一个班顶下来，别看他强打着精神，一看就非常疲惫了，那工装从胸口到背脊都被汗水浸透了，连走路都手脚发软了，但有时候还要再顶一个班。他的老搭档、副队长何师傅看着他抱着风钻，一点一点地向岩壁上钻着，又担心又紧张，多次拦着不让他干。为此，两人经常发生争吵，都争抢着那风钻机。何师傅几乎是带着哭腔冲他吼："你以为你这一身老骨头是铁打的？你就真是一条牛也受不了啊！"但每次，他都拗不过牛叔，这老家伙，真是一头犟牛啊！好在，这头犟牛每次都是安全回来的。看着他摇摇晃晃地回来了，何师傅才长吁一口气。他知道，没有牛叔这股子玩命的劲儿，这隧洞的进度兴许不会这么快，但他又有一种不祥的预感，当施工进入紧张的冲刺阶段，他的神经也越绷越紧了。

1993年12月末的一天，从深圳隧洞通往香港的最后一道壁垒怎么也打不通，这让牛叔伤透了脑筋，他发下了毒誓："咱们决不能被这根刺给卡住了，如果不能按时打通，我就死在里边！"这句话让施工人员倍感震撼，也感到特别悲壮。为了拔掉这根刺，牛叔再次优化了施工方案，调集了一批精兵强将，二十四小时轮班作业。别人还可以两班倒，牛叔却没日没夜，持续工作了二十多个小时。就在天快亮时，牛叔忽然一头栽倒了，他手里抱着的风钻还在岩壁上突突冲刺……

牛叔是因突发脑溢血而猝然离世的，时年五十七岁。何师傅痛心地说，牛叔是活活给累死的。三天后，深圳隧洞内最后一道封闭层终于打通了，一条隧洞全线贯通。这原本是一个狂欢的时刻，但那一刻却没有欢呼声，没有庆祝的鞭炮声，只有一片哭声，那一个个粗壮而倔强的汉子，都哭得如泪人一般。而今，当我往这隧洞口一走，一股涌流扑面而来，一下噎得我喘不过气……

1994 年 1 月，东深供水三期扩建工程提前一年完工，工程实际总投资高达 16.5 亿元，比计划投资节约了 1.2 亿元，年供水量达 17.43 亿立方米，在二期扩建的基础上又翻了一倍多，是首期供水量的二十多倍，对香港的供水能力达到每年 11 亿立方米。有人计算过，如果将东深供水工程从初建到三次扩建所用的土石方筑成一道宽两米、高五米的堤坝，足以从香港、深圳一直延伸到北京。1995 年，在香港回归祖国两年前，由于供水充足，又加之东深供水价廉物美，港英当局决定，香港居民四个月内用水小于 12 立方米者，免交水费。从当年严格限制用水到如今免交水费，这意味着东深供水成为惠泽香港市民的福利，也宣告了香港再无缺水之忧。

经过三次扩建，随着对港供水量越来越大，香港社会经济也在迅猛地发展，时至 1996 年，香港回归已进入倒计时，而自东深供水工程对港供水三十年来，香港人口已逼近 650 万，地区生产总值已达到 11600 亿港元，在 1964 年的基础上增加了 101 倍。这些数据，这些岁月，揭示了香港繁华背后的真相，东深供水工程不仅仅是对港供水的一条生命线，它已成为香港及工程沿线经济和社会发展的生命线，尤其是对香港的繁荣稳定起着举足轻重的作用。香港的腾飞，堪称是在水上腾飞，正是东江水源源不断地注入香江，才有这样一颗流光溢彩、光芒四射的东方之珠。

对此，感受最深的还是香港同胞。假若没有"东江之水越山来"，香港人连水都喝不上，又怎能摆脱此前那"龙困浅滩"的宿命，香港又何以成为翱翔腾飞的亚洲"四小龙"之一？方黄吉雯女士是新中国的同龄人，她从小到大经历过香港的多次水荒，曾任香港市政局议员、立法局议员和香港行政会议成员，她多次探访东深供水工程，深有感触地说："大河没水小河干，香港和内地血脉相连，没有东深供水就没有香港的今天。祖国，我要向您道声谢谢！"香港区青年联盟主席胡志禧作为香港的年轻一代，虽说没有经历过水荒，却也曾见证香港的大旱，而大旱之年却有来自祖国充足而稳定的水源，这让他感慨地说："东江水是维护香港市民生命安全的重要保障。水是生命之源，没有东江水的稳定供港，可能就不会有香港人引以为傲的健康长寿，更没有香港今天的繁荣稳定。"而香港水务署官员更是不止一次说过："香港能有今天的发展，东江水是一个非常重要的因素，如果没有源源不断可靠的供水，香港的发展历史便可能要改写了。"

那位有"铁娘子"之称的英国前首相撒切尔夫人，在任期间曾四次访问中国，与中国签署了《中英关于香港问题的联合声明》，她对香港的经济、社会与文化面貌作出了既深且广的观察，尽管她一直奉行强硬的"撒切尔主义"，但在其回忆录中，她对中国内地供水香港也给予了中肯而诚实的评价："没有东深供水工程，就没有香港今天的繁荣！"

第五章

跨世纪的工程

图 17   图 17   东深供水应急工程潜水泵站（广东省水利
厅供图）

图 18   图 18   东深供水改造工程现浇预应力混凝土 U 形
薄壳渡槽（广东省水利厅供图）

图 19 深圳水库上的生物硝化处理工程（广东省水利厅供图）

一

　　"清清的东江水，日夜向南流，流进深圳，流进、流进了港九，啊流进我的家门口……"

　　这一曲《多情东江水》，随着奔涌的东江水一路传唱，唱出了粤港两地同胞的心声。而这首歌的词作者就是一位"东深人"——叶旭全。他是土生土长的东莞人，一个东莞农民的儿子。南方人一般身材瘦小，可他却天生南人北相，一个相貌堂堂、高大健硕的大个子，那洪钟般的嗓门，一开口就充满激情，有着青铜般的回声。1978 年夏天，叶旭全从华南师范大学中文系毕业，那时他才二十三岁，一个正做着文学梦的中文系才子，一心想当一名灵魂的工程师，但命运却向他伸出了另一只手，为他打开了另一扇门，他被分配到了东深供水工程管理局。这也许就是天生的缘分吧，他是喝东江水长大的，只要看见了东江水，一下就打起了精神。他还笑言，喝了东江水，就会精力充沛，才思泉涌。这位中文系的才子也确实才思敏捷，在本职工作之余，他一直坚持业余创作，成为一位业余的词作家，那首唱遍大江南北的《春天的故事》就是他的代表作之一。而说到《多情东江水》，叶旭全说他最早是受一首东江童谣的启发，那是他童年时代，坐在东江边的草地上，听一位老阿婆唱的："一根竹子柔柔软，砍来砍去砍不断……"这是一首纯真的童谣，也是一个让他猜了许久也猜不透的谜语，那谜底到底是什么呢？老阿婆后来告诉他，那"砍来砍去砍不断"的是下雨天从屋檐上流下来的水柱，那一根根水柱就像"柔柔软"的竹子。一个童年，听着这样的童谣，猜着这样的谜语，一天一天地长大，他的心灵和情感，他的人生与命运，一直随着清清的东江水穿山越岭，奔向大海，这东江的水脉就是内地和香港一脉相连的血脉啊！在一个月光如水的夜晚，他倾听着东江水的流淌声，抒写了一曲《多情的东江水》，这是流进了他心里又从他心里流淌而出的歌声："清清的东江水，日夜向南流，流进深圳，流进、流进了港九，啊流进我的心里头……"

然而，随着深圳、东莞等东江流域及东深供水工程沿线城市的现代化崛起和人口的急剧增长，许多原来没有想到的事情发生了，这让已正常运行了三十年的东深供水工程，遭遇了一系列危机。那时人们还很少有水危机意识，第一个危机就是在东江上游采砂之后，河床严重下切，水位下降，而作为东深供水工程龙头的太园泵站，早在 1995 年 11 月的枯水季节就已不能正常抽水了。这是自东深供水工程运行以来最为严峻的时期，眼看着水位还在急剧下降，从太园泵站到深圳水库都是一片焦渴的告急声，那"清清的东江水"眼看着就要断流了……

东江告急！这可把这位东江之子急坏了。叶旭全既是一位才思敏捷的词作家，更是一位沉潜务实的管理者，入职后，他经历了东深供水一期、二期和三期扩建工程的历练，历任东深管理局团委书记、桥头管理处处长、副局长。当东江告急之际，他又临危受命，出任东深管理局党委代书记兼代局长。此时，离香港回归已不到两年，若不能保障对港正常供水，势必影响香港的繁荣稳定和平稳过渡。为了解无水可调的燃眉之急，叶旭全迅速组织水利专家和工程技术人员进行科学论证，严振瑞等水利工程专家紧急赶往桥头，在勘测水情后提出了两个解决方式，一是抢建东江人工浅滩，即抛石垫高东江河床，抬升水位；二是新建太园泵站，降低取水位。这一方案经省政府批准后，随即付诸实施，必须赶在来年汛期之前完工。叶旭全主动请求担任工程总指挥，而在这样一个总指挥身上你感觉不到丝毫的书生意气，在很多人的印象中，这是一个既有魄力又有干劲的硬汉子，仿佛一架永远不知疲倦、不会停歇的机器。一个硬汉子，必须有硬功夫。作为总指挥，这每一个施工环节、每一个工种他都必须全程掌握，只要看一眼干活的工人，他就知道施工是否到位，哪个地方可能有问题。在那几个月的紧张施工中，他很少待在指挥部里，而是和施工人员一起坚守在工地上，他用来指挥作战的地图也铺在大地上。其实，他也是血肉之躯，在施工最紧张的日子里，他经常连续几天几夜工作，眼睛肿得通红，喉咙干涩嘶哑。几个月下来，那高大壮实的身躯瘦得只剩下一副骨架了。一位熟悉他的省领导到工地上视察，乍一看他这副模样，几乎都不认得他了。这位省领导握紧叶旭全的手感叹："老叶啊，有你这种魄力和干劲，肯定能提前完成这个工程！"

　　这位省领导提前说出了一个肯定的结果，建设者们只用短短三个月的时间，就用19.5万立方米的石块和4.5万立方米的沙包，在东江深陷的河床上铺成一条宽300米、长300米的人工浅滩，筑起了一座"丁"字坝，这一工程将太园泵站取水口的河床平均填高3米，让水位恢复到了正常水平，解了从东江抽水的一时之急。而接下来，还必须降低太园泵站的取水位，建设一座潜水泵站。从1996年4月开始，在叶旭全的指挥下，建设者又用五个月的时间，建成了当时全国最大的潜水泵站——东江潜水泵站，流量达30立方米/秒，这一工程为保证1996年冬和1997年春季枯水期供水发挥了无可替代的作用。

　　追溯那段经历，严振瑞也有一种不堪回首又难以忘怀的感受。当时，他参与了太园泵站——东江潜水泵站的全程设计工作。就在紧张的施工期间，他的女儿出生了，由于长期驻守在工地，他一直无法回家照顾妻儿，孩子刚满月就被送到了乡下外婆家。而他在这工地上干了近两年，季度假、年休假以及所有法定假日几乎都没休过。在夜深人静时，严振瑞心里也时常涌上了一种与亲人分离的惆怅，有时候甚至恨不得连夜赶回家中，去亲亲小女儿可爱的脸蛋。可那时交通不像现在这么方便，又加之工期紧张，每隔两三月他才能抽空回家看望女儿一次。还记得女儿三岁时，有一次他回去看她，正好邻居小伙伴约女儿出去玩，她却一脸天真又特别认真地说："我今天不去玩了，我家来亲戚了。"

　　小伙伴好奇地问："谁来了呀？"女儿竟一本正经地回答："我爸爸来了！"

一个父亲竟然被女儿当成了亲戚，这让严振瑞两眼不禁一酸，女儿竟然与他生疏到如此地步，他实在是对不起女儿、对不起家人啊。即便每次回家也只待一晚，第二天清早他就匆匆赶回工地，很多事都等着他来做。对此，他也没有说出什么感人的话语，只是淡淡地说了一句："我做的都是自己该做的事，而该你做的事情，你落下了，还是你的！"这是一种很有意思的思维，他把所有的事都看作自己的事情，他是在给自己做事。而这平淡如水的一句话，听起来很低调，却体现了一种以天下事为己任的高度责任感。

在东江告急的那几年，严振瑞等科技人员采取的设计方案和技术改造，在一定程度上解决了河床下切、水位下降等当务之急，但东深供水工程除了资源性水危机，还面临另一种危机——水质性危机。很多过来人还记得农耕文明时代的石马河，那时的石马河流域，在明媚的阳光下呈现出来的是碧绿的原野、满山遍野的果园和偏居一隅的岭南民居。然而，那恬静悠闲的乡村田园风景已经悄然消逝。自20世纪80年代以来，随着东深供水工程沿线经济的迅猛发展，一个个乡村变成了现代化工业重镇，一片片田园建起了林立的工厂。就说桥头吧，这个东江之滨的鱼米之乡，在改革开放之前也只能勉强解决温饱，人口还不到一万。而在改革开放之后，这里聚集了二十多万常住人口，每年能创造出一百多亿元的财富，而今已逼近两百亿元。在这样一个地方我总是走得很慢，我只能迷惘而怀疑地打量着这里正在发生的一切。从桥头到珠江三角洲，再从珠江三角洲放眼中国，这翻天覆地的变化都堪称是华丽的转身。

然而，另一方面，由于石马河流域正处于中国最发达的南部沿海经济带和惠、莞、深、港经济走廊，这迅猛的发展也给石马河流域带来了越来越严重的污染问题。

1997年，叶旭全被正式任命为东深管理局党委书记兼局长。这一年，香港回归已进入倒计时。为了确保将"清清的东江水"送入香港，叶旭全和专家们又提出了一系列方案：一是从源头上解决东深供水的水质问题，兴建一座新的太园泵站，把东江取水口从污染严重的石马河与东江交汇处下游上移到石马河与东江交汇处上游一百多米处。这是一座总投资3.5亿元、设计抽水量为100立方米/秒、设计停水机位为负1.5米的抽水泵站。二是对东深供水工程沿线的水质进行严格保护，采用砌围墙、拉护栏和修护坡等一系列方式，将污染源挡在供水河渠之外，防止行人直接接触水体，对一线重点输水线路实行封闭式管理。三是进一步提高深圳水库的水质，这是对港供水的最后一站，也是供港水质的最后一道保护线。1997年经广东省政府批准，决定在深圳水库库尾兴建一个大型净水工程——东深供水原水生物硝化工程，这等于给深圳水库加装了一个净水器，给供港水质加上了一道"保险"，也可谓是最后一道防火墙。

林振勋就是当时参与深圳水库原水生物硝化工程建设的技术管理人员之一。这位1937年出生的老人，属牛，1954年毕业于由爱国华侨领袖陈嘉庚先生创办的集美高级水产航海职业学校，因成绩优秀被保送至河海大学深造。爱国、敬业、奉献，是嘉庚精神的传承，亦是打在每一个集美学子身上的烙印。林振勋也是这样，他将自己毕生心血献给了水利战线，担任过多个大型水利工程的总工程师，但他最难以忘怀的还是深圳水库原水生物硝化工程，这也是他退休之年一个完美的收官之作。我见到他时，老人家已八十多岁，但精神矍铄，一双炯炯发亮的眼睛犹不失当年的神采。尤其是他那记忆力更让我吃惊，他还清楚地记得，那是 1998 年 1 月 5 日，原水生物硝化工程正式开工。而当时，他作为广东省水利电力勘测设计研究院副总工程师，已年近花甲，即将退休。但他没有丝毫迟疑，就接受了技施设计这一重任，随即奔赴深圳水库。这是一个系统工程，在当时还没有成功的经验可以借鉴。林振勋和来自设计、科研和施工单位的同仁一起拼进度、抢时间，拿出了工程设计和污水处理方案，在技施过程中经历了试验、调试、出水、再研究及再改进等一系列过程。林振勋先生给我详细讲解了工艺流程，这座设计日处理水量 400 多万立方米的生物硝化工程，总面积达 6 万多平方米，设置了六条过水廊道，并在进出水口分别设进水闸门和出水闸门。东深原水先经沉沙区去除大的沙粒，再由粗格栅拦截大的漂浮物，细格栅拦截小的漂浮物及悬浮物后，才能进入工程主体——生物处理池。处理池顶垂直于廊道隔墙并设置三座人行桥，在处理池的中央隔墙顶设置鼓风机房一座，采用从丹麦进口的鼓风机组，而填料支架则采用固定式不锈钢支架，为便于安装和管理，支架由多种构件拼装成一个方阵。这一系列工艺在当时均达到世界先进水平，从而使有机污染物和氨氮因氧化作用得到有效降解。这个过程讲起来非常复杂，实际操作更有难度，经过全体建设者近一年的奋战，工程于当年 12 月 28 日通过省水利厅组织的专家验收，实现了当年开工、当年建成、当年投产的预期目标。

回首当年，林振勋依然难掩激动之情，眼里闪烁着泪光，颤声说："我在水利战线上做了许许多多工程，东深改造工程给我们的政治任务最重，责任最重，而且我们的压力也最大。工程建成的时候，我们真的感到非常激动，甚至留下了幸福的眼泪。我们都是普普通通的建设者，但不同的人解决了不同的问题，作出了不同的贡献，大家的力量汇总起来，不断把这个事情做得更好，其中有我们的辛劳与汗水，这就足够了。今天我们可以无悔地说，我们这些设计者建设者，用我们无悔于时代的劳动来回报国家，也给了香港同胞一个惊喜。"

这样一个当年为解决当务之急的应急工程，不但达到了预期目标，而且经过时间的检验，该工程已进入永久性运作。在运行二十多年后，其规模依然为世界上同类工程之最，一直维持良好的工艺条件，也一直发挥着无可替代的作用。林振勋老人虽已退休多年，但还时不时回去走走看看，放眼望去，一个个巨大的长方形水池整齐划一地排开，如同天空之镜，倒映着蓝天白云。周边种植着花草、绿植，像公园的一条条绿色廊道，开得最鲜艳的就是紫荆花……

二

"高山流水叹不足，抚罢清浊二中分。"李白的这句诗，或可形容东深供水工程当时的困境和未来的愿景。东深供水，引流济港，用水利专业术语说就是要解决两大问题，一是资源性水危机——缺水，二是水质性危机——污染。从东江太园泵站改造工程到深圳水库原水生物硝化工程，既是当时的应急工程，后来也被称为东深供水改造的序幕工程或过渡工程。这一系列工程在当时发挥了无可替代的作用，但从长远看，还是难以从根本上解决东深供水之痛。为增加供水能力，保证供水水质，实现东深供水由量到质的根本转变，1998年10月，广东省政府决定对东深供水工程进行全线改造，这就是东深供水改造工程，简称"东改工程"。这是广东首个跨世纪的最大水利工程，是粤港两地的生命线工程，也是目前世界最大的专用输水系统。

随后，广东省水利厅组建了东江—深圳改造工程建设总指挥部，由时任广东省水利厅厅长周日方担任总指挥。这次规划和设计任务，依然由广东省水利电力勘测设计研究院承担。李玉珪，那位曾参与首期工程和二、三期扩建工程的珪叔，在东改工程中担任工程总设计师。早在开工之前的1996年，他就开始主持东改工程的规划设计。而此时，他已年近六旬，患有心脏病，那原本瘦削的身材更瘦了，皮肤更黑了，一张布满皱褶的脸上已长出深深浅浅的老人斑。他深知，这个工程总设计师很重要也很难当，从总体设计到技施设计过程，要负责全方位的技术指挥，也是这方面的第一责任人，压力巨大啊！但在接受这一重任时，珪叔那饱经沧桑的脸上却露出了刚毅的神情，他沉声地说："历史选择了我们，工程给了我们机会，时代给了我们挑战，我们就要迎难而上！"

　　许多人以为设计师都待在设计室里搞设计，其实，设计工作从来不是纸上谈兵，早在开工之前，珪叔就带着设计人员开始沿线考察了，从东改工程的起点太园泵站到终点雁田隧洞进口，沿石马河两岸，在一条50多公里的线路上，他们来来回回走了上百遍，跑了5000多公里。现在有车了，路也好走了，但在地图上和汽车上是看不清楚的，你必须走，脚踏实地，一步一步走。珪叔爱下象棋，"走一步，看三步"，这是他常挂在嘴边的一句话，每一个节点你都要看清楚，该想到的都要提前想到，这样才能未雨绸缪。而路线的决策和改造，每一步都充满了矛盾。为了保障输水过程中不受污染，东改工程放弃利用石马河作为输水渠道，"另起炉灶"建设全新的全封闭专用输水系统，沿途须跨越复杂的地形条件和不利的地质构造，工程难度非常大。又加之那时东深沿线城乡经济已经快速发展起来，这一带是东深工业走廊，到处都是城镇和工厂，高楼大厦林立，公路桥梁纵横。一个重大工程牵涉错综复杂的关系、方方面面的利益，而作为工程总设计师，你不能随便画一条线就施工，也不能仅仅只为工程本身考量，当地政府的利益、老百姓的利益和企业老板的利益，在规划设计中都要兼顾，还要顾及在施工期间减少对沿线居民生产、生活的影响。还有沿线地质情况、水文情况、地形地貌、交通运输情况、拆迁费用、施工成本及施工难度，每一个细节都要看清楚，想清楚。还有一个不能不考虑的问题，你在纸上设计时做得到，在具体施工中能不能做得到？此外，还要考虑今后是否便于管理，在经济上合不合算。

就这样，珪叔和设计师们一边走，一边看，一起商量，一起争论，翻来覆去地比较和论证，而这一切，用珪叔的话说就是："为设计和施工找到一个最彻底的解决方案，一个不留尾巴的方案。"那时候，大伙儿的意见分歧很大，在情急之下时常吵架，一个个吵得面红耳赤。有设计人员辛辛苦苦搞出一份方案，一下就被别人否定了，一气之下拂袖而去。也有人因这设计任务太艰难了，想要撂挑子走人。别看珪叔平时笑眯眯的，但他个性很强，脾气不好，有时候急了也会骂人，但他骂什么人？骂那些不负责任的人，骂知难而退的人。他时常拍着胸脯说："我是个敢于负责任的人，我也喜欢那些跟我争议的人！"

珪叔和设计团队在比较了几十个方案、修改了十几次后，最终才采用排除法和优选法确定了东改工程全线的布置方案——这是总体设计的基本方案，他们画出来的图纸堆起来就有几层楼高。按这一总体设计，东改工程全线分为 ABC 三段，上游 A 段，基本上是沿用原来三期扩建工程的老路线，其他 50 多公里的输水线路则是改弦易辙，重新设计。整个工程包括三座供水泵站、四座渡槽、七条隧洞、六条混凝土箱涵、五条混凝土倒虹吸管、现浇预应力混凝土地下埋管、人工渠扩建和分水建筑，全长 51.7 公里。这是集体智慧的结晶，也可谓是智慧的最后定案。

严振瑞，这位当年还很年轻的高级工程师，在东改工程中担任工程副总设计师，全程参与了工程设计，后又担任现场设计代表。回想当年，他没有给我讲述当年经历了多少挫折和困难，但他给我讲述了东改工程的四大特点——

第一是大。这个大，既是供水量增大，也是大道至简。东深供水首期工程为八级，全长 80 多公里，经三期扩建后变成六级，级差减少了，但效率提高了。而在东改工程的设计中则变为四级，全线共设六个泵站，全长缩短为 51.7 公里，但年供水量则达到 24.23 亿立方米，工程设计流量达到 100 立方米/秒。"这每秒一百个流量的淡水项目，当时世界上还没有，东改工程是第一家。"这是珪叔说过的一句话，他说这话时挺自豪，这确实是世界之最啊。

第二是高。东改工程有一座座凌空飞架的渡槽，超过了以往历次工程的高度，但这个"高"还不只是工程的绝对高度，从一开始，总指挥部就确立了建设"安全、文明、优质、高效的全国一流供水工程"的总目标，从设计、施工到管理都必须是高标准、高速度、高质量。

第三是新。作为一个跨世纪的工程，它相比此前的历次工程具有新的理念、新的思路、新的技术以及新的方法，这无穷无尽的创新也在挑战新世纪的建设者。从整个东深供水工程的建设历程看，这也是技术含量最高的一次工程，在科技创新上创造了多项世界之最，容后再叙。

第四是紧。一是时间紧，这是东深供水工程建设史上规模最大、难度最高的工程，但设计工期仅为三年半。二是经费紧，按一家国际工程咨询公司的概算，工程总投资最少要 74 亿元，但经原国家计委批准的总投资仅有 47 亿元（后在扫尾工程沙湾隧洞项目上追加了 2 亿元），其中香港预付水费 25.3

亿元,其余由广东省政府筹措。这总投资是限定了的,还没有包括在建设期间物价上涨的因素。

这四大特点,也是一个个硬指标,首先就必须在设计阶段中解决。而在当时,这一难度极大的工程在国内外几无同类经验可循。在珪叔的主持下,设计团队只能一边探索,一边设计,攻克了一系列技术难题,创造了四项领先世界的核心技术,每一项都堪称当时的世界之最,其中有两项是珪叔和设计团队创造的。

第一项世界之最,是当时世界同类型最大现浇无粘结预应力混凝土U形薄壳渡槽。

渡槽,早已不是什么新鲜事物,可在渡槽之前加上的一连串定语,却让我一头雾水。

严振瑞说:"上天入地,是东改工程最突出的特点之一,要'上天',就要架设高架渡槽,U形薄壳渡槽设计可以说是逼出来的。"

按规划设计,东改工程要架设旗岭、樟洋、金湖三大渡槽,渡槽为拱式及简支梁式,过流90立方米/秒,内部净空尺寸7.0米×5.4米(宽×高)、壁厚300毫米,累计长度3691米。——这是严振瑞随口报出来的数字,我后来一一查证过,精确到小数点后面的数字,每一个都准确无误,我真是佩服这位清华大学高才生惊人的记忆力。

谁都知道,渡槽是高风险的工程,必须保证万无一失,一旦有事,那就是天塌地陷的大事。经模型试验,渡槽的输水量为每秒90吨,这相当于要承受二十多头成年大象的体重。

这是对渡槽设计的第一要求，若要保证充足的水量，就必须承受足够的重量。而业内向来有"十槽九漏"的说法，防漏是一个严格要求。在这么大的流量下，既要保证渡槽的稳固安全，还要保证滴水不漏，这对于设计和施工都是双重的考验。

在槽设计上有一个关键词——预应力。这是一个结构力学的专业术语，预应力是为了改善结构服役表现，在施工期间给结构预先施加的压应力，结构服役期间预加压应力可全部或部分抵消荷载导致的拉应力，避免结构破坏。而预应力混凝土结构，是在结构承受荷载之前，预先对其施加压力，使其在外荷载作用时的受拉区混凝土内力产生压应力，用以抵消或减小外荷载产生的拉应力，使结构在正常使用的情况下不产生裂缝。

为了精确地测试出这个预应力，最关键的是对于槽壁厚度的选择。

若是槽壁厚了，重量就大，这对高架渡槽的承重和抗震不利；而槽壁薄了，又容易出现裂隙、发生渗漏。为此，在珪叔的主持下，严振瑞等设计人员从造价、技术和管理三方面论证，确定 U 形渡槽是最好的选择。U 形渡槽分 12 米和 24 米两种型号，跨度大，又要求重量轻、抗震、抗拉抗裂能力强，还要使用混凝土现浇。而在此前，尽管他们对 U 形管设计施工有一定的经验，但对跨度这样大、要求这样高的 U 形管，连珪叔这位见多识广的老师傅也没有经验，更没有人使用过。而对于如此重大的工程，珪叔作为总设计师，也不能不说出他的担心："这就意味着某一天，可能会在我们现在无法预料到的某一点上出问题，就是说，这个工程在任何一个细节上都有很大的风险，我们敢不敢冒这样的风险？"

大伙儿都知道珪叔的性格，他既有冷峻的风险意识，又敢于承担风险，在设计中，他总是给自己留着最重要、最关键、最有风险的那部分。但这绝不是冒险，在设问之后，他又语重心长地说："形势逼人啦，既然我们确定 U 形渡槽是最好的选择，就只能在 U 形渡槽上突围了，但我们要尽量保证不出一点问题，先要向国内知名专家团队请教，然后一步一步去论证，脚踏实地去试验，不断修改和优化设计方案，最后证明技术上是可行的、安全的，才能付诸实施。"

珪叔带领设计团队用了将近一年时间，一步一步论证，一次一次试验，终于设计出了理想的 U 形薄壳渡槽，槽身内径 7 米，高 5.4 米，槽壁最薄处 30 厘米。但这个纸上的设计到底怎么样，还得进行科学测试。为此，总指挥部聘请水利部长江水利委员会设计院承担了测试任务，在工地现场进行一比一的原型仿真试验，并对试验渡槽进行三维有限元分析计算。经试验和计算，测试单位对设计方案做了充分肯定，并提出了一些优化建议。珪叔和设计团队根据试验结果和优化建议，再次完善设计，终于攻克了这个世界性的技术难题。

设计成功了，一张图纸画出来了，这还只是第一步，而施工的风险更大。这种渡槽在施工上也无先例可循，如何才能造出安全可靠又滴水不漏的 U 形薄壳渡槽？这一重任落在了广东水电二局的身上。

丁仕辉，就是 U 形薄壳渡槽在施工过程中的技术主管。

若要将那些抽象的图纸、枯燥的数据和艰涩的专业术语变成实实在在的 U 形薄壳渡槽，他是一个绕不过去的关键人物。但他一直很忙，不是在工地上奔忙，就是在工作室里埋头搞设计。几经联系，他终于答应给我一点时间，见个面，随便聊聊。就这样，一扇门终于向我打开了。

这是一位身材挺拔、温和儒雅的先生，举手投足间自有一种知识分子的风度气质。有人说他是一位纯正的"水利人"，然而，他却笑着说，他并非专业科班出身，而是在实践中一步一步干出来的。他祖籍福建古田，父母都是共和国的第一代水电人，也是广东水电二局最初的一批技术人员。水利人四海为家，一个胎儿在娘肚子里就开始辗转奔波。20 世纪 50 年代末，在工地上的一间简陋房子里，丁仕辉呱呱坠地了。那时候，水电二局还没有建立自己的基地，丁仕辉从小就随着父母亲迁徙，只要水利工程进驻到哪里，他就跟随到哪里，过着吉卜赛人一般的生活。而他的家，就是从一个简易工棚迁移到另一个简易工棚，上学就像"游学"，走到哪里就在哪里的学校借读。十七岁高中毕业后，他赶上了最后一轮上山下乡，在东江入粤第一县——龙川县的一个林场插队落户。1977 年恢复高考，这是一次改变命运的契机，但他落榜了。由于数学成绩好，他被安排在水电二局的子弟学校当了三年初中数学教师，一边教书育人一边补习功课。直到 1982 年，他才通过国家统一成人高考，考上了广东省电大机械系。毕业后，他被分配到水电二局的一个灌浆队。灌浆是通过钻孔或预埋管，将水泥、石灰、沥青、硅酸钠或高分子溶液等具有流动性和胶凝性的浆液，按一定配比要求，压入地层或建筑物的缝隙中胶结硬化成整体，达到防渗、固结、增强的工程目的。这是水工建筑物的基础工程，也可谓是基础之基础。在外人看来这是又苦又累的粗笨活儿，而内行都知道，这是专业技术含量很高的工种。1987年，丁仕辉所在的灌浆队改制为广东水电二局基础一工程公司，他在这里一干就是十几年，不但成为掌握了一手绝活的灌浆高手，也凭借扎实过硬的技术，从一位施工员逐渐成长为公司副经理，成为局里最年轻的中层领导。到了1996年底，丁仕辉调到局里担任副总工程师，负责太园泵站取水口的应急改造工程。这里最关键的施工就是灌浆，必须在挡水建筑物中采用灌浆法构筑起坚固的地基防渗帷幕。丁仕辉深知这个工程的难度，但他从来不会轻易说出一个难字，他只是跟局长半开玩笑说："你搞一顶这么大的帽子给我，我觉得头都大了。"

局长笑哈哈地把他脑袋一拍："那你先试着戴一下吧！"

这一试，结果是又给他戴上了一顶更大的帽子——总工程师。那时丁仕辉还不到四十呢，又不是科班出身，却成为广东水电二局的最高技术主管。但没有谁不服气，不服你就看看人家干出来的工程吧，那可真是天衣无缝、滴水不漏。

随着东改工程上马，丁仕辉的头更大了。对于他们，第一块要啃下的硬骨头就是U形薄壳渡槽的施工。渡槽浇筑技术和灌浆如出一辙，但技术难度更大。丁仕辉经历过多次渡槽施工，但还是第一次遇到这种渡槽。从科技创新看，这种U形薄壳槽身，环向采用无粘结预应力技术，其中24米跨渡槽还在纵向加设了粘结预应力，使渡槽减轻自重、提高抗震能力，同时提高抗裂和防渗性能。这是东改渡槽工程的第一大科技创新，而设计上的创新，对施工方也是难度极大的考验，这种 U 形薄壳不但外部难以浇筑，而且那薄壁结构内部还要敷设两层钢筋和一层无粘结钢绞线，若采用散模浇筑渡槽混凝土，施工质量控制难度非常大。为了保证渡槽施工质量，丁仕辉带领施工人员反复琢磨，这 U 形渡槽混凝土施工的难点部位是弧形段，在混凝土浇筑施工中出现了外表面蜂窝麻面、挂帘和振捣不密实等问题。为了解决这些问题，他们进行了多次工艺试验，发现在施工时，若布设附着式振捣器，易造成渡槽混凝土表面产生挂帘；若使用常规振捣棒，在施工时又极易被卡住，使得振捣不到位，从而造成混凝土振捣不密实，出现蜂窝麻面。这两种振捣方式都不能解决问题，丁仕辉和攻关人员又想了很多办法，做了六七次改进试验，但每一次的效果都不理想，他们就这样给死死卡住了。那段时间，丁仕辉一直在废寝忘食地攻关，不但是头越来越大了，而且老毛病又犯了。像他们这种长期在野外作业的工程人员，由于吃饭不准时，加之风餐露宿，饥一餐饱一餐，大多患有肠胃疾病。而这一次，还多亏了这老毛病，他从肠镜检查仪器的改进中忽然得到了灵感：肠镜检查仪器原本是又大又长，每次插入肠子时都很困难，更会给病人带来难以忍受的痛苦，而随着科技的进步，如今改小改细，插入肠子中比以前顺畅多了，病人的痛苦也大大减轻了。灵感的火花，往往来自偶然的触发，丁仕辉受到了肠镜改进的启发，旋即对混凝土振捣棒进行了改进设计，请生产厂家定制了一批 20 厘米长的专用振动棒，并结合现场试验不断摸索和改进，终于解决了 U 形渡槽弧形部位混凝土出现蜂窝麻面和振捣不密实问题。

在渡槽施工中，技术人员还有一个引以为豪的科技创新，这也是渡槽施工中的第二大科技创新，他们与国内一家机厂共同开发研制出了一种新型造槽机——DZ 500 型 500 t 级造槽机，使 U 形渡槽槽身可以高质量、高效率一次现浇成型，而且造槽机行走过跨、模板的启闭全部采用机械化操作，无须再搭设承重排架，这不但加倍提高了施工效率，更大大减轻了工人的劳动强度和施工安全风险。造槽机在东改工程中的成功使用，为国内其他水利工程尤其是南水北调工程提供了开创性的经验。

这 U 形薄壳渡槽是大跨度渡槽，在施工中按设计分节进行，每一节之间采用后装配式 U 形 GB 复合橡胶止水结构，其施工质量直接影响防渗效果。在进行橡胶止水带装配前，丁仕辉组织了一次专门的施工方案技术研讨会，从各方面分析、查找可能产生橡胶止水带渗漏的因素，从而制订完善的橡胶止水带装配施工方案。其中有一个关键细节处理——他们在装配橡胶止水带的凹槽处进行了防渗涂刷，从而消除凹槽处混凝土面的一些小气孔、微细裂纹以及附着在混凝土表面的粉尘，使得橡胶止水带能够与凹槽混凝土面达到了密实而完美的贴合，止水效果好，日后维修也方便——这是东改渡槽工程的第三大科技创新。而随着工程进展，他们在散模渡槽混凝土施工中又不断进行改进，还钻研出了一项专利技术——逐浇逐灌的模板，即利用小面积滑块模板将大面积的曲面分割成小面积的平面，这样更有利于混凝土入仓的准确分层、振捣和气泡排出，所有这些技术改进措施叠加在一起，最终达到了天衣无缝、滴水不漏的完美施工效果。

此外，设计人员对拱支承及墩支承的渡槽结构还做了较深入的抗震研究分析。尽管珠江三角洲地区并不处于我国的主要地震带上，一般不会发生构造地震，但从万无一失的角度考虑，设计人员对有可能诱发的地震做了预防性设计，对土—桩—结构协同工作和固—液耦合作用，还有拱、墩支承的渡槽抗震力，都做了精确的计算，从而使设计更趋完善。

时间是最好的证明。东改工程的三大渡槽虽未经历过地震的检验，但也经历了一轮轮台风暴雨、泥石流和烈日炙烤的考验，直到今天依然滴水不渗，这让当年的设计者和建设者感到无比的自豪。

东改工程创造的第二项世界之最，为世界同类型最大的现浇无粘结预应力混凝土圆涵。

如果说U形薄壳渡槽是"上天"，现浇混凝土圆涵则是"入地"，这是埋入地下的密闭式输水管道。在珪叔的主持下，设计团队最初提出了三种方案，一是采用方形钢筋水泥涵管，二是采用圆形钢管，三是采用预应力混凝土圆涵。这三种方案进行模型试验后，第一方案由于方形钢筋水泥涵管在抗力上不如预应力混凝土圆涵，先被排除了；第二方案，由于钢管太贵又容易老化，过几年就要更换，也被排除了；最后大伙儿一致赞成采用第三种方案——预应力混凝土圆涵。

一个问题刚刚解决，一个问题又接踵而至，在同一输水区域或线路上,这种圆涵做几条好呢?有人提出做三条,在铺设时三涵并列,优点是口径不大,有利于预制管的制造和运输,缺点是三涵并列成本太高,划不来,而在施工和未来运营阶段的维护检修时车辆开不进去,只能靠人爬进去施工,这太麻烦了,效率也太低了。有人提出做两条大口径的——直径4.8米的预应力超大涵管,在铺设时双涵并列,施工或检修时车辆可以直接开进去。然而,这种超大圆涵和U形薄壳渡槽一样,前所未有,风险太大,大伙儿争论得很激烈。科技争议,只能采用科学的方式来解决。为此,广东省水利电力勘测设计研究院从国外进口了几十万元的专门计算设备,还请中国工程院院士来计算、检验、做实验,专家认为现浇无粘结预应力混凝土超大圆涵是可行的。而接下来每一步,珪叔和设计团队都非常小心,最终,他们又创造了一个世界之最。

在接下来的施工过程中,丁仕辉又遭遇了很多难题,如由广东水电二局负责施工的C-Ⅱ标段有长达3.4公里的地下埋管就是采用这种超大预应力圆涵。同渡槽相比,这毕竟是脚踏实地的施工,大伙儿心里踏实,一开始进展顺利。按严格的施工质量要求,管身混凝土必须一次浇筑不留施工缝,然而,当预应力圆涵的最先三节施工完毕,丁仕辉在质量检查中发现了问题,这圆涵竟然出现了裂缝!他立马把现场施工员喊来询问:“这是怎么回事?是不是施工过程中有什么疏漏?”那位施工员是一位经验丰富的老师傅,在施工过程中一切都是严格按设计工艺流程进行,对此他也一脸茫然,不知道怎么会出现裂缝,到底是设计有问题还是工艺有问题呢?丁仕辉随即召集技术人员对裂缝进行了仔细分析，大伙儿越看越觉得蹊跷，这裂缝竟然很有规律，有两节 15 米长的预应力圆涵在中间部位出现了较长的一条裂缝，在长度方向四分之一、四分之三的位置处也各有两条小裂缝，另有一节 15 米长的预应力圆涵在中间部位有一条小裂缝，而其他部位没有发现裂缝。这就怪了，怎么会出现如此有规律的裂缝呢？丁仕辉和技术人员还从未遇到过这种现象。而这种超大预应力圆涵在此前从未采用过，既没有经验也没有教训可循。这种现象连珏叔也感到奇怪：这种预应力圆涵虽说不是渡槽，但与 U 形薄壳渡槽施工时也有相似之处，为什么渡槽施工没有出现裂缝，而圆涵却出现了裂缝呢？丁仕辉忽然想到在渡槽施工中出现的一个现象，当单节渡槽施工完成后，渡槽两端原平整安装的橡胶支座均会发生变形，且为相向变形，这说明了 U 形薄壳渡槽产生了一定收缩，尽管没有出现裂缝，但收缩现象是明显的。同理可证，预应力圆涵在施工完成后同样也会产生一定收缩，若收缩受阻又得不到妥善的解决，这预应力圆涵就有可能产生裂缝，这也许就是症结啊！但此时，丁仕辉还不敢肯定，随后，他们又对已施工的三节预应力圆涵进行反复比较后发现：只有一条裂缝的预应力圆涵基础垫层水泥砂浆抹面较光滑平整，这说明该节预应力圆涵受基础垫层约束小一些，该节预应力圆涵产生的裂缝就少一些。这一发现，让丁仕辉和技术人员最终做出了准确的科学判断：超大预应力圆涵产生裂缝的主要原因，是在圆涵结构混凝土施工完成后，因结构收缩受基础垫层约束所致。症结找到了，接下来就要对症治疗，这就要考虑如何将圆涵作为一个整体，在混凝土凝固收缩时不受约束，让各部位受力均匀。对此，他们采取了两点对症治疗的措施，一个是做好圆涵施工垫层的表面处理，把垫层尽量做得平滑；第二个就是在圆涵和垫层之间加铺油毡纸，将圆涵整体放在油毡纸上，确保圆涵变形时不受约束，保证了圆涵本体的完整性，这样就有效地解决了圆涵收缩时受约束产生裂缝的问题。

在设计和施工技术人员的共同努力下，最终高效优质地建成世界同类型最大的现浇无粘结预应力混凝土圆涵，成功地解决了施工地形复杂，常规预制管制造、运输、吊装困难以及工期紧迫等一个个难题。其主要科技创新可归纳为三点：一是对圆涵结构型式进行优化，优化为双涵并列、单涵为内圆外城门洞形的结构，环向采用无粘结预应力结构，标准节长 15 米，并采用现浇成型技术，解决了传统预制涵管的运输、现场拼接以及接缝多且易渗漏的一系列问题；二是在圆涵施工中采用移动式组合针梁钢模台车，集合了内模和内模针梁、外模和外模台车、端部模板于一体，可自行行走，内模机械启闭就位，无须人工装拆，外模逐浇逐挂方便混凝土施工，施工效率高，每标准节圆涵施工正常仅需六天；三是专门研制与应用圆涵的接缝止水检测装置，其结构轻巧简便，带有人工助力行走系统，可逐条接缝进行最大 45 米水头的压水检验圆涵接缝的渗漏情况，代替了传统的充水试验，可大大缩短施工检验周期。

这两大世界之最，都是在工程总设计师李玉珪的主持下干出来的，严振瑞、丁仕辉以及众多设计和施工技术人员都为此而倾注了心血和智慧。而对这"世界之最",珪叔一语道破了天机:"我们不是要和谁争第一,更没有想过要创造什么世界之最,一切都是从工程的需要出发,为了把这个工程干好,我们不得不迎接世界先进水平的挑战!"

设计是一个工程的灵魂,施工则是工程的血肉。换个说法,设计的目的就是指导施工,是施工的依据,而施工则是为了实现设计的目标。进入技施阶段后,对于设计团队更是严峻的考验了。全线共十八个标段,还有十几个工种,这么多施工队伍、机械设备和物料都挤在一条线上,施工场地狭窄,又是同时开工,同时作业,每个施工单位都要赶工期,首先就要拿到施工图纸。这不是此前的总体设计图,而是具体到每一个工程项目的施工设计图。这图纸是一张张画出来的,不是一天就能出得来的,而一旦出不来,就有人急得找上门来催逼技施设计人员,结果是越催越急,手忙脚乱,而在急乱中就难免出错。为了让大伙儿安心设计,珪叔只得在门口贴上告示:"上班时间,请勿打扰!"可有些人对这样的告示不屑一顾,还站在门口骂他们磨洋工。那个压力真是大啊,若是承受不了,那紧绷的神经就会崩裂,甚至会心理崩溃。你必须有强大的抗压能力,就像珪叔那样有一种"泰山崩于前而色不变"的镇定,无论你催逼也好,叫骂也罢,他依然在反复演算数据、苦思设计图纸。他对大伙儿说:"最好的抗压方式,就是尽快出图纸!"

作为工程总设计师,珪叔并非图纸的最后把关者,东改工程指挥部为了加强对设计工作的监管,引进了监理机制,这在当时的中国水利行业还是第一次，开创了设计监理的先河。东改工程的设计监理总监由资深水利工程设计专家符志远担任，他在水利部长江水利委员会从事设计工作三十多年，参与了葛洲坝、三峡等多项大型水电工程的设计。他和珪叔年岁相若，性情相似，都是特别较真又特别直爽的人。这两人一打交道，一个有性格的人遇到了另一个有性格的人，那争执是少不了的。此前，由于国家在设计监理方面没有制订相关规定，更缺少操作性的细则，一开始，双方关系还真是不大融洽。设计单位拿出技施图纸后，要先经设计监理审核才能付诸实施。而当时工期紧张，多少人都迫不及待地等着图纸施工，图纸却在监理这里被卡住了，有人急得直骂符志远是一头拦路虎，原本想要的是事半功倍的效果，结果变成事倍功半。符志远沉着脸说："这道门我真得好好把住，这是保障质量的第一道门槛，也是设计流程的最后一道门，出了这道门，这图纸就不是一张纸了，而是一个实实在在的工程。这图纸若有问题，还可以打回去重新设计，一个工程若是废掉了，那将是巨大的损失，而一旦工程推倒重来，又该浪费多少时间？"唯其如此，符志远才一直严格把守着监理这一关，尤其是 U 形薄壳渡槽和超大预应力圆涵等重大技术的把关，作为主审人员，他与设计单位一起反复推敲，多次复核，对有问题的设计图纸或是质疑，或是提出修改意见，或是提出进一步优化设计的建议。珪叔和设计团队也深知这一关的重要性，设计监理人员提出来的意见，他们都会研究论证，对合理意见一律采纳，但有的意见也不能采纳，譬如说，有一位设计监理人员要求将一个八角形的螺丝改成圆形的，这一改，确实比八角形的螺丝美观了。好看当然好，谁都希望把工程乃至每一个细节都做到完美的程度，但关键还在于实用。而当时，全线几十上百万张图纸都是采用八角形的螺丝，若要全部改成圆形的，这时间哪里还来得及啊？为这事，珪叔据理力争，而符志远作为设计监理总监最后拍板，这八角形的螺丝不用改了。透过这样一个细节，你也能发现，无论是设计者还是设计监理，都是尽最大的努力在减少差错、消除隐患、保障安全，他们扮演着不同的角色，却是为了达到高度一致的目标。

有道是不打不相识，一位工程总设计师，一位设计监理总监，在争议和磨合中渐渐成了铁哥们。有时候两人也在一起喝两杯，一旦喝到兴头上，符志远就用筷子夹着珪叔的筷子问："你说咱哥俩的合作是事倍功半呢还是事半功倍呢？"珪叔把筷子猛地一挑说："干事那是事半功倍，喝酒你那是事倍功半，来，为你这个总监，干杯！"

就在这紧张的技施阶段，珪叔接到了指挥部的指令，派他带队去奥地利考察进口水泵。奥地利安德里茨公司是全球水电设备的领跑者，珪叔一直想去亲眼看看，这对于他也是一次难得的出国机会，而考察进口水泵也是一件很重要的事。但珪叔思忖片刻就放弃了这一机会，他对指挥部表示："我不去，这个考察其他人可以代替我，但设计别人不能代替我！"

当第一批设计图纸付诸实施后，设计团队的压力就小多了，珪叔和大伙儿终于长吁了一口气。当时，正是 2000 年 7 月 1 日，这一天既是建党节，又是香港回归三周年纪念日，珪叔作为 1978 年入党的老党员，一时间百感交集。蓦然回首，从满头黑发的青春岁月投身于东深供水首期工程建设，几度春秋，几多艰辛，到如今他已两鬓染霜，依然在这一工程上日夜奋战。为了让母亲的乳汁哺育东方之珠，哪怕倾尽自己的汗水和心血，他也心甘情愿！在这天党员聚会上，谁也没有想到，他竟然拉开嗓门，用那一口浓重的海南话朗诵了自己抒写的一首诗——

　　　　三十五年前　香港同胞

　　　　渴望已久的梦想——东江之水远方来

　　　　是母亲的乳汁　哺育东方之珠

　　　　如今　我们再创一流工程的辉煌

　　　　用青春热血　铸就

　　　　几度春秋　几多艰辛

　　　　但我们心甘情愿

　　　　为了谁

　　　　为了母亲的微笑

　　　　为了粤港两地的丰收

　　　　为了东方明珠更加璀璨

　　诗言志，歌永言。兴许，每一个人的骨子里都是充满了激情和诗意的吧，这首诗还真把大伙儿给震了一下，谁也没有想到，一位每天面对数据和图纸的资深工科男，竟然是一位壮怀激烈的抒情诗人。但珪叔没有仰天长啸，在热烈的掌声中，他有点腼腆地笑了一下，又连连拱手说："诗不好，请大伙儿不要笑话啦！"

这首诗，也是珪叔留存下来的唯一文学作品，而他最宏大的作品则书写在大地之上、江山之间。2001年，是东改工程的开局之年，李玉珪被评为年度十杰工作者，名列榜首，这是东改工程指挥部授予他的最高荣誉。而这样一位老人，早已抵达了上善若水的境界，"水善利万物而不争"。2011年7月的一天下午，骄阳似火，暑气蒸腾，年近古稀的珪叔像夸父追日一样跋涉在通往水利工地的路上，由于过度劳累，突发心梗，他捂着心口一头栽倒了。这个一辈子都在路上奔波的老人，最终倒在了一条没有尽头的路上。

三

一个大型供水工程，若要大规模提高效率，一是依托基础工程，一是依靠机电设备。东改工程采用全封闭专用输水系统后，原有的机电设备基本上都不用了，将全部换装当时处于世界先进水平的新设备，并形成新的运行控制系统。而东改工程攻克了四项关键技术，创造了四项世界之最，前两项是在基础工程中创造的，还有两项则是在机电设备安装和自动化运行控制系统中创造的。

徐叶琴作为第二代"东深人"，在二、三期扩建工程中攻克了一道道机电技术的难关，这次在东改工程中又挑起了大梁，担任副总指挥，主要负责机电设备安装及计算机集控系统开发和建设。而一提到机电设备，他一开口就是水泵。对于他，这几乎是条件反射，而对于一条供水生命线，一条连接着香港的血脉，水泵就是把血液运行至身体各个部位的心脏，一个宏伟的工程必须拥有强大而充满活力的心脏。

　　按设计规划，东改工程设有三座抽水泵站，其中旗岭和金湖两座枢纽泵站由奥地利安德列兹（ANDRITZ）公司提供水利设计，设计抽水量为 90 立方米 / 秒，扬程 25 米，各需装备八台液压式全调节立轴抽芯式斜流泵（六台运转，两台备用），水泵单机功率为 5000 千瓦。当时世界上还从未生产过这种大功率、高科技的水泵，但面对这样一个创造历史、填补空白的机会，谁都跃跃欲试。为此，东改工程指挥部采取面向国内外公开招标的方式，一时间群雄逐鹿，竞争激烈，而最终胜出的是沈阳水泵股份有限公司。这是我国历史最悠久、泵行业最大的厂家之一，其前身为始建于 1932 年的沈阳水泵厂，堪称中国泵业的王牌厂家。而沈阳水泵股份有限公司签下了如此重大的生产合同，也承受着前所未有的巨大压力。这种型号的水泵，形状复杂，精度要求高，技术难度大，必须攻克三大技术难关：一是叶片数控加工的叶片型线精度及抛光表面的关键技术；二是空心泵轴的长轴、短轴加工技术；三是确保液压调节灵活、控制可靠等。技术难度如此之大，时间也非常紧迫，按合同规定，这十六台水泵必须在 2003 年 1 月全部出厂，运往东改工程现场进行安装。为了赶进度，工人实行三班倒，机器二十四小时连轴转。赵兴宁是镗铣加工中心的一位主操作员，承担了关键件加工任务。所谓关键件，就是你这里一卡壳，整个流水线都要瘫痪。你的速度和效率决定了整个流水线的速度和效率。在工期最紧张的时候，这位二十多岁的小伙子搂着一床被子住到了车间的一个角落里，连着一个多月都没有回家，干完一个班他就接着再干下一个班，实在太累了就去眯一会儿。他们不只是加班加点追赶时间，还通过技术创新同时间赛跑，如柏喜林等车工，他们承担了最关键的主体件上轴和调节杆的加工攻关任务，按正常速度，每根上轴加工需要二十个工作日，在工程技术人员的帮助下，他们通过技术创新，一下就把加工速度缩短到了一周，效率提高了将近两倍。

这一台台水泵，每生产出一台，经验收合格，随即就要发往东改工程现场安装调试，从沈阳到东莞，堪称是一条万里迢迢的流水线。从 2002 年 4 月 24 日第一台水泵通过国家级鉴定和验收，到 2003 年 1 月 10 日最后一台水泵验收合格后从沈阳运抵东莞，沈阳水泵股份有限公司完成了一次创世纪的壮举，创造了中国水泵制造史上的一个奇迹，他们制造出了当时世界上同类型最大液压式全调节立轴抽芯式斜流泵。据专家的验收意见："该型泵结构先进，水力设计技术处于国际领先水平，具有效率高、汽蚀性能优良的综合优势，运行中自动调节叶片角度，保证泵组在高效区运行。其全新的转子可抽式结构，便于整体的安装和检修维护；调节叶片的轴承采用自润滑方式，避免因油泄漏造成水质污染；采用扭曲式导流罩，使介质在泵出口时冲击损失最小，提高了水泵效率。"这项世界之最虽是由安德列兹公司提供技术设计，却是当之无愧的中国制造！

当水泵运抵东改工程现场，接下来就进入了安装调试阶段。尽管这些设备由外国公司提供技术设计，但世界上从来没有免费的午餐，若要请国外专家上门安装调试，将要付出高昂的代价，而接下来还要年年维护检修，一旦出现了故障人家又不能及时赶来，就只能停机等待，而停机就意味着停止供水。从长远着想，中国人必须把关键技术掌握在自己手里，这也是徐叶琴一直以来的眼光。为此，徐叶琴带领技术团队，同生产厂家的技术人员一起攻关，在安装调试中不断进行科技创新：一是进行了泵组的参数与结构型式优化，使水泵效率、抗汽蚀性能指标均达到国际先进水平；二是开发了斜流泵转轮，还应用叶片调节机构及电机弹性推力轴承，研制开发了整体吊装式大型异步电动机；三是对电动机采用整体吊装，无须顶转子直接启动，采用自平衡式推力轴承及导轴瓦间隙无须调整的新技术、新工艺；四是在施工中对传统的水泵安装程序进行创新，采用水泵安装调整完成后浇捣泵组基础二期混凝土的方式，确保水泵安装的各项指标；五是采用了四台以上泵组穿插安装的施工方案，提高施工效率；六是在电机安装中采用了新型楔形调节环，并创新立式电动机弹性推力轴承磨卡环摆度找正法。这一系列的科技创新，都是中方技术人员探索出来的、一直牢牢掌握在自己手中的关键技术，这在当时已达到国际先进水平。

东改工程作为一个跨世纪工程，在建成后如何管理？对此，徐叶琴早已开始运思了。早在1995年，徐叶琴就担任东江新取水口——太园泵站的机电技术负责人，他当时的职责很明确，就是将机电设备安装到位、调试成功。但他敏锐地发现了一个问题，随着东深供水量的不断递增，传统的人工调度和调节渐渐跟不上供水量的增速，而越到后面，这种滞后还将越来越严重。若要解决这一问题，就必须利用计算机和现代信息网络技术进行自动化改造。这并非一个当下的问题，也并非徐叶琴当时的职责，却是一个超越现实、关乎未来的大问题。众所周知，在20世纪90年代，计算机和现代信息网络技术在中国还处于刚刚萌生的阶段，不说那些普通员工，连徐叶琴这个具有硕士学位的专业技术人员一时间也不知如何着手。而一个眼光敏锐的人，遇到了另一个眼光敏锐的人，叶旭全作为东深管理局的一把手，一直力推在工程和管理上的技术革命。在他的支持下，徐叶琴于1996年受东深管理局派遣，带领四名技术人员赴美国加州学习自动化集控技术。经过九个月的学习，在机电安装方面原本就有过硬本领的徐叶琴更是如虎添翼。回国之后，他和技术攻关小组一边设计和调试自动化系统，一边培训员工。而那一代"东深人"大多学历不高，他们早已习惯了人工调度和调节，很多人此前连电脑都没有见过，对微机操作程序几乎一无所知，一个个充满了畏难情绪。叶旭全看着那些愁眉苦脸的员工，那手指头战战兢兢地都不敢伸直，仿佛那鼠标、键盘是什么一触即发的暗设机关。这个一把手一声不吭地转了一圈，终于发话了："你们都觉得很难吗？确实，万事开头难，但再难，难道有我们前辈从零开始干这个工程那么难吗？他们用锄头挖，用箢箕挑，像蚂蚁啃骨头一样干出了这样一个大工程，而我们现在鸟枪换炮了，以后凭鼠标、键盘就可以掌握这个工程，这是一场划时代的技术革命。你们若想继续留在这个岗位上，那就必须从电脑操作开始学起，否则就要被淘汰掉，不是我要淘汰你们，是你们自己把自己给淘汰掉了！"

叶旭全那洪钟般的嗓门一下就把大伙儿震住了，那确实是一场技术革命，也是每一个"东深人"都必须经历的提升。在徐叶琴和其他技术人员手把手指点下，那些从未摸过电脑的员工从 Windows 自带的扫雷游戏开始，先学鼠标、键盘操作，然后一边背诵汉字五笔输入口诀，一边苦练电脑打字，就这样一点一点地学会了微机系统的基本操作程序，又从知其然到知其所以然，逐渐熟练掌握微机管理运行的基本原理和流程。1998年8月8日，太园泵站自动化集控系统项目经过一年多的设计调试，正式启动运行，但这次启动能否成功，很多人心里都没有底，尤其是那位负责操作的技术员，那只握着鼠标的手一直在微微发抖。在现场督战的叶旭全看了一眼徐叶琴，徐叶琴胸有成竹地微微一笑，他对团队研发的这套系统很有信心。在接到开机指令后，他轻轻握住技术员微微颤抖的手，两人一起操控着鼠标，随着系统启动，一切进入了预定的正常运行的状态。"运行成功！"顷刻间，现场爆发出一片热烈的掌声和喝彩声。叶旭全兴奋地一把抱起了徐叶琴，这两人都是大个子，当一个大个子抱起一个大个子，谁都能感觉到其间的重量。这对于整个东深供水工程都堪称是一次划时代的"职场重启"，东深供水工程的运行管理由此迈进了由计算机和现代信息网络技术支撑的自动化的时代，而由徐叶琴主持研发的大型泵站自动化集控系统项目，在 1999 年通过原广东省科学技术委员会成果鉴定，其整体技术在国内水利项目处于领先水平，部分技术达到国际先进水平。这一项目对国内业界的泵站自动化进程起到引领作用，这也是东深供水工程率先迈出的关键一步。

这关键的一步，为东改工程成功开发应用全线自动化集成系统打下了坚实的基础。但东改工程又不同于既往，随着供水流量进一步增大，那封闭式输水管道又不同于此前的天然河道，蓄水容积有限，在四级泵站之间又没有水库调节，属于"刚性"连接，这在当时的大型调水工程中没有先例可循。从工程全线看，从太园泵站至深圳调度中心全长近六十公里，其中包括四个泵站、三个管理处在内的五十二个监控点，监控范围和规模均位于全国前列。为了对全线实施有效监控，东改工程的自动化监控系统由监控、综合通信网络和微机保护三个子系统组成，采用了具有国际先进水平的德国西门子公司、西技莱克公司和美国通用公司技术，将行政管理和语言通信、图像监视、会议电视和 MIS 系统统一到一个平台上，实现了供水运行管理、调度、应急事故处理等功能。这套自动化集成系统拥有多项科技创新：一是在国内大型供水工程中首次成功采用千兆级星形以太网技术及其多层冗余、多网络、多链路数据传输和路由自动控制技术；二是应用现场总线技术，使多种智能设备顺利互通互连；三是应用全线 OTN 综合通信网，解决了数据、语音、图像三网合一的大容量、远距离传输技术问题；四是采用无矩阵视频信号切换与控制技术，整个系统实现供水运行监视、开发安全闭锁、流量平衡与控制和全线集中调度、多方式调度、应急事故处理、运行管理、优化调度控制等功能。后经专家验收，这套自动化集成系统实现了全线泵站"无人值班，少人值守"，分水点"无人值班"，调度中心"少人值班"的运行目标，其监控范围和规模在当时位居全国前列，而整个自动化监控技术达到了国际一流水平，因而被称为东改工程的第四项世界之最。

　　在追溯这些充满了专业术语的科技创新时，我一直深感科学叙事与文学描述难以兼容，若要看看这些世界之最有多牛，最好去一个地方看看。旗岭，这是一个值得你反复打量的地方，一座看上去不高的山岭，却抢占了当时水利工程技术的制高点。在这里，你就能看到东改工程的四项世界之最：旗岭渡槽，架设的就是当时世界同类型最大现浇无粘结预应力混凝土 U 形薄壳渡槽；旗岭走马岗隧洞，安装的就是当时世界同类型最大的现浇无粘结预应力混凝土圆涵；旗岭泵站，装备了当时世界上同类型最大液压式全调节立轴抽芯式斜流泵；旗岭枢纽，应用的就是当时具有国际先进水平的全线自动化监控系统。

　　然而，当旗岭泵站机组于 2003 年 4 月安装完毕后，在试运行时一个意想不到的问题出现了，机组运行声音异常。一开始，那还只是轻微的异响，也无任何故障报警信号。但负责试运行的人员没有掉以轻心，为进一步查找异响声音来源，他们一边查看运行参数，一边贴着耳朵谛听，尽管参数未见异常，但能明显听见水泵内发出周期性的异常响声。一开始，他们怀疑是机组内部存在问题，初步判断是水泵内筒体螺栓断裂或松脱，或是水泵叶轮出现了问题，便决定停机检查。在暂停运行后，由维修部现场进行拆机检查，却并未发现上述问题。但在接下来的试运行中，那异响越来越大了，整个机组都出现了激烈振动。这异常的响声把东改工程指挥部都惊动了，为了解决这一疑难杂症，广东省水利水电科学研究院承担了旗岭泵站机组振动故障排除原因分析任务。邱静就是当年参与故障排查的技术人员之一。多少年过后，回忆起当时的场景，她依然带着一脸震惊的表情："我跑到泵房机组层里面，听到的震动的声音是很吓人的，咚！咚！咚！就像拆楼一样。如果一直震下去的话，泵站的寿命会受影响，也可能会随时跳闸停机……"

邱静先对机组内部有可能存在的故障一一进行了排查，她也认定问题不在机组内部，那就只能在外部，而最直接的原因有可能是水流的原因。经过种种观测后，她发现旗岭泵站进水前池的流态十分复杂和紊乱。在大型泵站，由于抽水流量大，工程建设受一些条件的限制，常常会使前池及进水流道产生不良流态，从而导致水泵产生震动和汽蚀现象，当离心泵的进口压力小于环境温度下的液体的饱和蒸气压时，液体中有大量蒸汽逸出，并与气体混合形成许多小气泡，当气体到达高压区时，蒸汽凝结，气泡破裂，气泡的消失导致产生局部真空，液体质点快速冲向气泡中心，质点相互碰撞，由此而产生很高的局部压力。如果气泡在金属表面如叶片上破裂凝结，则会以较大的力打击叶片金属表面，使其遭到破坏，并产生震动，这就是典型的汽蚀现象，当汽蚀时传递到危害叶轮及泵壳的冲击波，加上液体中微量溶解的氧对金属化学腐蚀的共同作用,在一定时间后,可使其表面出现斑痕及裂缝,甚至呈海绵状逐步脱落,同时,由于蒸汽的生成使得液体的表观密度下降,于是液体实际流量、出口压力和效率都下降。这不但大大缩短水泵机组的运行寿命,严重时还可导致完全不能输出液体等恶劣事故。

一个疑难杂症,终于找到了原因,但怎么才能对症下药呢?一直以来,这都是水利科技界的一道世界级难题。当时在场的国内外专家都在反复论证和商讨,有人提出,只有更换水泵转轮,才有可能解决这一难题。这是一个最直接的解决方案,但这是从国外进口的设备,若要更换转轮,既要付出高昂的代价,又要大拆大卸,还要从国外将新的转轮远道运来,这将会大大延误工期,更严重的是,东改工程必须在保证对港正常供水的前提下施工,一旦更换转轮就要中断供水,这是绝对不行的!怎么办?就在众多专家激烈争论时,邱静几次张嘴,却欲言又止。在时隔多年后,当我采访她时,提及此事,她微微一笑,才坦诚地说出了她当时的心思,那时候她觉得自己人微言轻,还真是有些顾忌自己的身份。她于1983年从原武汉水利电力学院毕业后,就入职广东省水利水电科学研究院,到2003年她已有二十年的实践经验,也解决了不少疑难问题,此前已晋升为高级工程师,可广东省水利水电科学研究院还有众多的高端人才,其中教授级高工就有四十多人,高级工程师更有近百人,而她只是一个普通高工,团队成员中很多人的职称、职务都比她高,此时还真是轮不到她说话。但她通过对水的流态和振动的脉动值的反复分析,脑子里已有了一个解决问题的设想——通过大型泵站整流技术来解决泵站的振动问题。而在当时，她提出这样一个解决方案还真是要有勇气，毕竟，这还只是一个可能性的方案，谁也不敢保证百分之百的成功，而在这个方案的试验过程中，你必须保证对港供水的安全，这个安全系数是百分之百！而一旦出现了问题，那就不是一般的事故风险，那个风险实在太大了，谁来承担责任？

邱静没有想到，当她几经犹豫终于把自己的设想提出来后，随即就得到了众多专家的一致认可，都觉得这个方案在所有方案中可能是解决问题的最优方案。更让邱静感动的是，广东省水利水电科学研究院是一个敢于担责的集体，为此研究院还写了一份责任承担承诺书："我单位受东改指挥部委托，承担旗岭泵站机组振动故障排除原因分析任务，需要进行现场测验，测验方案包括胸墙方案（通过起吊闸门在流道形成胸墙）及消涡梁方案（在取水头部布置木栅栏格网）。测验方案需要通过粤港供水公司暨旗岭泵站配合，我单位已将测验方案向东改指挥部汇报，希贵公司与指挥部协商后同意我院进行上述测验。我院将尽力采取措施保障测验的安全，若在测验工程中因我院测验原因引起安全责任事故，由我院负责。"

尽管有单位承担责任，但邱静作为第一责任人，还是深感责任重大，整个实验方案她都要逐页签字。那段时间，她每天早上七点就要赶到旗岭泵站，一直干到晚上十点才下班，一回家就赶紧趴在电脑前，一边分析当天的实验结果，一边为明天做方案，经常是熬到深更半夜乃至通宵不眠，第二天一上班就把方案提交上去，然后调度人员就按照方案的要求去调度泵站的机组抽水，接下来又是一天漫长的试验。这日复一日的试验，采取现场试验和物理模型试验相结合的方式，现场试验用了一个多月，物理模型试验用了两个多月，在试验期间必须一直保证正常供水。从 2003 年 5 月到 8 月，每一天对她都是难以承受的考验，不仅仅考验她的体力、智力和精力，还考验她的意志力。没人知道在她的心里曾发生过什么，但她不想隐瞒，在这些天的考验中，她唯一满意的是自己的意志力。她脆弱过，真的脆弱过，压力太大甚至导致她内分泌失调，情绪也到了崩溃的边缘，好几次她都想大哭一场，然后甩手而去。但是，哪怕最艰难的时刻也没有让这个女子走开。别看她外表柔弱，她的内心却很强大，她最终用自己的意志力战胜了自己。在时隔多年后，她微笑着对我说："我从来没有觉得自己这么强大！"

的确，这个世界级难题的解决，极大地增强了邱静的自信心，这也让她深切地体会到："没有什么难题解决不了，只要用心去做，就一定能找到解决问题的方案。"这么多年的运行证明，大型泵站整流技术确为最优的解决方案，既大大改善了旗岭泵站进水前池的流态，又更好地保证了泵组的使用效率和供水的正常运行，这也成为解决水泵振动的一个具有教科书意义的经典案例。

而今，邱静已晋升为一位教授级高工，现任广东省水利水电科学研究院规划中心主任、水资源所所长。多年来，她一直把建设"清水绿岸、鱼翔浅底、水草丰美、白鹭成群"的南粤幸福河作为自己的终生奋斗目标，在工程水力学、温排水泡沫污染机理及防治研究、水资源研究等方面取得多项创新性成果。问道江河，上善若水。当我和她道别时，她意味深长地说了一句："你对水越是了解，越是要充满敬畏之心。"

第六章

另一条战线

一

随着东改工程全线摆开阵势，在正面决战的同时，还有另一条战线，那就是征地、拆迁和移民安置，在水利工程建设中，这一直是难度最大、问题最多、上上下下最关注的"老大难"，号称"天下第一难"。这个很多人都不想干的苦差事就交给了刘耀祥。

这是一个脸膛黢黑、虎背熊腰的苏北大汉，猛一看像是张飞，但细细端详那善解人意的眼神和真诚随和的笑容，还有骨子里透出的一股书卷气，你就知道，此人绝非粗鲁莽撞之辈，很多和他打过交道的人都用一句歇后语来形容他："张飞穿针——粗中有细。"

刘耀祥是一个贫寒的农家子弟，1989年毕业于河海大学，分配到广东省水利厅移民办公室，此后就一直干着这"天下第一难"的苦差事。这么多年来，他一年四季大多数时间都奔走在征地现场。人家干工程，那是跟钢筋混凝土打交道，打的是一场接一场的硬仗。他也是干工程，却是与各种各样的人打交道，一天到晚跟人打嘴巴仗。幸好，刘耀祥在移民办干了十多年后，在世纪之交终于转岗了，从移民办调任广东省水政监察总队副总队长，这让他长吁一口气。谁知，这一口长气还没吐完呢，那苦差事又找上门来了，东改工程总指挥部挑来选去，又把他给挑选出来了，他被任命为征地拆迁部部长。

这个征地拆迁部，最初只有三个人，除了刘耀祥，还有副部长陈志宏和一位年轻人。

陈志宏早在20世纪80年代初就参加东深供水二期扩建工程建设，那时候他还是一个二十出头的小伙子，在工程队当一线工人。此后，他在大大小小的水利工程中打拼了近二十年，从一线工人成长为一名水利工程建设的管理者。这些年，他一直主攻一个新型专业——劳动经济管理，还获得了英国威尔士新港学院 MBA 双语硕士研究生毕业证，并经考核拿到了当时还很少人持有的"征地移民监理资格证书"。这也是他很看重的"资格"，也可谓是对征地拆迁和移民安置进行规范化管理的一种标志。对于他，征地拆迁和移民安置不只是一个具体的工作任务，也是一个亟须探索和研究的课题，而他的人生追求，就是成为一位学者型的实干家。

按规划设计，东改工程自北向南跨越东莞桥头、常平、樟木头、塘厦和凤岗五镇，其分管水线还深入黄江、谢岗和清溪三镇，但到底需要征多少地，要拆迁多少房屋，有多少人口需要移民安置，这些都要一五一十进行实地调查，并拿出准确的数据和图纸。为此，征地拆迁部的几个人分头跑了几个月，从征地面积、拆迁房屋面积到一棵一棵地去数沿途的青苗，回到驻地还要通宵达旦整理材料，制订方案，几乎每两天就要熬一个通宵。几个月下来，很多人都发现自己瘦了一圈，刘耀祥瘦了十多斤，陈志宏的皮带差不多减了十厘米。这里且不说那个实地测量的过程有多艰辛，先用他们调查的数据说话吧。这次沿线土建工程涉及八镇二十六个行政村，需征地4133.18亩（其中永久征地1900亩，临时用地2233.18亩），拆迁房屋36256.33平方米，迁移人口241人，还要搬迁4家企业。除了数据，他们还做出了征地拆迁的十套图纸，共三万多张，堆起来有他们拆迁部的屋顶高。这些数据和图纸，都是核算补偿资金的依据，也是向国土部门报批的依据。

大面积征地，必须先经省国土厅核准，再呈报原国土资源部批复。

当刘耀祥开始思考征地拆迁和移民安置的实施方案时，陈志宏已背着沉甸甸的十套图纸，也肩负着有生以来最重要的一项使命，奔赴北京。对于征地拆迁，国家一直是高度重视的，越是重视把关越严，而当时举国上下都处于建设高潮，不知有多少人在排队等候审批啊。陈志宏一到北京就听说了一件事，苏南某市有一块地要进行旧城改造，但报批半年了一直都通不过。这让陈志宏心里一下凉了半截，东改工程哪有时间等半年啊！而让他意想不到的是，他刚把材料呈报上去，随后就接到了批复通知，那个过程非常顺利，一天之内，原国土资源部的三个司就将他们的申报全部批准了。当他连连鞠躬道谢时，一位审批负责人告诉他："以前可没有这样的速度，你们是个先例。"那么，原国土资源部为什么会开这个先例？一是国家对东深供水和东改工程高度重视，谁都知道这不是一般的工程，七百多万香港同胞不可一日无水啊！还有一个原因，就是他们前期工作做得扎实认真，资料齐全，数据翔实，图纸画得清清楚楚，没有一点含糊的地方。你不含糊，人家也不含糊。

当陈志宏怀揣盖着国徽大印的批复兴冲冲地回来，就像带来了一把尚方宝剑，但刘耀祥却是愁眉紧锁。而今，时代变了，这尚方宝剑也不那么好使了。这次征地、拆迁和移民安置共涉及三千多户、数以万计城镇和农村居民，而所经之处，正处于广深经济走廊。这石马河流域的每一个农村，曾经的农村，就像它们的主人一样，现在的身份已变得无比复杂，在行政区划上它们仍然是农村，它们的主人依然是农民，但当你走进这些到处都是高楼和高架桥的农村，你不知道，它到底是农村还是城镇？你已经无法为这片土地和土地的主人定义，但谁都知道，这每一寸土地都变成了寸土寸金之地，连石马河的倒影里也能看见繁华的大街与楼群。可想而知，要在这里进行征地、拆迁、移民，那个难度有多大？这"天下第一难"的难题又怎么解决？

此前，东深供水工程在征地、拆迁和移民安置上一直是由各级政府主导，从征地拆迁任务到补偿资金发放都是采取层层承包的方式。而在东深供水首期工程建设和一、二期扩建工程运作时，还处于计划经济时代，农村还是大集体所有制。在这种状况下，由各级政府主导也可谓是特殊年代的通行规则，上有项目管理机构撑腰，实际工作交由当地政府去实施，而征地拆迁部实际上成了一个协调机构。尽管在沟通协调中难免也会有扯皮拉筋的纠纷，但一旦遭遇太大的阻力，就会交由各级政府去处置和解决。而现在不同了，在市场机制下形成了新的价值规律，一切经济活动以市场为主导，而作为上层建筑的政府在经济中扮演的角色也发生了相应的变化，不能再大包大揽，一切必须尊重市场规律。如此一来，在征地、拆迁和移民安置上，原来的操作规则已根本行不通了，但在东改工程实施过程中，新的操作规则又尚未形成。这就是征地拆迁部遇到的一道新难题，但换过来一想，这又何尝不是一次改革创新的机遇？刘耀祥还真是这样想的，也可以说是逼出来的，既然没有现成规则可以照搬，那就只能重新开始，从实际出发，因势利导，制订出一套具有操作性的新方案。

这新方案又从何着手呢？一个农家之子，也有农人的思维。刘耀祥小时候在家里放过牛，那牛既忠厚又倔强，若要把牛放好，关键是要抓住牛鼻子，而对于征地拆迁，这牛鼻子就是利益问题。谁都知道，征地拆迁是为工程建设铺平道路，你把这工作干好了，那就是工程的开路先锋；你要把事情给干砸了，一旦发生扯皮阻工的现象，那就是拖工程的后腿。但若仅仅只从工程建设出发那就太狭隘了，你要征人家的地，拆人家的屋，这土地和房子是老百姓安身立命的命根子。若要解决这一难题，就必须在国家重点工程建设和老百姓的根本利益之间寻找平衡点，而老百姓在征地拆迁中的利益，在市场机制下就是物权。为此，刘耀祥和陈志宏等人从一开始就紧紧抓着这个牛鼻子反复商量，渐渐厘清了一条具有操作性的思路：在补偿之前，先要在当地政府和村委会的协助下，对沿线列入征地拆迁范围内的土地、建筑物和青苗等物权进行确权，这也是最复杂、最敏感、最棘手的工作，必须逐村逐户去进行实测、评估和确认，然后根据国家规定的征地拆迁补偿标准，再结合当地实际，对物权进行价值评估，计算补偿费用，经物权人、国土部门、征地监理和东改工程总指挥部等一致确认后，一户一户地补偿给物权人。当双方达成补偿协议后，就一块地接一块地进行清场，拆除这些地上的建筑物，移去青苗，对搬迁移民进行妥善安置。应该说，这是一条清晰而缜密的思路，但一旦进入实际操作，由于涉及的地域广，居民多，关系错综复杂，稍有不慎就会爆发大矛盾。如何才能防范矛盾呢？刘耀祥和陈志宏在制订新方案时还真是有不少创举，第一是从确定物权到补偿标准，全程实行透明管理，采取张榜公示和广发宣传资料等方式，让每个农户对物权确权和补偿标准心中有数，此举既可消除暗箱操作带来的负面影响，也让农户之间互相知情，谁也没有享受到什么特殊照顾，更没有受到任何歧视，在补偿标准面前人人平等，一视同仁，一碗水端平。

扪心自问，刘耀祥和陈志宏在制订新方案时确实是为老百姓着想，而且是从老百姓的根本利益出发的，然而，在征地工作铺开后，当他们走村串户去同村民们沟通时，走到哪里，都有一种周围的一切都在和你作对的感觉，尤其是老百姓盯着他们的那一双双冷眼，透出来的是深深的不信任感，还有高度的警觉和戒备，感觉就像"鬼子进村了"。这让刘耀祥、陈志宏心里很难受，也很憋闷，问题的症结又在哪里呢？

　　刘耀祥憋了一阵后，忽然开口了，他对陈志宏说出的只有一个字——钱。

　　那与物权直接对应的是什么，就是补偿资金。说来，老乡们对征地拆迁的警觉和戒备，是有历史原因的，由于此前的补偿资金都是划拨给当地政府，然后从县一级到乡镇一级，从行政村到村民小组，一层一层往下拨，在走程序的过程中环节多，速度慢，效率低，战线如流水作业一般拉得老长，这既增加了运作成本，也难以保证补偿资金足额发放到位。你把村民的土地说征就给征了，房子说拆就给拆了，可村民要把补偿资金拿到手都要拖很长的时间，而每经过一个环节就要以手续费或七七八八的名义扣除一部分，造成级级截留甚至是侵占、挪用补偿款等腐败坑农事件，一层一层往下拨变成了一层一层往下"剥"。如何才能把补偿资金一分不少又准时发到村民手上呢？这也是陈志宏一直在思考的问题，他提出，最好的方式就是从拨款到发放，一对一地直接支付给征地拆迁户。这还真是和刘耀祥想到一块了，两人不谋而合，又一拍即合，这也是他们在新方案中的又一创举——"将补偿资金直接支付给物权人"，这在当时还是全国首创。而拨付过程，则是通过信息管理系统和银行的支付系统，个人部分直接由银行过户到个人账户，集体或项目部分也直接由银行过户到集体或项目账户。有的村民没有银行账户，那就把存折直接发给他们，让他们自己到银行里去取钱，所有经办人都不经手一分钱的现金。这从根本上解决以往征地、拆迁和移民安置中存在的种种弊端，你想截留、侵占、挪用或克扣补偿资金都没有机会了，每一个人的双手都是干干净净的。

哪怕用今天的眼光看，这也是一个缜密而完美的设计，但你的设想很美好，老乡们又怎么看呢？那就看看接下来的实际效果吧。

二

当刘耀祥和陈志宏搞出的这个新方案经指挥部批准后，就开始付诸实施了，但也招来了各种各样的非议。有人说他们是自讨苦吃，自己给自己身上压担子、压责任，还有的说他们是自己给自己挖坑。这些议论还真不是多余的担心。在新方案中，征地拆迁部不再是在政府和农户之间扮演协调的角色，一下变成了唱主角的，作为部长，刘耀祥就是第一责任人。但他心里十分清楚，这征地拆迁工作若要顺利展开，唱主角的绝对不能唱独角戏，还得依靠当地政府部门和村委会的支持配合，可这新方案一开始就遇到了一个新问题，由于大笔补偿费不再由当地政府部门和村委会经手，他们觉得你把基层的权力削弱了，甚至是撇开了。你既然撇开了他们，他们就干脆不管了，甚至躲着不见你。

这就是陈志宏遭遇的第一个问题。在征地过程中，有一块公用土地要同当地某部门签订合同。这是一块临时用地，施工单位马上就要进场施工了，由于征地问题没有解决，那些由火车运来的机械设备无法卸载，存放在车站里要按天收费，而开不了工也得照样给员工发工资，这耽误一天就是一天的损失，若征地问题不解决，这个损失只能由东改工程总指挥部来承担。为了签下一纸合同，陈志宏来来回回跑了一个多月。可他急，人家不急，那个部门负责人没说不签，但一直采取拖延和回避战术。每次，陈志宏给那位负责人打电话，约好了商谈的时间和地点，那负责人都是满口答应，可等他一赶过去，那人就借口自己要去开一个什么重要会议，让陈志宏先跟别的同志商谈。可这些"别的同志"都是既不能负责更不敢拍板的人，他谈得再多也是白费口水和浪费时间。陈志宏哪有时间浪费啊，从总指挥部到施工单位都跟催命似的，手机一天到晚响个不停，陈志宏每接一个电话都感到手机像火一样烫手，脑子里也嗡嗡作响，征地，征地，征地！然而，除了找到那位负责人，他几乎别无选择。一次，陈志宏又跟那位负责人约好了，当他赶过去后，那负责人又不见了踪影，依然是让他先跟"别的同志"谈。不过这次，陈志宏对这种故伎重演的把戏早有了心理准备，他对"别的同志"笑了笑说："那就改日再谈吧！"当他坐的汽车从那家单位的院子里驶出来时，从后视镜里瞄见了一双目送他离去的眼光，他微微一笑。那位负责人其实压根就没有外出开会，刚才就躲在另一间办公室里窥视呢，看着一辆车开出了大院门，他还以为陈志宏真的离去了。而陈志宏这次在外边故意兜了一个圈子，突然杀了一个回马枪，一下就把那位负责人堵在办公室里了。他端了一把椅子在门口坐下，摆出"一夫当关，万夫莫开"的架势。那位负责人一脸尴尬地看了看陈志宏，又看了看表，此时已快到吃午饭的时间了。这又是个脱身的借口，但陈志宏早有防备地说："领导啊，尊敬的领导啊，这次咱们一定要谈出一个结果，否则谁都别想吃饭。你也知道，若是耽误了国家重点工程建设，让香港同胞喝不上水，我们这饭碗恐怕也端不成了！"这句话，他憋了一个多月，终于有机会当面说出来了。他是笑着说的，却让那位负责人猛地一震。这人哪，有时候还真得猛地震一震，就在这震动之下，拖了一个多月的难题，终于在一顿饭的时间内解决了。

这种拖延回避战术还不少，就说征地拆迁部的那个小伙子，也有与陈志宏类似的遭遇。有个村子，在征地拆迁时碰到了一个钉子户，要请村主任出面解决。那村主任年过半百，满脸和善，看上去是一位慈祥的大叔，对这小伙子的要求满口答应。唉，只是这小伙子来得不凑巧，村主任说自己先要出门去办个急事，让小伙子改天再来。小伙子一听这话还信以为真，谁知这一改天就不知是哪一天了。接下来，小伙子跑了七八个来回，一个来回就是一天啊，无论他在村口堵，村尾追，还是在村委会门口蹲守，就是见不着那位村主任。而那位村主任就像有耳报神，只要这小伙子一进村，他一闪身子就不见了踪影。一天晚上，小伙子还眼睁睁地站在村道边的一棵大榕树下守着，这是村主任回家的必经之路，他老人家总得回家吧。一直等到了半夜，突然下起了大雨，小伙子身上很快就湿透了。而就在这时，一个黑影打着一把雨伞，从雨水中深一脚浅一脚走过来，小伙子眼尖，一看正是那位村主任。他长长地叫了一声主任啊，那一刻就像在危难中见了亲人一般奔上去，一把握住了村主任的一只手，又从他另一只手中拿过雨伞，一边替村主任打着伞，一边激动地说："主任啊，我可总算把您等到了，您也太忙了，这么晚了才回家！"这位特别执拗的小伙子，在经历了漫长和急切的等待之后，那一刻还真是动了真情，眼泪吧嗒吧嗒往下掉。这让村主任心里一阵感动，他也被小伙子的真诚和毅力感动了，连连拍着小伙子的肩膀说："好办，好办！"要说呢，这位村主任也是通情达理的，只是心里憋着一口气，让你那征地拆迁部"别拿村主任不当干部"，而这口气一旦吐出来了，一个征地拆迁人员这样尊重自己，一切也就好办了。

同那位跑了七八趟的小伙子相比，刘耀祥跑的路就更多了，那些最难解决的问题，最难剃的头，都是他亲自出马。有个农户由于和征地拆迁部没有就拆迁补偿达成共识，一直不肯签订协议。为了做通这个农户的思想工作，刘耀祥前后跑了三十多趟，脚底打出了血泡，嘴里也磨出血泡，但他跑断了腿、说破了嘴都不能解决问题，那个农户就是不签协议。这样的村民又何止一个，他们不跟你讲大道理，天大的道理也没有老百姓的利益大。有人说，对这样的"刁民"只有来硬的！刘耀祥一听"刁民"就不高兴，农民嘛，农民意识难免是有的，但不要动不动就说人家是"刁民"。他是农家子弟，对农民有着与生俱来的特殊感情，了解农民，理解农民，时常站在农民的角度上换位思考，也是把农户的利益自始至终放在第一位的。有一些农户为了争得更大的利益，提出了超出补偿标准的诉求，这其实也是人之常情，但这个口子绝对不能开，只要开了一个口子，就会撕裂无数的口子，所有的征地拆迁户都会提出超标准的诉求，那就如洪水决堤了。这些话，他都掏心掏肺地给那个农户讲过了，他也像那位小伙子一样，情不自禁地流泪了，"老乡啊，如果是为了自己办事，我早就放弃了，可这是为了香港同胞，也是为了沿途的老乡们喝上一口干净水啊，你们也要喝这水啊！"面对他真诚的表白和泪水，那个农户终于被打动了，在补偿协议上签上了自己的姓名，按上了鲜红的指印。

　　这个难题刚刚解决，那位年轻小伙子又遇到了麻烦，他去一个村里丈量征地户的青苗时，有几家农户为了增加补偿款，故意用木棍、竹竿将树枝撑开，以此加大树冠的面积。他想把那些木棍、竹竿取下来，一看农户们那虎视眈眈的眼神，又怕引发矛盾，便赶紧打电话告诉刘耀祥。刘耀祥接到电话就赶过去了，小伙子正在村口等着呢，一见他，就急躁地说："刘部长，你说这事怎么办啊？这些农民的觉悟真是太低了！"刘耀祥拍拍小伙子的肩膀说："话可不能这么说，这征地拆迁，他们就是为东深供水做贡献啊。我看这事，解铃还须系铃人啊，最好是让那些老乡自己取下来。"那小伙子惊疑地看着他，这怎么可能呢？刘耀祥没说什么，随即便跟着小伙子去了那片林地，几家农户也正等在那里呢，一个个叼着烟，吞云吐雾，依旧是虎视眈眈地望着他们。刘耀祥热乎乎地上前打了一声招呼，还给老乡们散了一圈烟，那紧张的气氛一下便缓解了几分。"嗨，这树长得可真壮啊，砍掉实在可惜了！"刘耀祥一边说，一边在树干上拍打着，还有意无意地踢上几脚，看上去没用力，却在暗地里使足了劲儿，那树上的木棍、竹竿呼啦啦往下掉。他赶紧躲闪到一边，佯作吃惊地说："哎呀，老乡啊，这是去年撑果子的棍子吧？怎么到现在也不取下来呢，多危险，万一砸了人怎么办？咱们换一家吧，等你们取下了木棍再丈量吧。"几个老乡其实都是老实人，一听这话，那黢黑的脸膛唰的一下就涨红了。而刘耀祥既戳穿了他们的小把戏，又给他们留足了面子，但他们这脸上还是有些挂不住啊。人活一张脸，树活一张皮，这样做还真是没脸没皮的。果不其然，刘耀祥转身一走，这几家农户就把那树上的木棍、竹竿一根一根取下来了。而刘耀祥在别的地方转了一圈，又带着小伙子过来了。小伙子开始丈量时，刘耀祥还一再叮嘱："可要量准啊，咱们给国家干事，但绝不能让老百姓吃亏！"当小伙子把测量面积一五一十报出来时，几家农户的眼光都变了，那眼神里分明多了几分佩服，那也是满意和服气。

刘耀祥一边记着数据一边对老乡们说："你们要觉得有问题就直说啊，我们再测量一遍。"

老乡们都说："没说的，没说的！"

测量完毕，几家农户都签上了自己的名字，还一再挽留他们吃了晚饭再走。刘耀祥谢过之后，又悄声对小伙子说："看看，农民的觉悟没有咱们想象的那么低啊！"

在征地拆迁工作中，无论你多么细致也难免有些疏忽，但群众的眼睛是雪亮的。一天晚上，有个村民偷偷来向刘耀祥反映，有一户人家不是拆迁户，却领到了一笔补偿款，而他们家的房子比这户人家离工地更近，却没有得到一分钱补偿，这是怎么回事？他想问个明白。刘耀祥一听，赶紧带上几个人，跟着这位村民去现场察看，发现这两家农户都不在拆迁范围内，怎么会有人领到补偿款呢？这里边会不会有什么猫腻？随后，他又查明了原因，这是征地拆迁工作人员的一个失误。为此，他严厉地批评了那位工作人员，又诚恳地向反映问题的村民做检讨："这是我们工作的失误，让不该拆迁者拿到了拆迁款，我也要感谢你们这些老乡的监督，给我们提供了改正的机会，为国家挽回了一笔损失。"那位反映问题的村民，原本是想为自家争得一笔补偿款，但刘耀祥口气坚定又语重心长地说："该补的一分也不能少，不该补的一分也不能拿。老乡啊，你家也不在拆迁范围，我们也绝不能给你补偿而再犯一次错误啊！"

除了征地拆迁和移民安置，随着工程全线铺开，还出现了许多扯皮拉筋的事，需要综合调度和协调处理，为此，总指挥部又设立了现场总调度中心，刘耀祥和陈志宏都担任了副总调度长。这些事不同于征地拆迁和移民安置，却也有相似性——都是为了解决施工过程中跟当地老乡们发生的种种纠纷，在利益之间寻找平衡点。譬如说，施工单位在搞测量、搬电杆和拉电线时，难免会碰到沿线村民的果树，老乡们大多通情达理，施工方也会照价赔偿，但有时候也会遇到个别狮子大开口的村民。一次，施工人员碰掉了一户村民家的二十多个阳桃，那位村民非要他们把阳桃买下来，一百块钱一个。这也实在太冤了，二十多个阳桃两千多块钱，世上哪有这么贵的阳桃呢，又不是王母娘娘吃的蟠桃。由于几个施工人员没有答应那位村民的要求，那位村民就把他们拦在果园里，不让他们下山。遇上了这样的倒霉事，又是刘耀祥来处理了。他脾气好，待人又特别真诚，遇上了什么事，他总是跟老乡们掏心窝子说话。最后，在他苦口婆心地劝导下，那位村民总算答应，每个阳桃按照市场价格赔偿。

还有一次，有一段优化工程要从常平镇的一个村庄穿过，这村里有条老河道，村民在河道两岸建了不少房子，这次施工时，要把河道挖深十多米，在开挖时虽然采取了一些保护措施，但由于这些农舍原来就建得不规范，桩基不牢，这些房子受到了不同程度的影响，有的墙壁出现了裂缝，有的地板塌陷了，还有的被挖断了水管。村民们一吆喝，便开始阻工，他们不用上工地来阻挡施工，只要把施工便道一堵，整个工地就瘫痪了。要说呢，这也怪不得老乡们，这房子不敢住了，这水也没得喝了，叫人家怎么活？对于老百姓阻工，首先就是要敢于承担责任，以最快的速度来解决问题。这一次的处理，由陈志宏出马，他首先拍着胸脯向老乡们保证："如果因施工损坏了你们的房子，我们会负全责的！"当然，这房子到底有没有损坏，受损的程度如何，还得由专业部门来检测鉴定，这需要时间。但在陈志宏的协调下，施工方还真是以最快的速度买来了数万元的水管，将挖断的水管全部恢复，当清水哗哗地流进老乡们的水缸时，有些村民为房子受损的事还在继续阻工，陈志宏说："乡亲们啊，俗话说，半夜想自己，半夜想别人，若是你们阻工造成香港同胞喝不上水，该怎么办哪？"老乡们一听，就从阻工现场撤了。而在接下来的房屋受损处理中，经专业部门检测鉴定后，给各家各户都开具了书面鉴定书，该赔多少钱也由专家说了算。而陈志宏始终坚持一条，"协调，协调，就是最大限度地在工程和村民之间找到一个利益平衡点"，应该说，他找到了，刘耀祥也找到了，整个东改工程也找到了。

每当刘耀祥和陈志宏解决了一个特别棘手的难题，那些年轻人都用敬佩的眼光打量着他们，"姜还是老的辣啊，刘部长，你们怎么有那么多绝招对付那些特别难缠的村民啊，把他们一个个治得服服帖帖？"

刘耀祥立马把眼睛一瞪说："我们可不是为了对付村民，更不是要治他们，而是诚心诚意为他们服务。我是农家子弟，最了解农民的禀性，只要我们公平、公正对待他们，他们就会信服我们。人心都是肉长的！中国农民其实是最善良也最通情达理的，他们只服理不服权势，你敬他一尺，他敬你一丈，你真心实意对待他们，他们会回报你万倍真诚！"

人心都是肉长的！就是凭着这句话，刘耀祥、陈志宏这些外乡人，才能很快就和当地老乡们打成一片。刘耀祥不止一次对自己的同事们说："征地拆迁，不和当地老百姓搞好关系可以说寸步难行，而最好的关系，就是你把老百姓当亲人，老百姓也把你当亲人，哪怕有了利益冲突和矛盾纠纷也容易沟通，只要多站在他们的立场上考虑，很多麻烦就会迎刃而解了，那'天下第一难'的事情也不难了。"

在东深工地上，谁人不识刘耀祥？谁又不认陈志宏？尤其是那些征地拆迁户家里，他们几乎把门槛都爬烂了，连小孩们也认得他们。一开始，有些人还有点不相信，他们来这里才多久呢，怎么这方圆上百里的老乡们全都认得他们？有一次，刘耀祥、陈志宏和一个刚来不久的同事走进一个村里，那同事指着刘耀祥问一个小孩，他是谁？小屁孩竟然很蔑视地看了那同事一眼，很认真又很天真地说："这是刘部长啊，刘耀祥！"那同事又指着陈志宏问，这是谁？那小孩拉长声音说："陈志宏——副部长！"

几个人一下大笑起来，笑得不知道有多开心。

三

东改工程在征地拆迁上还有一个创举，即率先引入了新的监理理念和制度。沈菊琴就是通过公开招标和竞标而引进的一位征地移民监理总监。这是一位"60后"的工学博士，1979年考入华东水利学院农水专业，大学毕业后又考入河海大学攻读硕士和博士研究生，现任河海大学国际工商学院教授、博士生导师。这样一位文文静静的女子，戴着一副琇琅架眼镜，看上去有些弱不禁风，可她踏遍了大江南北，见惯了大风大浪，在黄河小浪底、长江三峡工程都留下了她奔波跋涉的足迹。

沈菊琴和刘耀祥、陈志宏扮演的是不同的角色，但目标是一致的，那就是要最大限度地在工程和村民之间找到一个利益平衡点。而在此前，全国普遍实行的征地和移民监理制度，仅仅是一种监测和事后评估制度，监理单位一般只能对正在或已经实施的项目进行进度、质量和投资三监测，而东改工程则改变常规做法，赋予监理单位对项目实施前和资金支付前的签证确认权，即没有经监理单位签证确认的项目不能实施，资金不能拨付，并以此为基础实行各方签证确认制度，即每一项实物指标和按国家政策规定的补偿标准、补偿金额，都必须经监理、群众、当地政府和业主等签证确认，全过程公开透明。这从根本上避免了过去经常发生的地方政府把资金用于非计划项目，而导致对工程建设有直接影响的计划项目反而无法实施的情况。而项目的公开透明也充分体现了老百姓的知情权，有利于争取群众对工程项目的理解和支持，有利于工程的顺利实施。

当征地移民监理单位被赋予如此重要职责，作为一位移民监理总监，沈菊琴必须跟着征地拆迁工作人员一起，对物权逐村逐户进行实测、评估，在和村民签订协议时，她也必须一直在场并签证确认。在岭南炎热的夏天，他们奔走在烈日之下，一个生长于苏北的女子还从未经历过这样的酷暑，有时候晒得鼻血都流了出来，她一边用纸巾堵住鼻子，一边用河水拍打着脖颈，才把鼻血慢慢止住，而那跋涉的脚步从来没有停止过。

樟洋渡槽是东改工程的三大渡槽之一，位于东莞市樟木头镇境内，横跨石马河，连接笔架山隧洞和石山隧洞，施工时，需要征用一百多亩临时用地，那是一片长满了荔枝和龙眼的山坡。岭南荔枝品种繁多，既有普通的农家品种三月红，还有不少名贵品种，如妃子笑、观音绿、糯米糍及桂味等，青苗补偿的价格是按品种的优劣而定的，但这些品种仅从荔枝的树形和枝叶上是很难辨识出来的。征地拆迁人员大多是外乡人，沈菊琴是江苏张家港市人，家乡从来不产荔枝和龙眼，又怎能辨识这些岭南水果？这样一来村民就有了空子可钻，有的荔枝原本只是两三块钱一斤的三月红，可人家硬说是十几块钱一斤的观音绿，这可真是难为她了。除了品种的辨识，还有树龄和数量的辨别。这山上既有几十年的老树，也有三五年的小树，但老树不一定高大，小树不一定矮小，一般人也难以辨别。有的人还会耍花招，那地盘上原本只有八十棵树，一夜之间就变成了一百六十棵。沈菊琴来这山坡上察看时，就感到有些不对头，这片果树林怎么长得这么密密匝匝啊？仔细一看，她发现有些荔枝树好像是连夜移栽过来的，几乎是见缝插针，还在翻新的泥土上覆盖上了一层沾满了苔藓的老土，若不仔细看，还真是看不出什么名堂，但扒开那移栽过的土壤就会发现，这泥土比长在这里的老树要松软得多。可她一问，那些农户都连连摇头，谁也不肯承认是连夜移栽的，至于这松土嘛，有的果树要松土，有的果树则不需要松土。你要跟他们去辩，那是辩不过他们的，人家都是世世代代的果农，比你懂得多呢。这些征地户，每户的要价都大大超出了原先的评估价，而且是一个个不达目的就寸土不让。你跟他们磨嘴皮子，那就只能一直扯皮，一直在软磨硬泡中拖下去。但这工程不能拖呀，若不能按期完成征地任务，就没法按期施工，这就是一个征地移民监理的职责所在，她急啊，那鼻腔里火烧火燎的，感觉又要流鼻血了。但再急她也只能在心里急，在表面上必须沉住气，绝对不能跟村民争论，若由此而引发矛盾，那麻烦就大了。

沈菊琴一边不动声色地察看着，一边在心里想辙，若要解决这一难题，还得争取当地村委会的支持。从山上下来，她便登门拜访了六十多岁的村主任。这村主任还特别热情，又是让座又是沏茶，但一说到征地的问题，那眉头一下皱成了一个疙瘩，还莫名地连连摇头。你给他讲道理，他老人家什么都懂，甚至比你还会讲道理。沈菊琴看着村主任那个一直紧皱着的疙瘩，怎么才能解开呢？这时候，村主任缓缓开口了，说来，这村里的老百姓心里还真是有一个一直没有解开的疙瘩，过去征地时，征地者都给了他们很多承诺，村民们也相信他们的话，老老实实地把合同签了。可在征地过后，这合同就像打白条一样，有的不兑现，有的打折扣，那些征地补偿款，没有几个钱能落到征地户的口袋里。人善被人欺，马善被人骑啊！你越老实越是吃亏，那只能耍花招多搞几个钱，若搞不到那就拖下去，你越急，他越拖，想要多拖出一些银子来。

沈菊琴听到这里，不禁长长地"哦"了一声，这才明白了村民们耍那些小花招的真实意图。她立马对村主任表态说："我作为征地移民监理总监，保证在这次征地中，一是合理合法，在同样的条件下，补偿标准一视同仁，没有人可以搞特殊；二是确保补偿资金足额发放，一签合同，立马就通过银行划账，快速补偿到征地户手上，先签先补！"

村主任端详了沈菊琴一阵，犹犹豫豫地说："小沈啊，我看你是个实诚人，你可说话要作数啊，若再不兑现，我这老脸怎么去面对乡亲们啊。"

　　沈菊琴说："您老要是不相信，或到时不兑现，就找我算账，我同您签个私人合同，倘若公家不兑现，一分一厘都由我私人赔偿！"

　　村主任终于被一脸真诚的沈菊琴感动了，他先带头签了合同，又领着沈菊琴挨家挨户去做工作。村主任一出面，那些村民想要什么花招也没门了，这山坡上种的是什么树，结的是什么果，栽了多少年，村主任一眼看得清清楚楚。他还主动给每一个村民担保，有的村民们当即就把合同给签了，而更多的人则在一边观望和嘀咕，你这合同签是签了，但这合同就是一张白条，那钱不知什么时候才到手，真正到手的又有多少呢，等着瞧吧！可这一次还真没让他们等多久，上午签完合同，下午，沈菊琴和陈志宏就带着银行里的人进村，给签了合同的征地户发放存折，那存折上的数字一分一厘都不少，不信你可以马上去银行取。这让村民们震惊了，没想到，这么快就拿到钱了。这事，很快就传遍了沿线的各个村庄，一个长久的疙瘩终于解开了。

　　征地拆迁不仅涉及农户，还涉及一些"三资"企业，这个确权和补偿说来更加错综复杂。凤岗镇有一家港商开的玩具厂，东改工程的一个涵洞的涵接处要从该厂一个车间的一角通过，必须搬迁。这个车间有厂房，还有生产设备，而这个厂的物权人又涉及两方，一方是出租者，一方是承租者。出租者涉及房屋拆迁的补偿，承租者涉及房屋装修、设备转移、物色新厂房的损失和停工的补偿。沈菊琴派人洽谈，谈了两三个月一直都谈不下来。沈菊琴来到这家工厂，老板是香港人，一个星期才来厂里一次，而日常工作则是委托经理代管，这位代管者主要是负责工厂的生产经营和管理，别的事情他都无权做主。沈菊琴又去找厂房的出租者，这是第一物权人——业主，这个业主原本是本村人，但他已入籍英国并在英国经商，平时则委托自己的岳父代管物权，但其代管只是负责按时收取租金，别的方面也做不了主。沈菊琴只能把越洋电话从凤岗打到伦敦，把房屋拆迁的补偿标准通报给对方。对方在反复考虑之后，终于来电回复，同意房屋拆迁并接受补偿标准。这第一物权人的问题终于解决了，然而，还有第二物权人，那承租者要求出租者赔偿他因拆迁带来的一切损失，若不解决就不肯迁出。说来，这也是合情合理的要求，人家既然租了你的房子办厂，双方签订了合同，而在合同有效期间，谁愿意将自己正常生产的工厂停产搬迁呢？这需要时间，时间就是金钱。除了搬迁带来的直接损失，还有间接损失，承租者和经销商签订的订货合同因搬迁而不能按时交货，就会受到高额罚款，还会影响到自己的信誉，这个损失由谁来赔偿？对这些合理的诉求，沈菊琴是十分理解的。她一边找到当地的村主任，请他协助，尽快为这位港商寻找搬迁的厂房，一方面又苦口婆心做港商的工作："您也是香港同胞啊，咱们国家花几十亿元来改造东深供水工程，第一就是为了让香港同胞喝上干净水啊！"说来，这位港商当年也曾遭受过干旱焦渴之苦，在多少年后，他还时常梦见自己小时候挑着水桶去街头"候水"的情景，眼看就要接上水了，那水喉却突然断流，他急得一下喊叫起来，又在自己的惊叫声中惊醒，才发现是一个噩梦。这也是那一代香港人挥之不去的噩梦，他们最担心的也是噩梦重来。而现在，他开的工厂就位于石马河边，对河水也确实有污染，这也是他眼睁睁地看见了的，若不搬迁，这不干不净的水一旦流到香港，他和家人最终也要喝下这种水啊。这样一种源于生命的本能，让他终于痛下决心，搬！

　　这边，一位港商的搬迁问题解决了，那边，另一位台商的征地问题又遇到了麻烦。按规划设计，东改工程 A-2 标段需要新建一座泵站——莲湖泵站，这是东深供水工程的第二级枢纽泵站，站址用地需要征用一家台商承包经营的、占地两百多亩的花场。对于征地，那位台商倒是爽快地答应了，但对于补偿价格，沈菊琴和陈志宏第一次去跟台商商谈时，两个人心里都没有底。不说别的，就说那形形色色的花卉树木，都要一一估价，而现在是市场经济时代，除了零售价格是公开的，还有出厂价、批发价，这是行业秘密。这让他们一开始就显得很被动，只能先由那位台商报价。那位台商一开口就是几百万元，而且还说得头头是道，几乎没有讨价还价的余地。沈菊琴和陈志宏也没有讨价还价，但要求台商把花卉树木的名称、数量和价格都列出细目。这让台商犹疑了一下，然而这是合理的要求，台商也无法拒绝。而台商那片刻的犹疑，让沈菊琴敏感地感觉到这报价有问题。当他们拿到台商提供的报价表后，两人便扮成采购花卉树木的商人，分头到当地的大型花市去问价，然后将各自摸清的底价带回来，经综合评价，取平均值，就是合理的

价格。而相比之下，那位台商的报价简直是漫天要价。当他们
再次去和台商谈判时，两人对价格有了数，心里有了底，一下
就把主动权掌握在自己手里了。那位台商何其精明，一看他俩
的神色就明白了几分，不过他还想为自己多争取一些利益。陈
志宏是个爽快人，直接告诉台商，这个花场的合理价值是多少。
而沈菊琴作为监理总监，则拿出了一份花卉树木价格的详细列
表，出厂价、批发价和零售价都标示得清清楚楚。那台商一看，
就知道遇到了内行，他也没法提出异议。其实，沈菊琴还真不
是花卉行业的内行，但她确实是监理方面的内行。这内行遇到
了内行，还有什么说的呢，双方很快就签订了合同。

　　这一次征地拆迁和移民安置工作，从新方案的制订到实
施完成，历时三年。无论是刘耀祥、陈志宏等征地拆迁人员，
还是沈菊琴等监理人员，在那一千多个日日夜夜里，他们都
有讲不完的故事、说不尽的酸甜苦辣，但对于当年付出的一
切，他们几乎是异口同声地回答："值得，特别值得！"这是
大型水利水电工程建设史上首次没有突破征地移民投资概算的
工程，由于做到了公开、公正、准确、合法，既减少资金流通
的中间环节，为工程节省了大笔资金，比原来的补偿概算节约
了近亿元，又给征地拆迁群众带来了利益的最大化。整个工程
从开工到验收，没有发生一例因征地拆迁的群众来信或上访事
件，没有发生补偿经费被克扣、挪用或贪污的现象，没有向上
级交付一桩解决不了的问题，更没有爆发大的矛盾或群体事
件。对于这"天下第一难"的工作，要做到这么完美的程度，
该有多么难！

　　而今，二十年过去了，但只要提到东改工程，很多人都还记得他们奔波的身影。尤其是刘耀祥这个第一责任人，有人说他"创造出了东深工程建设征地拆迁史上的奇迹"，但他却一脸忠厚地说："这都是大伙儿一起干出来的事情，要说呢这也不是什么奇迹，这就是我们要实实在在完成的任务，你既然接过了这个担子，就要把它挑起来。这么多年过去了，没有哪个老百姓指着脊梁骨骂我，很多老乡还把我当亲人一样对待，我就实实在在知足了。"

第七章

在水上腾飞

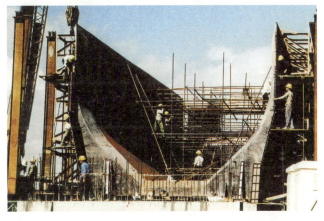

图20

图21

图20 东深供水改造工程旗岭渡槽施工现场（广东省水利厅供图）

图21 东深供水改造工程U形壳壁预应力渡槽试验场（广东粤港供水有限公司供图）

一

悠悠岁月，流逝人生，那无尽岁月中真正能被人记住的是极少的，而一旦记住就是铭记。2000 年 8 月 28 日，那是陈立明一直难以忘怀的日子。此时正值东江和石马河的主汛期，但江河却流得异常沉闷而滞缓。在那沉闷的流逝声中，忽然有了另一种声音，一种激昂的、如万马奔腾的声音加入进来，在河谷中引起阵阵回荡。山河之间，一台台大型现代化施工设备威风凛凛地排列着，一支支施工队伍穿着整齐的工装，戴着安全帽，精神抖擞，整装待发，这样一种前所未有的气势和气魄，给人无坚不摧、无难不克的强烈冲击力。这样的场景，这样的气势，这一个个闪烁着金属光泽的方阵，让石马河流域的老乡们感到了一种前所未有的震撼，这现代化的施工队伍就是不一样啊！

对于东改工程的建设者，与其说这是一次盛大的开工典礼，还不如说是一次战前誓师。

陈立明当时就站在这一方阵里。这年他三十八岁，正当雄姿英发的年岁，那一双眼睛神采焕发，却又比以前多了几分深沉。从二十出头走出大学校门、投身东深供水工程建设以来，他先后参加了二期、三期扩建工程，到这次参加东改工程，他已是名副其实的"三朝元老"。这十几年的打拼和历练，从技术员到工程队的技术主管、项目经理，他在施工管理和技术操作上逐渐积累了丰富的经验，而工程建设最需要这种一专多能的人才，在三十多岁时他就被提拔为广东水电三局副局长，成为当时最年轻的高管之一。他的成长经历，也反映了东深供水工程建设多年来形成的用人选才机制。自东深供水首期工程开始，一直在为人才成长而精心搭建平台。一个梯级工程，逐渐形成了三个梯队：第一梯队为指挥部一级的领导班子，年富力强，成熟稳健，充满了开拓精神；第二梯队为各工区和项目部的领导班子和技术主管，精力充沛，意气风发，有着扎实过硬的执行力；第三梯队为第一线的技施人员和施工管理人员，一个个血气方刚，干劲十足，都是冲锋陷阵的角色。而每一期工程干下来，都会有一批人才脱颖而出，走上更重要的岗位。这是一个一直在持续发展、不断升级的工程，而人才资源就是实现可持续发展的动力、立于不败之地的关键。

　　从时间跨度看，东深供水工程有四十多年的建设史，经历了几代人。人在变，时代在变，社会在变，工程在变，企业体制和管理方式也在变。从东深供水首期工程到一期扩建工程，那时候还处于计划经济体制，工程是国家工程，施工单位也是国营企业，而工程建设则是执行和完成国家下达的任务，施工单位责无旁贷。到了二、三期扩建工程，正处于从计划经济向市场经济转型的过渡阶段，引入了一些市场机制，主要体现在施工单位以包干的方式签订承包合同，但也没有进行公开的招投标。而这次，东改工程作为国内第一个按市场规律运行的水利工程，第一大变化就是公开招投标。这也是自《招标投标法》颁布以来，广东省率先实行全国公开招标的第一宗大型水利工程建设项目，一开始就引起了社会各界关注。多少人都瞪大眼睛看着，你能否在招投标过程中始终坚持公开、公平、公正。

一切在阳光下进行，这是东改工程总指挥部对公众做出的承诺。他们把土建施工、材料、监理、机电设备与安装四大部分59个项目全部进入省建设工程交易中心，按"公开、公平、公正、廉洁、择优"的原则交给市场选择，而在招标中还要把握好四个原则——严格依照法定程序原则、择优原则、合理价格中标原则、以专家评审结果为最终结果原则。而当时，陈立明也感受到这次参与投标的队伍实在太厉害了，几乎都是国字号的一流队伍，如中国水利水电工程总公司、武警水电部队、铁道部的工程局、葛洲坝集团……这些都是在黄河小浪底工程和三峡工程中经历过大风大浪、在国内外皆大显身手的王牌部队。广东水电二局和三局在东深供水工程前期建设中一直都是主力军，也是广东省内在水利工程建设中实力最强的两支劲旅，然而与那些国家队相比，你还只是地方部队，无论是机械设备还是技术力量，和人家都不在一个档次。这样两支地方队伍，能够在强手如林的激烈竞标中胜出吗？

陈立明当时也急啊，越看越坐不住了，他一挺身子站了起来，用那大嗓门冲大伙儿喊道："我们三局就是为东深供水工程而生，我们的大本营在这里，如果这次被淘汰出局，我们怎么对得起血脉相连的香港同胞啊？"其实，当时全局上下都和陈立明的心情一样，谁不着急啊！而面对激烈的竞标，首先要沉住气把标书做好，为此，三局调集了最精干的技术骨干制作标书。对于三局，这也是第一次投标，一开始大伙儿都有些茫然。有人提出要把标书做得漂亮一点，还有人提出一定要把三局现有的机械设备和技术力量凸显出来。陈立明却说："漂亮当然好，但更重要的是实在。必须承认，我们三局在机械设备和技术力量上确实不如那些国家队，你要把这个凸显出来，去跟人家竞争，那是没有什么优势的。但我们也有我们的优势，从一期至三期扩建，三局一直是东深供水工程的主力军，建设的项目最多，时间跨度最长，对这个工程的来龙去脉和施工环境都非常清楚，而这个工程就在三局的家门口做，在后勤保障上也有得天独厚的优势，这些都是实实在在的，这才是我们的立足之本和竞争实力啊！"

大伙儿一听，都说，是啊，咱们这些优势就摆在这里啊！

一条思路理顺了，接下来的一切就迎刃而解了。

终于，开标了！那也是陈立明终生难忘的一个日子，台上坐着当场定标的评审专家和监督人员，一个个就像威严的法官和监审人员，台下坐着满满的一屋子人，每个人都感觉在等待一个最终审判的结果。随着中标结果一项一项开出，几多欢喜，几多失落，但你又不能不服气，那些中标的都是实力雄厚、信誉良好的一流施工队伍。这也是一个双赢的、双方都满意的结果，有人甚至说是一箭三雕，一是为确保建设一流的工程打下了基础，二是保证了建设工期，三是这次公开竞标不但没有抬高工价，反而比概算降低了造价，仅土建工程中标价就比概算降低了三亿多元，为投资控制创造了有利条件。最有说服力的其实还不是看中标者是否满意，而是落榜者服不服气。这次招投标的整个过程，一直在广东省监察厅、省建设厅监察室与省水利厅监察室的共同监督下进行，以专家评审结果为最终结果，按时开标、封闭评标、当场定标，一切皆在阳光下进行，从程序到结果几乎无可挑剔，那些落标单位还真是无不叹服。

在这次竞标中，广东水电三局共竞得两个标段的施工，其中，C-Ⅳ标段由副局长陈立明担任项目经理。为了一探究竟，在时隔多年后，我走进广东水电三局的办公大楼。这是一座低调平实、颇有年代感的楼宇，面朝石马河颇为辽阔地展开。在一楼右手就是一个展览厅，迎面看见一幅图——东深供水工程示意图，几乎占领了半面墙壁，从窗外透进来的阳光，把它照得格外清晰明亮。陈立明刚从一个工地上赶来，看上去有些疲惫。但往这幅图前一站，他立马又精神抖擞了，如同一个指挥作战的将军。他给我指点着，那神情，那手势，真有一种指点江山的感觉。

一个跨世纪的工程，在施工管理上也不同于往日的那种千军万马的大奋战了，在东改工程的施工管理上，采用与国际接轨的PMC模式——工程项目管理承包模式。具体来说，就是建立高效能的组织机构和组织模式，每一个项目都要高标准组建项目法人，选派高素质的管理技术人员，制订岗位责任制。为此，总指挥部就确立了建设"安全、优质、文明、高效的全国一流供水工程"的总目标，并制订了质量、安全、进度、投资控制和廉政建设的具体目标。而这个目标如何才能变得具体？先得有样板。陈立明负责的C-Ⅳ标段，就被总指挥部指定为箱涵样板工程。陈立明刚刚率施工队伍进场，珪叔就笑眯眯地走来了，他拍着陈立明的肩膀，用那一口海南话说："老弟，就看你的啦，干好了，我请你喝酒，你可不能敬酒不吃吃罚酒啊！"

这不轻不重的一巴掌，半开玩笑的一句话，让陈立明倍感压力。

他知道，总指挥部将样板工程交给他们做，是对他也是对三局的信任，这信任的基础就是他们以前的工程干得好。而一位总工还特意跑来对他如此叮嘱，也可知这个样板工程有多么重要。既然是箱涵样板工程，首先就是标准规范化。为了从根本上解决输水过程中的水质污染问题，东改工程主要采用箱涵、渡槽和隧洞等专用输水管道，这摆在第一位的就是箱涵，指的是洞身以钢筋混凝土箱形管节修建的涵洞，由一个或多个方形或矩形断面组成。C-Ⅳ标段采用长距离输水箱涵，共需新建3869米单孔箱涵及315米双孔箱涵反虹闸。而在当时，还没有参照物可以借鉴。别的工程队都盯着陈立明他们呢，等他们做出来了作为参照物。陈立明只能从头开始，一边带着技术人员实地勘察，一边因地制宜研究方案。

这种长距离输水箱涵，沿线会遇到各种不同的地形和地质，每个部位都要反复琢磨，制作图纸，进行模型试验，这种试验极少有一次性成功的，大多是几次推翻重来。而箱涵施工一般采用现浇，在开挖好的沟槽内设置底层，浇筑一层混凝土垫层，再将加工好的钢筋现场绑扎，支内模和外模，较大的箱涵一般先浇筑底板和侧壁的下半部分，再绑扎侧壁上部和顶板钢筋，支好内外模，浇筑侧壁上半部分和顶板，待混凝土达到设计要求的强度再拆模，在箱涵两侧同时回填土。

随着一系列技术难题的攻克，陈立明率领三局工程队在C-Ⅳ标段近二十公里的战线上，为掀开全线大会战的序幕打响第一枪。在接下来的时间里，他带领他的团队，像一台大型推土机那样，去展现人类的一种无坚不摧、无难不克的精神力量，他们创造了一个个令人振奋的、又激发全线施工人员奋起直追的第一。

2000年8月底，全线第一个箱涵桩基在C-Ⅳ标段开挖，随后开始进行砼浇筑。

这一带是那种典型的高边坡地段，每年8月，正是暴风雨频发的季节，雨水已经渗透了原本就十分脆弱的山体，岩土松软，又有大量积水，像发酵的馒头一样不断膨胀，一次次滑坡，一次次阻断施工便道，连水泥、沙石等材料都没法运上来。面对这样恶劣的施工环境，这样难度和体量都极大的工程，施工人员一个个咬着牙，愣是没叫一声苦，他们知道叫苦也没用，陈立明从来不跟你讲客观原因，他只问你的进度怎么样了。在他面前，你客观原因讲得再多也没用，最好的办法就是不管三七二十一，立即采取措施，立即付诸实施，以最快的速度抢通施工便道，把施工材料赶紧运过来！

这就是陈立明的气魄和风格，没有这样的气魄还真是攻克不了这一个个难关。三局的员工都知道陈立明的性格，但有个别劳务队长还没有领教过这位老总的性格，执行力不强，无法强势推进。陈立明把手一挥，不行，就换人！此举，很果断，也很及时，换了一个劳务队长，就像换了一支队伍，精神面貌焕然一新，力量倍增，速度倍增。一顶顶安全帽在烈日下攒动，一台台挖机在激烈轰鸣，那种气势，那种干劲，震撼着这逶迤起伏的群山，哪怕通过他们的背影，我也能感觉到强烈的震撼。一周之后，那被阻断的施工便道在一周内终于打通了，随后又进行了滑坡处治施工，把一个个被掩埋的施工现场清理出来。

很多人都说，跟着陈立明干事，一是累，二是紧张，却又偏偏有那么多人愿意和他一起冲锋陷阵。他还真像是一台铲土机，那发动机可以提供强劲输出功率，它正在不断地加大马力，车轮卷起的滚滚尘土和车后噗噗地喷出的浓烟，遮不住一张坚毅的面孔，他咬紧了牙关，紧闭着嘴唇。但陈立明不只是一个冲锋陷阵的角色，他还是一位出色的工匠。就说这次箱涵桩基施工吧，在砼浇筑时遇到了一个施工难题，这一带为软土地基，如何才能托起大体积箱涵呢？陈立明又带领技术人员在现场攻关，在几经试验后，最终采用换填碎石夹砂法的施工技术，对水泥搅拌桩软土地基进行加强和加固处理。而箱涵顶进也是施工的关键，顶进前要检查验收箱涵主体结构的混凝土强度、后背，应符合设计要求，还要对顶进设备进行预顶试验。顶进作业应在地下水位降至基底以下半米至一米后进行，并避开雨期施工，若在雨期施工，必须做好防洪及防雨排水工作。

这一系列技术，不但为长距离、大体积输水箱涵在软土地基中顶进施工做出了示范，更为全线软基础处理水泥搅拌桩的施工方案及施工质量控制提供了一系列解决方案，通过严格控制施工参数、施工工序、施工工艺、做到事前控制、事中优化调整、事后检查，从而使施工质量得到可靠的保证。

一个出色的工匠，总喜欢不断雕琢自己的产品，不断改善自己的工艺，在追求完美和极致的过程中享受着产品在双手中升华的过程。这次，尽管陈立明和技术人员做出了达到质量标准的箱涵样板，但他左看右看，还是不满意，他感觉还没有达到一流质量，而问题出在模板上，他们采用的木模板，难免有些粗糙。这其实不是什么大问题，而是一个细节问题，但陈立明对细节也有很高要求。为此，他提出在最后定型时全部采用钢模板。有人立马算了一笔账，为了做这个样板工程，比预计要多付出三十多万元的成本投入，这等于还没挣钱就先赔了一大笔钱，而成本提高了，利润就减少了，员工的收入自然也就减少了，这关乎每个人的切身利益啊，用陈立明的话说，"那简直是一种比割肉还痛的感觉"。

搞工程的，谁都知道成本核算有多重要，陈立明既是副局长又是项目经理，岂能不算账？他对那位提出异议的员工说："你这样算账没错，我们是企业，当然要赚钱，甚至要追求利润的最大化。表面上一看，质量和利润是一对矛盾体，讲质量必然影响企业的利润，但是现代企业的竞争实质上就是质量的竞争，没有了质量，就没有了企业的生存空间。谁的生存空间最大，谁就能实现利润的最大化，这就是一流的企业，先必须有一流的质量。要不，从长远看，往后谁还看重你这家企业啊，你赚到的利润只能是短暂的，也就休想赚到最大的利润。"

这里面有辩证法！多年后，当我和陈立明交流时，发现他居然对哲学很感兴趣，这让我很吃惊，现在还有谁关心哲学啊，但他一直思考着很多哲学上的问题。而此时，作为一家大型国有企业的董事长，他对企业的经营之道又有了进一步思考："这里边有一个在质量和利润间寻找最佳平衡点的问题，我觉得最佳平衡点应该是——工效的最合理比值与质量的最优化配置——这两条指标线的交叉点。而在追求经济利益的同时，必然会承担社会责任，在实现利润与承担社会责任的关系上也有一个交叉点，具体说，东深供水工程最大的社会责任就是为香港同胞提供优质的水资源，从一开始就有另一种成本核算方式，那就是不惜一切代价！这个社会责任是基础，而利润的追求也对社会责任的加强起到一定的促进作用，两者都很重要，当然，这是高标准，高要求，但能激发人的主观能动性，人的境界往往是在要求中不断提升的。"

每一个工程，其实也是在人的境界中不断提升的。这是全线第一个箱涵桩基砼浇筑工程，十多天后，由总指挥部技术部牵头，对桩基进行了超声波检测，检测结果：良好。这根东改工程的第一桩，也成了全线创优良工程的第一桩。

随着雨季的结束，秋天的来临，项目建设进入施工的黄金季节，总指挥部抓住这个有利时机，掀起了又一轮施工高潮，而陈立明和战友们接下来面临的挑战，是315米双孔箱涵反虹闸。反虹闸是利用倒虹吸原理而制造的。当渠道与道路、河流发生交叉时，或在渠道穿越山谷时，可以采用一种立交水工建筑物——虹吸管，借助于上下游的水位差进行输水。中国是最早应用这一原理的国家，早在两千多年前，在《管子·度地》中就有对倒虹吸水流的描述："水之性，行至曲，必留退，满则后推前，地下则平行，地高即控。"

　　双孔箱涵反虹闸，就是利用古老的虹吸原理，进行现代化施工，其施工难度丝毫不亚于长距离输水箱涵，一切如同重新开始。陈立明重新调整了施工思路，明确要求每个关键施工环节必须上马多少人、多少台设备。而在施工中，他们采用了多钻头深层水泥土防渗墙和深层地下连续墙等现代施工技术，使砼结构外观质量、深基坑支护与防渗、软弱基础处理和高湿状态下大体积混凝土的浇筑等难关都得到了突破。在奋战两个多月后，这一工程进入了最后的冲刺阶段。此时，施工现场被一种紧张的情绪控制着，每个人两眼都一眨也不眨地注视着现场繁忙而有序的浇筑过程。陈立明带领工程技术人员已经日夜奋战多天，从模板安装、机械设备运转、混凝土搅拌到人员配置，这大量的准备工作和详细的施工安排就像是为了一次卫星发射。

　　当又一个黄昏即将降临，原本显得特别紧张的时间，在渐渐弥漫的夜色中似乎显得特别漫长，陈立明不时看表。那些正在浇筑的工人，在紧张的忙碌中兴许还有一种强烈的创作冲动，这又是一个创造记忆的过程。一个小时，两个小时，三个多小时过去了，终于，全线第一座双孔箱涵反虹闸砼浇筑工程完成了，这是C-Ⅳ标段创下的又一个标志性的第一。此时，河谷中忽然响起了喜庆的炮声，远远地有礼花冲上山顶的天空，在霞光与云絮中一次次闪电般绽放……

很多人都说，在东深工地上干活是拼命，陈立明就是这样一个"拼命三郎"。从上工地的第一天开始，这个"拼命三郎"就在日夜连轴转，工人是两班倒，管理人员是三班倒，陈立明几乎没有白天黑夜。而在那些不分昼夜的日子，感觉最快的就是速度，看得见的速度，那一个又一个的第一，就是时间不断向我们揭示的一个个事实。在总指挥部组织的第一次综合检查评比中，根据各项目部工程进度、工程质量和安全质量三方面检查情况，C-Ⅳ标段以生产进度快、现场实体质量高、安全保证体系全，得到了指挥部的一致认可和表扬。

按总指挥部布置的工程进度，C-Ⅳ标段必须在 2001 年 12 月底按期完工。这也是广东水电三局和东改工程总指挥部签订的合同，一切必须按合同办，这是契约精神。而在紧张施工的同时，石马河作为东深供水工程的输水河，在东改工程竣工之前还承担着它最后的使命，绝对不能影响对港供水，这对施工一直是严峻的挑战。有些工程，只能在枯水期对河道分段围堰，在围堰一侧还要留出一部分河道继续输水。在施工时，先要把围堰内的水抽干，然后在围堰内的河道里施工。由于围堰三面都是河水，这也是风险很大的施工，陈立明一再提醒施工人员对围堰要严防死守，决不能出现任何疏漏。到了 12 月下旬，离交工的日期越来越近了，而此时适逢停水期，正是施工的好时机，大伙儿快马加鞭，高潮迭起。陈立明一看工程进度，那一直紧绷的神经也有些放松了，他不但有把握按期交工，预计还可以提前几天完工。谁能想到，一个意想不到的突发事故，将陈立明和他的团队几乎逼到了绝境。

那是 12 月 24 日下午，他接到了从医院打来的电话，他父亲要办出院手续。说来，他很对不起父亲，这么多年来，他很少照顾年老多病的父亲。一个月前，父亲生了一场大病，一直在住院治疗，可他这个在乡亲们眼里有出息的儿子，却不能侍奉汤药、照料父亲，实在是不孝之子啊。其实，东深工地离他家大朗镇只有几十公里，但他愣是抽不出时间。但这次父亲出院，他这个做儿子的，再不去就实在说不过去了。他在工地上一直忙到了晚上九点多，才赶到医院去接父亲出院。当他搀扶着父亲刚刚走出医院大门，忽听一阵闷雷从头顶滚过，让他下意识地打了个惊颤。不好，要下大雨了！此时，他最担心的就是围堰。在东深供水工程施工的过程中，最多的事故就是围堰被暴风雨冲垮。有时候，你还真是怕什么来什么，这是一种预感，也是一种心理，或是那种墨菲定律，越是担心会发生的事情越会发生。当他仰头看着翻滚的乌云时，一阵手机铃声猝然响起，一位施工现场的负责人向他告急："陈总啊，不好了，2 号水厂工地围堰漏水了！"

陈立明又是猛地一惊，整个人像弹簧一样绷紧了。他来不及送父亲回家，就驱车火速赶回工地。车至半途，那预料中的大雨便开始落下。尽管这次围堰事故一开始与天灾无关，但一场暴风雨势必给围堰带来更大的风险。陈立明赶到工地后，第一个就要查明事故原因，然后采取紧急处置措施。原来，这是一起由小细节酿成的大事故。当时，正是停水期间抢时施工的高峰期，工地上有一千多名施工人员，人多事杂，又加之处于停水期施工，大伙儿一下放松了警惕。先是围堰上出现了一个很小的豁口开始渗水，但这个很小的豁口却被疏忽了，没有在第一时间采取紧急除险措施。随后，一个豁口在围堰上游河道泄水的冲击下越来越大，这水一旦有了空子可钻，一下就形成了巨大的冲击力，又加之风雨大作，汹涌的河水与倾泻的雨水一起袭来，无论你怎么奋力抢救，再也阻挡不住那决荡的洪水了。当陈立明赶到现场时，围堰内已经灌进来七万多方水，整个基坑都泡在漫漫大水里了。

看到这灾难性的一幕，陈立明反倒冷静了。他先打电话向总指挥部报告，他没有把事故推到天灾的头上，而坦承这是一起责任事故，并主动承担了所有的责任。但此时还不是追究责任的时候，而是汲取教训，对围堰采取处置和抢修措施。陈立明随即就召开了紧急现场会，他痛心疾首地说："这次事故，对我们最深刻的教训，就是在管理上一点也疏忽不得，质量一点马虎不得！围堰为什么会出现豁口，很多人以为围堰只是施工期间的临时设施，在施工质量上马虎了，才会出现这样的豁口。而一个小豁口出现后又在管理上疏忽了，才会酿成这样一个惨痛的事故。建工无小事啊，你们看那一座座水利工程顶天立地的样子，多雄伟啊，但这雄伟的工程都是在一个又一个细节上建起来的。我们一定要记住这个教训，一辈子也不能忘记，搞工程，搞管理，就是这样严格和残酷，而最残酷的就是细节，细节决定成败，也决定命运，只有在实践中不断地对自己进行强化训练，心细得要用显微镜来看，你才能把犯错误的几率降到最低点！"

　　一个错误可以让有的人变得一蹶不振，也可以让有的人变得更加严谨、仔细，这样才能超越别人的同时还能超越自己，陈立明无疑属于后者。他在汲取教训后，又拿出了处置和抢修方案，无论如何，也要确保按期交工。——对于整个东改工程全线来说，从头到尾就是一条流水线，一个地方拖了后腿就会影响整个工程进度。为此，总指挥部还专门组织了一支应急抢险专业队。C-Ⅳ标段如果不能迅速扭转这种不利局面，应急抢险专业队就要上阵了，这是陈立明和三局员工都不愿看到的局面，一支担当开路先锋的铁军，岂能拖别人的后腿？

　　这样一支铁军，还真是名不虚传。经过四个日夜的抢修，他们修复了围堰决口，将积水排除后，又日夜鏖战，在最后的冲刺中干完了整个工程，还提前一天交工。从进度和质量看，这又是一个漂亮的大胜仗，堪称是一个转败为胜的经典战例。这在全线引起了极大的震动，很多人都惊呼："陈立明那家伙又带着人马追上来了，而且冲到前头了！"

　　2001年是东改工程的开局之年，陈立明和他尊敬的珪叔一起被评为年度十杰工作者，这是东改工程建设者的最高荣誉。珪叔笑眯眯地对他说："小子，你干得还真不错啊，我得请你喝几杯，不是罚酒，是敬酒！"谁都爱听表扬，而珪叔从不轻易表扬一个人，反而动不动骂人，越是他最爱护的晚辈，越是骂得多。陈立明也没少挨过珪叔骂，骂一次就长一次记性，骂一次就汲取一次教训，但一听珪叔表扬就特别紧张，他说："这酒还是我来请吧，你不表扬我就行了！"

　　当时过境迁，那紧张的工期早已成为过去进行时，但工程的质量却依然在接受时间的严峻检验，这每一项工程都是质量终身制。陈立明和三局的兄弟干出来的工程，在当时是东改工程的样板和标杆，而今已堪称是经典工程了。搞工程，苦和累不说，还特别让人煎熬。这个"拼命三郎"，一向高调做事、低调做人，在历经三十多年打拼后，现在已是广东水电三局的掌门人，他那一头茂密的黑发也熬出了一根根白发。对于东深供水工程，对于广东水电三局，他是越谈越兴奋，越谈越自豪，但对于自己，对于那些功与名，他却不愿多谈，每当我往这个话题上引，他只是淡然一笑说："既然选择了干这行，一干就是一辈子，一个人一辈子能把一件事干好就值得了，身在其位则谋其职，我不过是尽自己的本分罢了。这些年，这么多工程，那都是我们三局的兄弟们干出来的。"

这是谦逊之言，却也是另一种实情，有道是，强将手下无弱兵，在这样一位强将的带领下，就绝对没有掉队的兵。

二

当广东水电三局争创第一时，多年来一直同他们并肩作战的兄弟单位——广东水电二局，也正为建设一流工程而日夜奋战。在激烈的竞标中，二局共夺得了五个标段，而且都是地貌地质复杂、施工难度极大的标段，如东改工程的三大渡槽，二局就承建了两座——旗岭渡槽和金湖渡槽；东改工程的四大泵站，二局承建了三座——太园泵站、旗岭泵站和金湖泵站；

东改工程的八大隧洞，二局承建了五个，分别是走马岗隧洞、观音山隧洞、笔架山隧洞、雁田隧洞和沙湾隧洞；他们还承建了东深供水工程正在运行的唯一一段地下现浇预应力混凝土圆管——凤凰岗—窑坑输水管道，这是当时世界上同类型的最大直径现浇环型后张无粘结预应力混凝土地下埋管。此外，二局还承建了东深供水工程纪念园和展示工程模型。在东深供水改造工程建设期间，二局挑选了一千多名经验丰富的管理人员、技术人员和工人，组织了三百多台（套）先进机械设备，目前，正在运行的东深供水工程的关键节点项目和几乎一半的线路是由二局承建的。

这样一个团队的存在，从没有掩盖个人的意义。这里，就从一个人说起吧。

曾令安，一个瘦长黝黑、刚毅如铁的硬汉子，一看就是一个狠角色。来之前，我就听说这汉子很有个性。这次我同老曾一见面，感觉一下对上号了。像这种很有性格的人，往往也是特别具有责任心和执行力的人。这也是他最看重的："一个人的能力大小是相同的，一件事的成败取决于一个人的责任心和执行力。"

从1990年10月到1992年10月，曾令安在东深供水三期扩建工程中担任了项目部技术负责人，参与了沙岭泵站、竹塘泵站施工建设的全过程。1997年至1999年，他又在太园泵站施工中担任项目副经理。2000年8月至2003年8月，他在东改工程中担任B-I标段项目经理，这一标段承建的是旗岭渡槽、旗岭泵站及变电站的土建工程，是全线施工最困难、任务最繁重、地质状况非常复杂的一个项目。尤其是旗岭渡槽，这是东改工程的标志性形象工程，也是东改工程中施工技术难度最大的渡槽项目，施工难点多，技术含量大，工序特别复杂。

那年，曾令安三十八岁。这是一个从来不惧怕挑战的人，但他也说了一句心里话，这是他投身水利工程建设十几年来遇到的施工难度最大的工程，这甚至是他有生以来遭遇最严峻的一次挑战。

旗岭渡槽北边紧挨着旗岭泵站，南边和走马岗隧洞相连。渡槽分为梁式和拱式两部分，其拱式部分要架设一座七拱桥，有五个拱飞跨在石马河上，这五个拱的桥墩和桩基都在石马河中施工。当曾令安带着管理人员和技术人员进入施工现场，一看那激流奔涌的石马河谷，大伙儿一片惊呼，这工程怎么施工啊？面对这样的工程，这样的阵地，绝对没有谁摩拳擦掌，也没有谁斗志昂扬，曾令安的脸色异常严峻。但他已经签下了军令状，再难，他也必须攻下这个阵地。通常，在河流上施工是采取分段围堰的方式，但这个季节正值石马河的主汛期，又是台风暴雨多发期，围堰势必影响石马河的泄洪过流，也会影响涨水期的施工进度。曾令安和技术人员几经勘测，反复论证，最终提出在河面上搭建钢结构施工平台、采用贝雷架施工的方案。这是一个非常大胆的方案，却也是一个充满了智慧的方案。

贝雷架，又称"装配式公路钢桥"，这是一种战备公路钢桥，又称"321"公路钢桥。这种桥梁最初是由英国工程师唐纳德·贝雷在 1938 年设计的，这是一种结构简单、架设快速、分解容易的钢结构桥梁，同时具备承载能力大、结构刚性强、疲劳寿命长等优点。这种组装式的可快速部署的贝雷桥，在紧张的战争年代往往能快速提供关键连接，而在战后，许多国家把贝雷钢桥经过一些改进后转为民用，在交通建设、抗洪抢险中起到不可替代的作用。曾令安搭建钢结构施工平台的设想，正是来自这里。

2001 年 9 月，这是东江和石马河流域一年里较闷热的季节，一场构筑钢平台的鏖战打响了。这座横跨石马河的施工平台，不是一天就能搭建起来的，先要搭建一个样板，架设起第一道钢梁，然后才能照此类推，而这个样板的成败堪称关键之关键。一大早，设计、监理及施工人员就赶到了施工现场，抵达指令岗位，一道道钢梁也运到了现场。在轰鸣的机器声中，施工人员开始紧张又有条不紊地施工，那一顶顶安全帽在太阳的炙烤下灼热发烫，每个人都大汗淋漓，一低头，就从安全帽里淌下一串黑汗。站在一旁观察的设计、监理人员，也都紧张地呼吸着，沉默着，气氛有些沉闷窒息。随着指挥人员一声令下，工程技术人员启动装载机械塔吊，将第一道钢梁缓缓吊起，又徐徐放下，稳稳当当地嵌入指令位置，一道钢梁终于架设起来了。设计、监理人员随即进行了各项测试，均达到设计要求。那长久的沉默终于被众人的欢呼声打破了，有人点燃了早已准备好的鞭炮，庆祝第一道钢梁架设成功。这标志着旗岭渡槽钢结构平台构筑施工取得突破性进展，但还只是刚刚拉开序幕。而接下来，从第一道钢梁到最后一道钢梁，他们经过两个多月的鏖战，用了两千多吨钢材，终于搭建起了一座三百多米长、二十多米宽的钢结构施工平台，又在平台上升起了贝雷架。这一钢平台的威力在施工中得到了充分验证，每天都有十几台吊车在钢平台上忙碌地挥舞着钢臂，数不清的焊花闪烁在钢平台上空，而这稳稳当当的钢平台，承受了难以承受的重负，工友们在盖梁上搭设槽身的高空作业仿佛在平地上进行一样，这大大提升了施工效率，也将安全隐患降到了最低限度。

旗岭渡槽是全线地质条件最复杂、地势环境最险峻、施工难度最大、施工风险最高的渡槽。这一个个极限词，绝非夸张的说辞，很多都超过了原来的预想。在渡槽第二个桥墩施工时，按原来的设计，这桩基应打到五十多米深的岩层上，才能进行浇筑。可打到一半时，桩管就遭遇了顽固的抵抗，难道已经打到了岩层上？这是怎么回事呢？而原来的地质勘测资料显示，这河床下、岩层上是沙土卵石层，难道是原来的勘测不准？这一连串的问题，而今已不是什么秘密，在金湖纪念园里就摆放着一个奇特的桩基模型，一个混凝土铸成的管道中间，在穿透一块岩石后，变成了上下是管道、中间是岩层的怪物。这是一块警示石，也正是曾令安在旗岭渡槽第二个桥墩施工时遭遇到的怪现状。而在当时，根据岩心取样，确凿无疑就是岩层。但曾令安是一个责任心很强的项目经理，他立即提出再勘测，而且扩大了桩基周边的勘测范围。当复勘结果出来后，还真是让人们惊出了一身冷汗，抵抗桩管进尺的不是岩层，而是一块坚固的岩石，这是钻机偶然碰到的石头，而石头下还是沙土卵石层。谁都知道，桩基一定要扎在坚实的岩层上，否则就承受不了渡槽的重量。倘若当时就此打住，将来承载着几百吨重的渡槽柱子，必然会因无法承受这样的重压而沉陷，整个渡槽都将毁于一桩啊！透过现象看本质的哲学原理，假象存在于每个事物中，自然界也有极危险的欺骗性。这对于每一个搞工程的人都是一种警示。

　　若说旗岭渡槽的科技含量之高，就要说到那个世界之最——世界上最大的现浇预应力混凝土U形薄壳渡槽。这渡槽足有6米高，壁厚仅有30厘米，里面布置有双层钢筋和一层预应力钢绞线，空隙小，砼骨料进仓难，浇筑难度大，砼要一次浇筑完成，稍有闪失，薄壁砼就容易出现蜂窝麻面，到时渡槽就会出现渗水、漏水等质量问题。这是设计上的难题，更是施工上的难题，对施工工艺的要求很高。你那纸上的设计描绘得再美妙，若不能付诸实施，也是一个诱人的画饼。为攻克这一难题，曾令安组织技术人员进行技术攻关，采用多种方案进行研究比较，最后选定对U形渡槽模板采用定制加工成型整大块钢模板的方式，在安装模板时，槽身外模采用"大块钢结构模板"运用技术，施工时先吊装外模板，再绑扎钢筋、钢绞线，这一技术的运用为U形薄壳渡槽槽身外壳的平整度提供了可能，大块钢板还具有安装拆卸施工速度快、加固容易等优点；槽身内模则采用"挂板式模板"运用技术，当内模板吊装固定后，再在模板底部及中间采用开天窗的工艺，同时，在浇筑混凝土时采用细骨料的方式，拱肋顶模则采用"小块定制钢模板"运用技术。实践证明，这种内外夹攻的方式和一系列先进技术的运用，为工程的质量和进度提供了有效的保证。

图 22　旗岭渡槽（广东省水利厅供图）

　　然而，这七拱桥托举而起的渡槽，每一飞拱跨度长达52.5米，上面有三节槽身，单节槽身长17.4米。主拱圈为双拱肋变截面悬链线无铰拱，双拱间采用十一条肋间横向联系梁和十二条斜撑梁连接。由于跨度太大，当拱身的模板安装完毕后，经测试，拱身稍有往上弓的现象，左右也有扭曲的偏差趋势。对于大跨度桥拱的施工，这种现象是在所难免的。但在曾令安看来，只要有可能对工程质量产生影响的因素，哪怕是再小的因素，都必须死死抓住不放，琢磨到底，寻求一个圆满的解决方案。为此，他和工程技术人员经过精确的计算，每一拱用四根钢绞线拉住拱身模板，确保桥拱不走样。当拱身浇筑施工完成后，再撤去钢绞线，又确保了七拱桥的观赏性不受影响。

　　在槽身砼浇筑过程中，槽身壁砼振捣是砼施工的关键工序。槽身壁薄，钢筋、钢绞线密密麻麻，一般振捣棒无法插入槽身进行充分振捣。而高强度混凝土进仓的时间有极高的要求，必须保证浇筑的及时性和连续性，一旦遇阻延时就会影响混凝土浇筑的质量，最大隐患就是U形薄壳弧线处容易出现浇筑的真空。为此，曾令安和二局总工程师丁仕辉在反复试验后，决定把60厘米长的软轴振动棒改成了20厘米长的短棒，随即与振动器生产厂家联系，以最快的时间生产了一批短棒。实践证明，这批短棒不仅能插入槽身振捣，还可避免触碰钢绞线。这一系列先进技术的运用，既很好地解决了混凝土进仓难的问题，又为工程的质量和进度提供了有效的保证。而旗岭渡槽作为样板工程，这些工艺均在全线渡槽施工中推广应用。在水利工程中，有"十槽九漏"之说，而东深供水工程正在运行的三大渡槽——旗岭渡槽、樟洋渡槽和金湖渡槽，总长5811米，这不但创造了一个世界之最，也创造了渡槽滴水不渗的奇迹，书写了水利史上的神话。

当U形薄壳渡槽的施工难题解决后，曾令安终于可以轻松一点儿了，但他还没有来得及呼一口气，肩上的担子忽然就加了一倍。前文说过，将旗岭渡槽高高托举起来的是一座七拱桥，除了飞跨在石马河上的五个拱，还有一个拱筑在石马河南岸，一个拱横跨东深公路，这是最后一拱，最考验人的倒不是施工难度，而是既要施工，又要保通，这双重的任务让曾令安倍感压力。东深公路，是东莞至深圳的交通主干线，沿途都是一座座崛起的现代化重镇和大型工厂，那工厂里是昼夜不息的流水线，这路上是川流不息的车流，最多的就是大型货柜车，那密闭的货柜里装载最多的就是运往深圳、香港等国际港口的出口产品。有人说，"这里一堵车，全球都缺货！"除了川流不息的车流，在大路两边的镇街上还有川流不息的人流。在这里施工，稍有不慎就会严重损害过往车辆和当地群众的生命财产安全。为此，曾令安一次次走进现场查看，又多次与当地干部群众沟通，还请来专家制订出了专业施工方案，而最佳方案就是采取先封闭一半公路的办法分两期施工，对横跨公路、风险最高的拱顶施工，则安排在东深公路一年中车流量最少的春节期间突击施工。

2002年岁末，眼看着春节即将来临，施工人员在工地上一年干到头、一年盼到头，谁都盼着一家人团团圆圆地过个年。然而就在春节放假前夕，曾令安却裹着一身阴冷的寒气钻进了正在加紧施工的拱桥下，大伙儿一看经理来了，用齐刷刷的目光看着他，谁都以为曾经理是来宣布放假呢，可他一张嘴，就下了一个冷酷得不近人情的命令："春节不放假，加班加点，突击施工！"当曾令安下达这道命令时，也感到了自己的冷酷。他也是一年干到头、一年盼到头啊，家里也有妻子和女儿在盼着他呢。女儿当时十一岁了，正上小学四年级，人家的孩子每天上学放学都是爸爸接送，节假日有爸爸陪着去儿童乐园，他却是两三个月也难得回家一次。每回一次家，女儿就缠着他，脚跟脚，手拉手，生怕他一回来就走了。每次，当他奔赴工地时，女儿就在门口天真地张开手臂拦着他，但她知道这个爸爸是拦不住的，那一双水汪汪的大眼睛里闪烁着晶莹的泪花。他只好俯下身来柔声安慰女儿："等过年放假了，爸爸天天陪着你！"而此时，一想到自己说过的这句话，他也有一种痛彻心扉的感觉。他知道，女儿此时正眼巴巴地守在门口盼着爸爸回家过年呢。然而，为了保通，为了不耽误工期，他也只能这样不近人情啊。

这次施工，还真是一场突击战，哪怕封闭一半公路施工，公路管理部门也只给了他们三天时间。曾令安组织了一支精锐施工队伍，增加了十几台大型机械设备，采取二十四小时不间断的轮班作业。为了预防停电，他们还专门配备了几台大功率发电机，电一停，就火速发动了自备发电机。那三天三夜的施工，施工人员还可以两班倒或三班倒，而曾令安这个项目经理为了全面掌控施工进度，在紧张而又危险的施工过程中，连续三天三夜都蹲在施工现场。早些年，他在施工过程中右脚踝严重扭伤，由于一心扑在施工现场，没时间精心治疗，从此落下了一个病根子，一不小心或过度劳累就会复发。这次，他的老毛病又犯了，脚踝肿起一个大包，每走一步都钻心地痛。同事们劝他赶紧去医院，他不去，让他在一边歇着，他也不歇。他扯下一根布条草草地包扎了一下脚踝，又一瘸一拐地在工地巡查和指挥。大年夜，曾令安特意叮嘱伙房给大伙儿加餐，再苦再累，也要热热闹闹地吃上一顿年夜饭，吃饱了，喝足了，继续施工。熬到第三天晚上，他累得实在顶不住了，同事们都劝他回去休息一下，可他说："你们都在加班加点施工，我怎么可以回去睡大觉？"

很多人都说："老曾啊，就是那个可以连续通宵加班不睡觉的铁人。"

其实，这世间哪有什么铁人，谁都是血肉之躯，这铁打的工程也是一个个血肉之躯干出来的。经过三天三夜的鏖战，他们终于攻克了七拱桥施工的关键一役。

在强势推进施工进度时，曾令安对安全生产一直充满了高度的责任感。无论工期有多紧，任务有多重，在他眼里，都没有什么比生命更重。这每个施工人员都是家里的顶梁柱，一个人倒了，一个家就倒了。走到哪里，他都要一再叮嘱："你们可别只顾拼命，干活先要顾命，不能出事，千万不能出事啊！"这工地上有专门的安全员，但曾令安觉得这是不够的，他说："所有施工人员都是安全员，第一就要守护好自己的生命安全！"特别是那些高空作业和特种作业人员，他盯得特别紧，每个人都必须持证上岗，严格佩戴安全防护设施，按操作规程实施作业。一次，有个工人刚刚下班，由于天气太热了，他摘下安全帽抹了一把汗，那安全帽也没有再戴上，而是提在手里，一晃一晃地从工地上走出来，正好被曾令安逮了个正着。

曾令安黑着脸，猛喝一声："你小子不要命了，怎么不戴安全帽？"

那工人赶紧把安全帽扣在了脑袋上，又辩解道："曾经理啊，我已经下班了呢，你看，这里又不是危险区，在危险区我一定戴！"

曾令安说："只要还没有走出工地的围墙，就得戴上安全帽，这是必须养成的安全习惯，更是必须遵守的安全守则！"他随即拨打手机，把安全员叫来了，对这位员工按规定罚款。时隔多年，曾令安还记得那位员工委屈而又伤心的样子，他当时看见了也特别痛心，"工地施工又苦又累，我也不忍心罚他们的款啊，但这是制度，必须按制度办，这也是对他们最大的保护！"

对于曾令安，他所有的预计都是要变成现实的，只能提前，决不拖后。

旗岭渡槽全长 631.37 米，这是精确到了小数点后面两位的数字，而他们每天的进度，就是这样一寸一寸地推进着。2002 年 8 月，他们终于迎来一个重要的日子，这是一个好日子，天气晴朗，天地分明，起伏的山峦被夏日明亮的阳光照亮了，连渡槽底下最深的幽谷也被照亮了，而被阳光照亮的还有一座渡槽，一座全线长度最长的渡槽，如同天空的作品，终于沉稳地安放在人间，看上去如同一气呵成。在石马河的浪涛声中，又一次欢声雷动，鞭炮齐鸣，旗岭渡槽架设成功了，这比预计工期提前了整整一个月。回首那一千多个日日夜夜，从开工至交工，B-Ⅰ标段历经三年奋战，施工进度一直名列前茅，质量合格率达百分之百，三次被评为"施工标兵段"，三次被评为"信得过标段"，从头到尾没有发生过一起安全事故，这不能不说又是奇迹中的奇迹了。

时隔近二十年，当我仰望那腾空飞架、气势如虹的七连拱渡槽，它横跨东深公路，飞渡石马河，这是东改工程的标志性建筑和景观之一，也是石马河流域一道独特的风景线。在亮晃晃的阳光下，我极力想看清一座桥的来龙去脉。但很多事物，人类是无法用肉眼看清的。有人赞美那些没有任何修饰的混凝土渡槽，竟光滑得如同十八岁姑娘的脸。其实，它更适合用血管来比喻，只有那最光滑的血管内壁，最便于血液流淌……

三

无论是从陈立明身上，还是在曾令安身上，都能看到那种你追我赶、争创第一的激烈竞争态势，这既是为了高标准、高质量完成任务而战，也是为了荣誉和尊严而战。在一代代东深供水工程建设者中，从来不缺乏默默奉献的精神，而荣誉感则是人类的第一精神需求，也是一种积极向上、富有正面意义的心理感受。

为了激发东改工程建设者的荣誉感、使命感和责任感，为参建单位提供一个公平竞争的大舞台，在总指挥部的指导下，由工程部制订了劳动竞赛规则，建立以质量、安全为核心的激励机制，把施工进度、质量、安全等要素与施工单位、个人利益直接挂钩，每个季度进行评比，由此探索出了一条市场竞争与社会主义劳动竞赛相结合的新路子，东改工程也因此而被誉为新时期创造性开展社会主义劳动竞赛的典范。

随着东改工程于 2000 年 8 月全线开工，石马河流域一轮风雨接着一轮风雨，全线的一个个标段也掀起了一轮又一轮的劳动竞赛。总指挥部把中标合同金额按一定比例拿出来作为各个激励项目的奖金，在奖励中，一是突出质量，工程质量合格率达到百分之百、优良率达到百分之九十以上、外观得分率达到百分之九十以上，可以获得质量优秀奖或质量特别优秀奖；二是强调安全，凡是零事故的标段就可以获得安全奖或安全文明奖；三是强化进度，按计划完成工程阶段建设任务的就能获得里程碑达标奖；四是促进文明施工，文明施工达标的就能获得奖励。除了奖金，还有精神奖励，对优秀个人评选年度十杰工作者和先进工作者，如陈立明，被评选为 2001 年度十杰工作者，曾令安被评选为 2002 年度十杰工作者，这是最高的个人荣誉。对施工单位则给予集体奖励，在全线十六个土建标段设置四个"施工标兵段"，由评委们进行现场检查，无记名打分，取综合得分的前四名为"施工标兵段"，若连续三次获得"施工标兵段"，就会晋级为"信得过标段"。如连续三次获得

"信得过标段"，就会获得"信得过标段"奖，这是最高的集体荣誉。这种梯次递进的竞赛方式，使参与者犹如驶向长江上游的航船，在进入三峡船闸后只有逐级提高水平，力争上游，没有退路。在对优胜给予奖励的同时，对落后者也必须给予惩处。凡评比连续三次倒数第一的标段，必须停工整顿，这就不是荣誉损失而是直接的经济效益损失了。这种奖罚分明的激励机制，还真是大大激发了施工单位的积极性和竞争力，形成了"先进更先进、合格便是后进，优良更优良、没有最优良，优质安全处处合算、偷工减料得不偿失，没有最好，只有更好"的竞争态势，为提高工程质量注入了强大的精神动力。

这里不说别的，就从那每季度评选一次的"施工标兵段"说起，谁能评上"施工标兵段"，就能夺得一面流动红旗。这还只是集体荣誉的第一级阶梯，但在激烈的竞争中，这已是殊为难得的荣誉，总指挥部还制定了一套流动红旗的交接仪式，若上次夺得了流动红旗的施工单位，这次落选后，其项目负责人必须将流动红旗亲手交给新的"施工标兵段"，这让落选的项目负责人简直无地自容啊。而为了保住这面红旗，有一家国字号的施工单位干出了一桩令人震惊的事情。这家企业就是中国水利水电工程总公司，在竞标中，他们一举夺得了樟洋至隔水河的 B-Ⅲ₁ 标段，这一标段的项目经理区宏稳，一看就是一个精明干练的广东人。在开工典礼上，他代表公司宣誓，一定要干出一流工程！尽管他嗓门不高，却充满了底气，这个底气来自雄厚的实力。该公司是中国规模最大、科技水平领先的水利水电建设企业，通俗地说，这就是中国水利水电工程建设领域的龙头老大，在半个多世纪的发展历程中，他们承担了包括长江三峡、黄河小浪底等在内的国内大部分大中型水电站和水利工程的主要建设任务，一直引领着中国水利水电施工技术的发展，积累并掌握了一系列具有国际先进水平的水电工程施工技术，在土石方开挖、机电设备制造安装、坝工技术、基础处理等多方面都处于行业技术领先地位。而就凭着这样的实力，2001年3月中旬，在东改工程第一次"施工标兵段"评比中，B-Ⅲ₁标段夺得了第一面流动红旗。

B-Ⅲ₁标段全长3700米，有一段24米长的明槽工程，别看这段明槽很短，却是一个卡脖子工程。这一带施工场地狭窄，又是山体滑坡的频发区。在明槽开挖时，区宏稳和技施人员采取了很多预防措施，但还是防不胜防，施工期间多次发生山体滑坡，而每次滑坡后就要把被滑坡体掩埋的施工场地迅速清理出来，但无论怎么迅速，还是会耽误施工，这耽误的时间都只能在后面加班加点赶回来。就这样，经过大半年的奋战，到2001年4月，一道明槽终于浇筑成功了，而这二十多米长的明槽，造价竟高达六十多万元。从那时候的性价比看，这的确是付出了高昂的代价，但区宏稳早就有言在先："我们的压力不是来自能不能赚钱，而是来自能不能干得最好，争创第一！"

然而，拆模之后，区宏稳一下傻眼了，这个争创第一的工程，在明槽侧墙表面上竟然出现了一条条细小的泌水线，而哪怕再细小，也逃不过区宏稳那一双火眼金睛。泌水现象是混凝土施工中常见的质量通病，当混凝土拌合物从浇筑完成后到开始凝固这一段时间，混凝土中固体颗粒因重力作用下沉，混凝土中水分受挤压上升，最后在混凝土表层出现泌水和浮浆。区宏稳几乎是一寸一寸地抚摸着这道明槽，又伸出手指抠着那一条条泌水线。此时，大伙儿都愣愣地看着他，他的脸色阴沉得可怕，一直紧闭着嘴唇，一声不吭。一位技术人员提出了一个比较谨慎的处理方式，这一段明槽虽说出现了细小的泌水线，但只要经过精心修补，验收达标合格应该不成问题。区宏稳慢慢转过头来，问了一句："无论你怎样修补，能达到一流工程的标准吗？"就这一句话，把大伙儿一下问住了，一下陷入了集体沉默。而区宏稳紧接着又用一句话打破了沉默："炸掉，推倒重来！"

这一下还真是让大伙儿炸锅了，有人说这是小题大做，大半年的施工，六十万元的造价啊，说炸就炸了，那可亏大了！甚至有人觉得，这个精明的广东人简直是个傻子。而区宏稳作为这一项目的第一责任人，他要承担的责任比任何人都大。你这样一下就损失六十万元，怎么向总部和公司员工交待呢？要说心疼，没有谁能超过他，他的心仿佛在滴血，这是在身上血淋淋地剜肉啊！然而，在开工典礼上，他就代表公司宣誓，一定要干出一流工程，言必行，行必果，这是一流企业应有的诚信。如果用这样的工程勉强交差，这将是中国水利水电工程总公司的耻辱柱。他们在长江、黄河的干流上筑起了一座座水利丰碑，而在东江的一条支流上，怎么能栽跟头？就算保住了这六十万，将来呢，丢掉的可能是六百万元、六千万元、六亿元……

谁都看得出，区宏稳几乎是铁了心。他说："我们亏得起，但输不起！亏了，我们还可以由企业垫付，输了，我们就会失去信誉，失去广东这个大市场！"

随后，他向总指挥部做了汇报，有关领导和专家赶到了现场，一开始也是意见不一，经过激烈的争议，最后意见趋于统一，推倒重来！

有人说，区宏稳是为保"标兵"而主动打掉了一段已经合格但未达到优良标准的明槽，但这话只说对了一半，区宏稳的真正目的是打造全国一流工程。而推倒重来，绝不是重复。先要汲取教训，经反复分析，他们找出了问题的症结，由于原来采用的是散拼小模板，砼面分缝多，表面不平整。而在推倒重来后，他们针对工程特点拿出了一套全新的方案，打破了常规使用散拼小模板的做法，大胆设计出一套大型拼钢模台车系统，解决了散装小模板砼面分缝多、表面不平整的难题，使砼内部质量和外观均达到了一个完美的高度。经专家检测认定，这段明槽在推倒重建后，用多付出六十万元的代价换来了各项指标均达到了全优的标准。B-Ⅲ₁标段不但保住了"标兵"，还保住了红旗，在接下来的评选中还从"施工标兵段"晋级为"信得过标段"。

说来，这个推倒重来的工程既是逼出来的工程，也是逼出来的技术，有人说，就这一套大型拼钢模台车系统的技术专利，也不只值六十万元啊！到这时，人们终于发现，区宏稳这个广东人真是精明到家了，表面上一看，他砸的是自己的招牌，却砸出了一块锃亮的金字招牌！

在东改工程建设中，还有一支素以打硬仗而闻名的水电大军——中国人民武装警察部队水电部队，简称武警水电部队，其前身可追溯至华东野战军步兵九十师，1952 年 4 月，该师整建制转为中国人民解放军水利工程一师，开赴治淮一线。随后历经变迁，于 1985 年 8 月转入武警部队序列。这支建设大军先后承担三峡水利枢纽、青藏铁路、南水北调等国家重大工程建设任务。这次，他们承担了东改工程 C-Ⅲ₂ 标段，主要负责凤岗隧洞施工。这是一个大型输水隧洞，全长 4119.5 米，为东深供水工程控制性工程之一，也是地质条件最复杂、施工条件最差的卡脖子项目。

这是一场持久的攻坚战，由武警水电部队东改工程常务副指挥长刘利军上校指挥。这是一位久经沙场、具有丰富的现场施工经验的指挥者，为国家一级项目经理、注册监理工程师、高级工程师。在来到东改工程之前，他在三峡水利工程干了七年，创造了好几个世界第一。他说，在现代化的条件下，武警部队官兵肩负着保卫祖国和建设祖国的双重任务，不仅要练好传统的本领，还必须用现代科学技术武装自己，"在关键部位发挥了关键作用，在重要方向作出了重要贡献，在特殊战场经受了特殊考验"。对于他们，凤岗隧洞就是一个特殊的战场，他们也将在这里经受特殊考验。这个工程有多特殊？只要说到凤岗隧洞施工之难，几乎所有人都用"头顶水库、脚踩淤泥、腰缠公路"来形容，刘利军和他的战友们，围绕这三大难点打了三大战役。

第一大战役就是"头顶水库"作战。凤岗隧洞要从壁虎水库下面横穿过去。按照设计，凤岗隧洞距离壁虎水库水平距离为 12 米、垂直距离只有 10 米，由于围岩渗水量大，极易造成隧洞塌方和工作面被渗水淹没的后果。若要杜绝严重事故的发生，只有放空壁虎水库。但是，一旦将壁虎水库的水放空，当地十几万居民的生产、生活用水就将断绝。为最大限度地减少施工对当地群众的影响，刘利军和指挥部的同志们果断决策，在水库不放水的情况下进行施工，这也是典型的"头顶水库"施工。面对严峻的施工条件，刘利军将指挥部搬进了隧洞，紧盯着施工过程的每一个细节。他非常注意钻机手的手感，如双手操作钻机感觉震动怎么样？耳朵听到的声音怎么样？打钻冒出来的岩粉或岩浆是什么颜色？一线施工人员天天趴在工地上，把土质、土壤、石块、岩层的脾气都摸透了，他们的操作感受是很重要的分析依据之一，而这每一个细枝末节的背后，也许就是一场灭顶之灾。在"头顶水库"的日子里，刘利军和他的战友们如履薄冰，正是这种对安全极端认真的态度和科学施工，保证了凤岗隧洞从壁虎水库底下穿过。

2001 年 3 月 18 日，在东改工程第一次"施工标兵段"评比中，C-Ⅲ₂ 标段一举夺得了流动红旗，但夺得红旗难，保住红旗更难。接下来，他们又投入了第二大战役——"脚踩淤泥"作战。凤岗隧洞Ⅳ、Ⅴ类较差围岩洞段占总长度的一大半，岩层内地下水丰富，且呈弱酸性，依据施工规范，这种恶劣的地质条件为隧洞施工的禁区——不能成洞地段。此前，在东深供水工程三期扩建的雁田隧洞施工时，就遭遇了这种恶劣的地质条件，而凤岗隧洞的地质条件比雁田隧洞还要凶险，且隧洞的长度和规模也更大，在掘进过程中由于地质条件突然恶化，又加之掌子面大部分为强风化土，极容易发生冒水并引发塌方，几乎是一直"脚踩淤泥"施工。在隧洞中段进口开挖时，就遭遇了一个难题，施工受到一栋港资厂房建设的影响。一边是国家重点工程，一边是港资企业，怎么办？这也是摆在总指挥部面前的一道难题，要么让港资厂房避让，要么让隧洞进口施工避开港资厂房。刘利军从维护香港同胞的利益和保护当地投资环境的大局出发，果断做出让步，提出在离厂房四十米外开洞。然而，这一避让，就让他们提前遭遇了一段全强风化碳质钠长斑岩，属于Ⅳ类岩石。为此，刘利军和技施人员一起经过多次论证，决定采取管棚支护和先挖导洞的施工方法，同时采取加强支护和岩体变形观测的综合施工措施。隧洞施工，最常见的方式就是爆破，刘利军就是一位爆破专家，作为中国工程爆破协会（2015 年更名为"中国爆破行业协会"）理事、高级工程师，他深谙各种地质条件下的爆破施工方法。他依据隧洞穿越地段的地质情况确定打钻和爆破的进尺，这个进尺有时是三米，有时却只有半米。为确保安全，他命操作钻机的人腰上绑上安全带，后面的人一旦发现有石块掉落，立即拉动绳索，使里面的人得到警示，及时逃离危险境地。在全风化土层和强风化岩层地带施工时，一旦采用爆破就会土崩瓦解，连大型掘进机械也不能使用，只能用手风钻和铁镐，一点一点开凿。

到了 6 月初，广东遭受近四十年来两次最大的、间隔时间最短的台风暴雨，降雨量为十年来最大。在凤岗隧洞入口处有一道三十多平方米高边坡，突然发生大规模塌滑，情况万分紧急。我不止一次地描述过，在东深供水工程中遭遇最多的就是台风暴雨、泥石流和山体滑坡，而最大的灾难还是山体滑坡，一场山体滑坡就可轻而易举将一个施工现场埋葬。灾难的力量如此巨大，而人类的力量是何等渺小。面对这些人力不可抗拒的灾害，刘利军从来没有片刻迟疑，迟疑从来不是军人的性格。他当机立断，以最快的速度拿出了抢险方案，紧急集合三百多名官兵，全部投入抗洪抢险的战斗中。指战员们扛着沙包，顶着暴风雨，一个个嗷嗷叫着往前冲。大伙儿一开始还穿着雨衣，但雨衣根本就挡不住大雨，反而还碍手碍脚，他们索性把雨衣甩掉了，在狂风暴雨中奋战了三天三夜，他们以摞起来的沙包做"模板"，在斜坡处浇筑加了速凝剂的混凝土，阻挡住了高边坡的垮塌。而此时，每个人身上都糊了一层混杂着水泥的泥浆，形成了一身厚厚的"铠甲"。从暴风雨之夜开始，刘利军一直站在二十多米高的沙包上指挥，电闪雷鸣，而他一直站在最高处，暴露在雷电下，没有离开抢险现场一步。但这场灾害还是阻碍了他们的施工进度。在6月18日的第二次评比中，他们落选了，刘利军这个常务副指挥长，按规定必须亲手将流动红旗移交给新的标兵段。这无疑是一件令人难堪的差事，对于一位部队指挥官尤其如此。但刘利军说："我们失去了流动红旗，并不是因为我们做得不好退步了，而是兄弟单位奋起直追做得更好了。我真心为夺得流动红旗的兄弟单位高兴，更为整个东改工程高兴！只有这样，东改工程才有实力去夺取鲁班奖。如果东改工程夺得了鲁班奖，那么荣誉将属于东改工程的每一位建设者！"

他同时表态，要以更高的标准来要求自己的队伍，把流动红旗重新夺回来。

第三大战役是"腰缠公路"之战。凤岗隧洞有一段与东深公路交叉，按原设计方案，这一段隧洞是采用明挖改道的方式错开东深公路，但由于征地等诸多因素，这一方案无法实现。为此，刘利军提出一个大胆的设想，以洞挖的方式贯穿东深公路，但按一般挖洞理论，洞顶覆盖层应当是洞径的三倍以上，而凤岗隧洞由于工程环境的限制，在穿越东深公路时，上面的覆盖层只有洞径的一半，这也是总指挥部和众多专家极为担心的，东深公路平均日车流量超六万辆，最大货柜车重达百吨，在公路底下挖洞存在着巨大的风险，又不能有任何风险，一旦出现塌方将造成双重的灾难，那路上的车辆随着公路塌方掉下去将造成一连串惨烈的车毁人亡事故，而隧洞施工人员则更加危险。

唯其如此，刘利军的这一大胆设想甫一提出，就遭到来自各方的质疑和反对，有人说他简直是痴人说梦！要说呢，刘利军的胆子确实很大，号称"刘大胆"，但搞工程就是这样，该大胆的要大胆，该小心的要小心，既要大胆假设，更要小心求证，而大胆和小心之间有一个共同的支撑，那就是科学技术。他在设想中提出，布设长达47米的超长管棚、采用亚纳米MC注浆材料进行有压灌注，通俗地讲是往土层里灌注混凝土，使土变成石头，形成自然拱桥，在洞顶形成保护拱圈的条件下，进行短进尺、强支护、优化爆破设计和动态观测等科学施工措施。但这种方法此前在水电行业还很少采用，风险实在太大。那么，是否还有更好的选项呢？为此，各方专家经过八个多月的论证，开了十余次专题讨论会，有人提出在施工期间封闭东深公路，但这条交通主干道怎么能停呢？还有人提出在公路上架设一座临时缓冲桥，让过往车辆从缓冲桥上走过，以分散对路面的压力，但这个临时工程的代价太高了。而最终，各路专家在反复论证比较之后，还是回到了刘利军的设想上，这一大胆设想还真是最佳选择，也是别无选择之后的选择。

　　2002 年 3 月，刘利军的一个大胆设想，终于变成了经总指挥部批准的施工方案。但总指挥部的领导和专家们依然提心吊胆，他们轮番留在工地，以应对突然变故。刘利军一再提醒施工人员要小心，小心，再小心。那还真是小心翼翼地施工，在五十多天的施工中，一直采取短进尺的方式，严格控制每循环进尺 0.8 米，并采用型钢拱架及时支护。与此同时，加强对围岩监控量测，测量频次为每两小时一次，并及时反馈给施工现场，视风险情况对进尺进行调节，有人形容他们"像雕刻家一样一寸寸、一尺尺向纵深挺进"。在这种危险的状态下施工，刘利军说得最多的一句话，是一句俗话："有事莫胆小，无事莫胆大。"越是在没事的时候越是要小心翼翼，而一旦出了事，哪怕是天大的事故，你也只能勇敢地去面对，在第一时间采取紧急抢险措施，而他们也早已做好了应对突发变故的预备方案。幸运的是，这些应变方案最终都没有派上用场，整个施工过程一直在有惊无险的状态下进行，那些过往车辆人员都不知道，就在他们脚下和飞奔的车轮下，山体已经被掏空了，一条隧洞正在不断延伸。2002 年 4 月 7 日，凤岗隧洞终于从东深公路底下穿越而过，专家们随即对施工质量进行了最严格的检测，经过洞顶沉降及收敛变形观测，隧洞最大变形控制在两厘米以内，合格率百分之百。而刘利军和他的战友们，正是凭着既大胆又小心的方式打造了一个一流工程。

一位军人指挥员决不食言，这次，C–Ⅲ$_2$标段果然又重新夺回了流动红旗。

2002年4月19日，经过五百多个日日夜夜的奋战，由武警水电部队承担的C–Ⅲ$_2$标段凤岗隧洞终于提前贯通，宣告了东改工程隧洞全线贯通。按水利部颁布的工程标准，优良率达百分之八十以上即为优良工程，而凤岗隧洞的优良率达到了百分之九十以上（93%），合格率达百分之百。凤岗隧洞不只是一个工程的完成，刘利军率领这支队伍还丰富了我国大型隧洞在恶劣施工条件下小工程量掘进的施工工艺，一直到现在还在发挥作用。

依据以往的经验，"隧洞开掘平均一公里死亡一人"，尤其开挖像凤岗隧洞这样的工程，连挖过隧洞的水电老专家们也心神不安。刘利军在制订每个方案时，都为在掌子面工作的官兵们的安全而思忖再三。他说："我们作为军人，一不怕苦，二不怕死，但这是辩证的，既要排除万难去争取胜利，也要排除各种隐患，不做无谓的牺牲，要在没有伤亡的情况下把隧洞打通，那才是真正的漂亮仗啊！"然而，这样一个高风险的工程，若想没有伤亡事故，简直是痴人说梦。但在整个施工过程中，凤岗隧洞是零事故，零死亡，全体参战官兵，连一根骨头都没有伤着。这也是整个东改工程创造的奇迹，全线施工三年，没有发生一例安全责任死亡事故。

但刘利军在交工后却病倒了。他平时身体健壮，很少生病，而在这次施工时，他的神经每天都绷得紧紧的，又加之感冒咳嗽合并成肺炎，他一直硬扛着，而隧洞一贯通，一放松下来，他一下子就病倒了，这是典型的积劳成疾啊。

用总指挥部一位领导的话说："东深供水工程能不能按期供水，关键就看凤岗隧洞能不能按期贯通！"

随着凤岗隧洞提前贯通，一道瓶颈打通了，全线进入冲刺阶段。

2003 年 6 月 28 日，在即将迎来香港回归六周年之际，东改工程经过建设者们的三年奋战，终于全线竣工并验收完毕，正式启用，这比设计工期提前了八个月。这个跨世纪工程，将年供水规模提升到 24.23 亿立方米，其中对港供水 11 亿立方米，对深圳特区供水 8.73 亿立方米，对东莞沿线乡镇供水 4 亿立方米，从根本上解决了香港的淡水供应问题，还为香港及沿线城市输送了更纯净、更优质的东江水。而追溯这一工程，从规划设计到工程进度，从安全生产到质量管理，从投资控制到廉政建设，解决了大型工程现代化建设管理的一系列难题，实现了一系列前所未有的创新。这是世界上最长的空中悬河，这是一条水上的"高速公路"。众所周知，作为现代交通标志的高速公路就是采用封闭式的专用车道，未经允许不让外面的车辆进来，而东改工程则是采用封闭式的专用管道，外边未经处理的水也进不来。有些香港同胞听说东改工程采用全封闭输水，一开始还想当然地认为全都是密封涵管，这还真是天大的误会。实际上，全封闭不等于全密封，除了必要的隧洞和密封涵管，大多数专用输水系统均采用敞开式设计，如渡槽、明渠或明槽都是露天的，整个 A 段十五公里都是采用明渠，若这些明渠改用密封涵管至少要增加十个亿的投资，而水质还没有露天好。水也是有生命的，离不开阳光和雨露的滋润，敞开式设计造就了一个可以充分享受自然阳光的工程，既有利于空气流通，更有利于原水在输送过程中充分接受阳光或紫外线的照射，对水体进行天然杀菌消毒。随着水质生态得到自然调节，让原水活性明显增强，这对水质有更好的净化作用。为了对水质形成强有力的保护，东改工程在沿线所有站区、箱涵和水库周边均辟有绿化带，这也是一个绿色生态环保工程，一江碧水就像从绿草如茵、花木掩映中奔涌而出的清泉……

从超越自然的意义看，这更是一个典型的阳光工程。工程领域一度是腐败的重灾区，"工程上马，干部下马"，多少人在这方面栽了大跟头。东改工程投资数十亿元，为了把每一分钱都花得清清楚楚，让每一个干部清清白白，广东省水利厅和东改工程总指挥部从一开始就在制度上筑起了廉政工程的一道道防线，从招投标、征地拆迁、工程变更到劳动竞赛评比等每一个环节，都建立起一系列程序严密、相互制约的权力运行和监督机制，上至总指挥部的主管领导，下至各部门的分管领导，谁也没有个人决定资金支出的权力。一切都在阳光下运行，从而杜绝了暗箱操作和权钱交易等腐败现象，若想从中捞一把，几乎是不可能的事。这里就以工程投资为例吧，按一家国际工程咨询公司的概算，东改工程总投资最少要 74 个亿，而在物价不断上涨的情况下，这一工程自开工三年来实际上只用了 47 个亿，加上扫尾工程共 49 亿元，不但没有突破投资概算，反而比预算节省了 6 亿多元。这也是大型工程没有突破投资概算的一个典范，也是一个自始至终未发生一例违纪违法案件的阳光工程，受到了中央纪检监察部门的表彰，并作为一个可推广模式在有关市场上推广，成为有形建筑市场和有形土地市场建设的楷模。对于这一工程，时任中共中央政治局委员、中共广东省委书记张德江给予了高度评价："这是我省水利建设史上最复杂工程、最新技术、全新管理的缩影，在中国水利建设史上、在广东大型工程建设方面树起了一面旗帜。"

就在东改工程正式启用的当天上午，在位于东莞塘厦金湖泵站的东深供水改造工程纪念园内扎起了高高的彩门，彩旗、彩带迎风飘舞，中共广东省委、省政府于此举行了东深供水改造工程提前全线完工向香港供水的庆典仪式，阳光照亮了前台两侧高挂的对联："百里清渠，长吟慈母摇篮曲；千秋建筑，永谱香江昌盛歌。"这副对联高度概括了东深供水的内涵和外延。随着泵组按钮启动，从太园泵站到深圳水库的自动化监控系统一起运转起来，一股股清泉从一台台水泵里喷涌而出，人群中爆发出潮水般的欢呼声，那些日夜奋战的建设者们一个个心潮起伏，陈立明，曾令安，区宏稳，刘利军……这一条条如铁打的硬汉子，眼里都含着滚热的泪花，在闪烁的泪光中，那清清的东江水一路龙腾波涌，向着山那边的香江奔流而去，优美的旋律在奔涌的流水声中往复回旋："东江的水啊东江的水，你是祖国引去的泉，你是同胞酿成的美酒。啊，一醉几千秋……"

第八章

守望比仰望更难

图 23   图 23   金湖泵站（广东省水利厅供图）

图 24   图 24   东江上游河源、惠州两市封山育林，实行
                  水源生态涵养（广东省水利厅供图）

一

倘若没有经历过干旱和水荒的煎熬，又怎能品咂出那甘甜得令人沉醉的滋味？

倘若看不清这东江水的来龙去脉，又怎能知晓那"筚路蓝缕，以启山林"之艰辛？

东江，原本是一条撇开了香港的自然河流，却因一个跨流域、跨世纪的大型供水工程，成为香港同胞的母亲河。当我在似水流年中反复追溯时，听得最多的一首歌就是《多情的东江水》，听到最多的一个词就是——确保，百分之百确保！从几代人艰苦卓绝的建设到半个多世纪的巡护守望，一切都是为了一个共同的目标：百分之百确保对香港充足的供水，百分之百确保水质安全，让七百多万香港同胞喝上安全水、优质水和甘甜水。这两个百分之百的确保，一直是东深供水工程建设者和守护者矢志不渝的誓言和诺言。

从水量看，自东深供水首期工程竣工以来，历经三次扩建和一次脱胎换骨的改造，近六十年来，对港供水一直是东深供水工程的第一使命，东江水一直是香港第一大水源。"只要东江不断流，香港用水永无忧。"即使遭遇百年一遇的大

图 25　东深供水工程水源取之东江（广东省水利厅供图）

旱，东深供水工程也从未中断或减少对港供水。2004 年 9 月至 2005 年 5 月，珠江三角洲遭遇半个世纪以来最严重的跨年度干旱，而东江流域则迎来了一次特枯水年。由于连续干旱缺水，河流水位下降，致使海水倒灌，引发了二十年来最严重的咸潮入侵。当干旱和咸潮叠加在一起，东莞告急，深圳告急，东江沿线城市频频告急。但广东省在进行严格的水资源调控时，依然把对港供水放在第一位，越是大旱越要开足马力、全力保障对港供水，让香港在大旱之年安然无恙地度过了一场水危机。据不完全统计，东深供水工程迄今已累计对港供水近三百亿立方米。对于数字，有的人不敏感，那就换一种更直观的说法吧，东深供水工程迄今累计对港的供水量相当于三峡水库的大半库容，超过了一个半洞庭湖，保障了香港八成左右的用水需求，假如香港同胞每人每天喝十杯水，其中有七八杯是从东莞桥头引来的东江水。

从水质看，若要百分之百确保对港供水的水质安全，仅靠东深供水工程是远远不够的。千里东江，跨越江西和广东两省，从源头到她流经的每一个城镇村寨乃至每一个生命，就是一条血脉维系在一起的生命共同体。每一个饮用东江水的人，都会下意识地把自己当作东江儿女，把东江当作同自己血脉相连的一条母亲河。即便从生命的本能出发，每个人都有责任和义务守护这一江碧水。

这里又得从东江源头说起。曾几何时，寻乌，这个青山叠翠、绿水长流的东江源头第一县，渐渐变得连当地人都不认得了，有时候连走路都会迷失方向。而人类的迷失往往是从那金子般的诱惑开始。寻乌素有"稀土王国"之称，是世界上最大的离子吸附型稀土矿区之一，也是中国最早开采稀土的县之一。稀土，堪称是一种稀世之宝，是电子、激光以及超导等高科技产品不可或缺的润滑剂，不是黄金，胜似黄金，这就是寻乌人改变命运的金饭碗啊。从 20 世纪 80 年代初开始，随着全球稀土价格一路飙升，在东江源头掀起了开采稀土的狂潮，由于生产工艺落后，加之又是粗放式管理和掠夺式开采，一座座青山被挖得千疮百孔，沟壑纵横，一条条清洌甘甜的溪流被挖得泥沙俱下，有的溪流被泥沙堵死了，有的水脉被生生挖断了，有的流着流着忽然不见了，这每一条溪流都是东江之源啊。这灾难性的开采延续了三十多年，那只"金饭碗"却并未改变寻乌的命运，寻乌依旧是一个国家扶贫开发重点县和罗霄山特困片区县，但这一方水土早已变得面目全非，青山叠翠变成了荒山秃岭，绿水长流变成了水土流失，大小冲沟堆积着矿渣或尾砂，而从源头开始，江西老表们就没有水喝了。水呢？你都不知道流到哪里去了。

当你看着这遍体鳞伤的江山，别说老百姓有多伤心，连寻乌县原稀土公司的一位负责人也痛心疾首地说："我现在是为县里创业创收的功臣，以后可能会成为历史的罪人。"没有痛心疾首，就不可能有真正的痛定思痛。寻乌人终于冷静而清醒地看清了，那只能改变他们命运的金饭碗，从来就不是什么稀世之宝，绿水青山才是寻乌最大的优势、最宝贵的资源，也是这一方水土未来发展的潜力和希望所在。"宁可步子慢一点、暂时穷一点，一定要守住绿水青山！"2016 年 10 月，广东、江西两省签订了为期三年的《东江流域上下游横向生态补偿协议》，两省每年各出资一亿元补偿资金，中央财政每年安排三亿元资金，专项用于东江源头的生态环境保护与建设，从上游到下游实行跨区域、全流域治水。在这一大背景下，寻乌，一片红色热土近年来又在向绿色江山嬗变。

为了给东江源区筑起一道绿色生态屏障，寻乌县痛下决心，全面禁止稀土等矿产资源的开采，对散布山野的废弃矿山进行生态修复和植被复绿，对水源涵养区采取封山育林、流域治理等综合措施，并对东江源头保护区内的数千村民进行整体搬迁。那些散居于桠髻钵山周围的山民，大都是为逃避战乱和饥荒从中原迁徙而来的客家人。九沟十八岔，岔岔有人家，多则三五户，少则一两家。他们逃到这大山沟里后，世世代代靠山吃山，靠水吃水，但一方水土却难以养活一方人。这里素称"八山一水一分田"，那一分田或高悬于凶险的峭壁之上，或深藏于如同大山裂缝的峡谷沟壑之间，这就是山民们赖以为生、养活一家性命的土地，无论你怎么辛劳地耕耘，收获的只是世代的赤贫。在一个国家级贫困县里，他们就是最贫苦的群体。大山无言，山里人也早已习惯了沉默寡言，他们只能想方设法摆脱贫困，为了多打一点养命的粮食，一个个勤劳的农人只能攥紧锄头到山坡上砍树开荒，一年到头都在拼命挖地，往崖边上挖，往岩石缝隙里挖，山上的树木被连根挖掉了，山溪被活活挖断了。这里原本就不适合人类居住、不适合种庄稼，人类的过度开垦必然会导致水土流失，加剧泥石流和山洪暴发等自然灾害，在加害自然的同时又加害自己。这大山沟里的人，无论怎么苦心经营，顷刻间，一场山洪就会将他们变得一贫如洗，而一座深山又让他们深陷其中。让他们走出深山，是人类对大自然的让步，只有把大自然重新交还给大自然，才能让荒山秃岭重新焕发出绿色的生机；让他们走出深山，是人类文明的进步。无论如何，不能让这些大山沟里的老乡们把一家人的性命悬在一道道悬崖绝壁上，必须让他们过上安稳踏实的日子。也只有这样，才能从根本上解决他们的交通、饮水、用电、通信、就医以及上学等种种难题，这是为山里人开辟的一条重生之路。

当这些大山沟里的老表们换了一种活法，这一方水土也换了一副面貌。而今，寻乌已从东江源头第一县变成了东江源生态保护第一县，那一座座被挖得寸草不生的光头山又变得满目葱茏了，全县森林覆盖率从百分之十提升到百分之八十以上，东江源头第一山——桠髻钵山的森林覆盖率更是高达百分之九十五，连石头缝里都有深深扎下的树根，每一条根须都维系着水源。这是对生态最深层的呵护和涵养，从源头就构建起了以东江为血脉的生命共同体。"青山翠欲滴，绿水尚自流"，有了青山的涵养，便有岸芷汀兰，碧波荡漾，那飞走的鸟儿又扑棱棱地飞来了，消失已久的鱼儿又活泼泼地游来了……

在这生命共同体中，还有东江的另一个源头——安远县三百山。"过雨看松色，随山到水源。"尽管源出三百山的定南水未能确定为东江正源，却也是当之无愧的东江之源。早在《明史》中便有记载，安远府"南有三百坑水，下流广东龙川县"。又据《辞海》所载，三百山为东江的发源地。

三百山是安远县东南边境诸山峰的统称，地处赣、粤、闽三省交界处，属武夷山脉东段北坡余脉交错地带，山间九曲十八滩，更有跌宕起伏的流泉飞瀑，汇聚为一条九曲河。沿九曲河一路上行，当一阵风吹开铺天盖地的浓荫，映入眼帘的就是传说中的虎嗷堂，想当年这里应该是猛虎啸嗷的深山老林。而今，虎嗷堂已改名为福鳌塘，这一带处处皆是密林深涧，飞瀑流泉，峭壁凌空，古木参天，这古朴、清寂、幽远之境宛如世外桃源，又美若仙境，相传八仙之一的汉钟离就是在此山中修炼成仙。而幽静之中却有如万马奔腾一般的响声，那是"东江第一瀑"。那激越的奔涌之声穿越缭绕的云雾，就是东江声名远播的源头之一。当你置身于这奔涌之声中，会下意识地仰望，仰望一座山环水绕的纪念碑，那上面镌刻着周恩来总理的题词："一定要保护好东江源头水！"

当年，周恩来总理批准修建东深供水工程时，就殷殷叮嘱要从源头开始保护好东江水。这一句叮嘱就像总理本人一样朴实，却是跨越时空的郑重嘱托。往这山中一走，你只能一路仰望，仰望那一座座层峦叠嶂的山峰，而守望比仰望更难。

龚隆寿，这位大山的儿子，就是东江源头的一位守望者。这位年过花甲的江西老表，是三百山镇虎岗村村民，也是三百山林场的护林员，他每天的工作就是巡山。那一身浸透了汗渍的迷彩服，一双穿旧了但特别耐磨的解放鞋，还有一只挂在胸口的电喇叭，便是他巡山护林的全部行头。一看他敦实的身板和挺直的腰杆，就知道是当兵出身。1979 年初夏，他还是一个二十多岁的小伙子，在退伍返乡后就当上了护林员。当他接

受这一任务时，一开口就是粗声粗气的一句话："山林是我们
国土的一部分，保护山林就是保卫祖国！"这是一位军人的觉
悟。那时，龚隆寿就知道，东江水是供应香港的，护水必先护
林，为了让香港同胞喝上干干净净的东江水，他就要保护好这
源头的一草一木和每一滴水，这是龚隆寿的第一职责。而一位
护林员在巡山途中的艰险，绝不亚于一位巡逻的战士。多少年
过去了，他还记得自己第一次巡山的经历，那感觉就像在边境
线上巡逻一样。山高林密，人烟稀少，到处都蛰伏着未知的危
险。一条曲曲折折的山径在荆棘丛生的密林中穿行，他一边
走，一边拿着柴刀开路，一不小心就窜出一条毒蛇，冲他一闪
一闪地吐着猩红的蛇信子。凶悍的野猪在林子里钻来钻去，那
像匕首一样龇出的獠牙，随时都会伤人。最多的还是蜈蚣、蝎
子、马蜂和奇形怪状的毒虫，一旦被它们叮上，轻则咬一个疙
瘩，搞不好就有致命的危险。老龚手臂上那一个个暗红色的斑
点，就是被蜈蚣、蝎子叮咬后落下的疤痕，一辈子也不会消
失。那年头，又没有什么手机、对讲机之类的移动通信工具，
一个人在山林里穿行，不管发生什么事都只能靠自己。第一天
巡山，他走了几十里山路，还好，一路上有惊无险，但脚底也
打起了一层层血泡，每走一步都像针扎一般。

要说呢，那毒蛇毒虫也好，野猪野兽也罢，其实都不是
护林员的敌人，而是要保护的对象，它们也是自然生态的一部
分。一个护林员，第一要防范的是山火。每到过年过节时，林
子周边的村寨里有人放鞭炮烟花。而清明节上山烧香的人多，
还有电闪雷鸣的天气，一个火星子或一次闪电就有可能引发一

场森林大火。每到这样的日子，人家在过节，在团聚，或在家里躲避风雨，护林员则要上山巡护，一双眼睛比平时睁得更大。除了火灾，还要盯防那些盗伐、盗采和盗猎者。每次发现后，他总是苦口婆心地劝诫他们："老表啊，你们这样偷偷砍树、采矿和打猎能挣几个钱呢？这山被砍秃了、溪流被挖断了，谁也喝不上水了啊，这世上还有什么比水重要呢，你们还是给自己也给子孙后代留点好山好水吧！"

三百山上的那些大树，尤其是那些稀有树种，很多就是在护林员的捍卫下幸存下来的。现在好了，为了保护东江源，近年来安远县将三百山水源区域的林场划为重点保护区，建立起史上最严厉的森林和水源保护制度，全面实行三禁，禁伐、禁采和禁渔。禁伐，就是全面封山育林，对东江源范围内一百多万亩天然林严禁砍伐；禁采，对东江源区潜在价值高达一百多亿元的钨、钼、电气石与稀土等各类矿产资源和河道砂石全面禁止开采；禁渔，对东江源头河道和全县水库实行禁渔，禁渔区域全面退出水产、畜禽养殖，严厉打击禁渔区域内一切非法捕捞行为。若算经济账，安远县因各类资源限制开发，每年财政收入要减少五亿元以上。但还有另一种算法，那就是生态账。如何永保绿水青山？如何把绿水青山化为金山银山？安远县通过发展高效生态农业、旅游等现代服务业以及新能源、新材料及节能环保型绿色产业，走上了一条人与自然和谐相处的绿色崛起之路。

时代变了，人也变了，老龚也一天比一天老了。而今，在三百山的护林员中，他已是年岁最大、资历最老的一个。当一位老护林员站在一片苍茫的林海中，一不小心，你就会把他看成一棵苍松，那像树一样粗糙的皮肤，像树一样粗壮的身躯，越来越像一棵树了。他站在三百山向南延伸的一道山梁上，指着一片苗壮挺拔的林子说，那是他一棵一棵栽下的。从走进这片山林开始，在巡山护林的同时，他一直在年复一年地栽树，又看着它们一棵一棵长大，眼下，你看看，这些树已经可以遮阴挡雨了！这林子里，有一条清澈见底的山溪缓缓而流，波澜不惊，一个人走到这里，连脚步也不知不觉放慢了。但你绝不可小瞧这条小溪，她将注入东江，流向香港……

香港，对于东江源头的一位守望者来说，就像一个繁华而邈远的梦境。这么多年来，他一直在深山老林中活着，从没有想过还有别的地方可去，还有别的一种活法，一生只把他守望着的这一座青山一片山林当作整个世界来热爱。但他也有一个梦想，一直想去香港看看。尽管他还从未去过香港，但也见过不少来三百山寻根溯源的香港同胞，他们在这里品咂着清甜东江源泉，一个个啧啧称叹。一位香港同胞将朱熹的诗句改为了"问港哪得清如许，为有东江活水来"，还有人将一首古诗改为："我住东江头，君住东江尾。情系赣粤港，同饮一江水。"这一改，让老龚感觉和香港遥远的距离一下拉近了。而这些香港同胞在寻根溯源后，又纷纷慷慨解囊，为东江源区捐资兴学，如香港言爱基金会就在安远县捐资一千万元建起了一所思源学校。思源，饮水思源啊！

香港同胞来了，又走了，走了，又来了，而老龚依然在日复一日地巡山，一条山道，一个个日子，一如既往。早上六点他便揣上干粮、穿过雾霭向深山进发，走饿了就一边啃干粮一边走，干渴了就掬饮一把山溪水。他在这路上走了四十多年，也不知走得多远了，他只知道，这几十年里走坏了一百多双解放鞋。他也走出了一双铁脚板，有人说他那脚底好像长了钩子，多高的山，多险的路，他如同走在平地上一样。对于一个老护林员，这条路已经快要看到尽头了，但他说，只要这两条腿、一双脚还走得动，他还会继续走下去……

从寻乌到安远，从桠髻钵山到三百山，还有数不清的像龚隆寿这样的守望者，以一生的坚韧和执着守护着东江源，换来的是"一江清水向南流"。而那些生长于东江源的年轻一代，也有很多一路循着东江的流向，奔赴深圳、东莞打拼，从头到尾，他们喝的还是东江水。有一位在深圳打工的小伙子看见了那穿行于青山叠翠之间、一路碧波荡漾的东深供水工程，仿佛又回到了家乡，他兴奋而自豪地说："这就是从我们家乡流来的东江水呀！"

这确实是值得江西人骄傲的，如果不是东江源区的父老乡亲们守护着这一江碧水，又怎么能换来"一江清水向南流"？当东江水从江西流入广东境内，这保护东江的重任就落到了岭南儿女身上。为保障东深供水的水量、水质和工程运行安全，广东省划定了东江饮用水水源保护区，先后颁布了十三项法规。有人说，广东省对东深供水的保护措施，采用的是史上最严谨的标准、最严格的监管、最严厉的处罚、最严肃的问责。为此，从河源、惠州、东莞到深圳等东江沿线城市都主动放弃了不少投资项目，换取"一江清水向南流"。

　　这里就从东江入赣第一市——河源说起吧。河源，位于东江中上游，是粤东北山区与珠江三角洲平原地区的接合部，这里离珠江三角洲并不远。谁都知道，珠江三角洲是我国经济最发达的地区之一，被誉为黄金三角洲，但比邻而居的河源却一直是广东省的欠发达地区。无论从哪个角度看，这里都是一个山环水绕、得天独厚的地方，实在不该落后啊。从历史看，这里是岭南最早的建邑之地，也是客家人开发岭南最早的地区。从现实看，在"无工不富，无商不活"的大势下，这里不是没有人来投资建厂开矿，河源是岭南的富矿，钨矿、铁矿、萤石矿和稀土储量位居全省第一，境内还探明世界首个超大型独立铷矿床，这让多少人趋之若鹜，一个个豪商巨贾携带重金而来，但河源人却一次次将他们拒之门外，唯一的理由就是要不惜一切代价保护东江水源。

　　河源虽不是东江之源，却是东江流域最重要的水源地，除了东江干流和众多的支流，境内还拥有枫树坝水库（又名青龙湖）、新丰江水库等众多大中型水库，尤其是始建于1958年的新丰江水库，为广东省第一大水库，因四季皆绿、处处皆绿而被誉为万绿湖，这是华南第一大人工湖。就这一个水库的水，据说够全中国人喝上十三年。这里是东深供水工程的主要水源区，七百多万香港同胞关注着这里。为了保护水源，河源市拒绝了五百多个工业项目，放弃了近千亿元规模的企业投资。河源也有大手笔的投入，却不是兴建能带来滚滚财源的企业，而是投入几十亿元用于生态环保工程建设，对城市截污管网、污水处理设备和工艺进行全面升级改造。这样一个欠发达地区，却拥有国际一流水平的大型污水处理厂。走进河源市城南的一座大院，第一眼看见的就是一块标志牌——东江屏障。乍一看，你会产生一种错觉，还以为走进了一个绿意盎然的湿地公园。眼前，岭南深秋的阳光透过绿荫与花影，在清风与阳光中，一池清水闪烁着潋滟的波光。谁又能想到，这竟是经污水处理后变成清水的中水池，那清静的池水如同一面映现天空的镜子，在水中嬉戏的鱼儿荡漾起一阵阵涟漪，偶尔掠起几朵浪花，每一滴水都是那样干净、透亮。当你看着这一切，眼里也闪烁出干净、透亮的光泽。穿过园中的亭台水榭，如徜徉于岭南山水园林。从前门走到后门，就是一家污水处理厂的出水口，但你压根就感觉不到这是一处污水出水口，但见芦苇摇曳，野花绽放，那出水口看上去就像是水草丛中的一个泉眼……

河源，这就是河源给我留下的第一印象——东江屏障。面对这样一座城市，你只能静下心来打量，否则你真的会产生错觉。它的存在，确实与我们对一个沿海发达省份的印象有着强烈的反差。若要理解这背后的一切，就必须对价值观进行重新确认。看这样一个地方，你绝对不能只看硬邦邦的 GDP（地区生产总值），更要看它的柔性价值。2021 年，河源的 GDP 在广东省二十一个地级市中排名第十九位，但其水环境质量持续位居全省第一，全市饮用水源水质达标率、地表水功能区水质达标率均达百分之百，新丰江水库、枫树坝水库的水质常年保持国家地表水 I 类标准。河源虽说没有深圳那样的高新科技研发基地或东莞那样的高端制造业基地，但河源也拥有一块闪光的招牌——中国优

质饮用水资源开发基地。这就是一座城市的潜力和后劲啊，而
河源连续三年发展后劲排名全省第一。

当东江流到石马河河口，又到了一个源头。这江河交汇
处，一直是东深供水工程最直接的水源地和取水口。在东深供
水改造工程竣工运行后，石马河重新恢复了自南向北的天然流
向。为保护东江水质和保障对港供水不受石马河的影响，东莞
市在东改工程竣工运行的第二年（2004年）就决定实施石马
河调污工程，采用橡胶坝将石马河污水截住，将污水经桥头大
围底涵闸调入东引运河，当河道汛期遭遇洪水时，则用橡胶坝
坍坝泄洪。十几年来，随着社会经济的迅猛发展，这一调污工
程及橡胶坝的运行效率均已无法满足调污要求，一座建成于
20世纪60年代的建塘反虹涵也因年代久远需要重建。为消除
工程运行的安全隐患，进一步提高东江水源的安全保障能力，
由广东省水利厅牵头，联合深圳、东莞和惠州三市，决定实
施石马河河口东江水源保护一期工程，于2017年10月开工，
2020年10月竣工。主要工程包括新建石马河河口拦污节制
闸、重建建塘反虹涵、扩建调污箱涵、拆除橡胶坝以及新建管
理楼等。这一工程进一步提升了石马河调污工程的调污能力，
为保障东深供水及东江下游水质又加了一道安全阀。

走进桥头，在水一方，忽然不知自己身在何处。一阵阵
清香被潮湿的风吹来，又吹去。我立刻嗅到了，那是莲荷。而
莲荷，对于水是必不可少的，"莲荷长碧池"，"清水出芙蓉"，
这都是古人形容莲荷与水的关系。莲荷是桥头的象征，也是桥
头的一个节日。二十顷莲湖，让水泊桥头芳香四溢。二十顷莲

湖有多大？一眼望开去，万千莲荷顷刻间笼罩了我的视野。这无数莲荷尽管有着千姿百态，但每一朵莲花都是清晰的，就像每一滴水那样清晰。每年春夏，那么多游人，还有许多香港同胞来到桥头，不为别的，只是来看看桥头的莲花。在莲花面前，我早已丧失了比喻的能力，没有任何一个比喻可以形容莲花。她的美，超过了所有的比喻。最好的方式，就是用心去看，你就能看到心里去。心里没有什么别的念头，于是单纯，于是纯真，这样你才会发现，一朵莲花的身影也充满着人的神态。暗自想，一朵莲花最大的愿望是什么？人类也许不知道，但人类应该能够虔诚地感觉到那种无比清纯的力量。只有莲花，只有像莲花一样高洁的心灵，才能让世界变得这样干净。

二

河流一直是时间的象征，没有什么比流水更能见证岁月沧桑。"流水不腐，户枢不蠹，动也。"一句春秋箴言，揭示了一个供水工程在动态化的建设和管理过程中的规律。水是流动的，时间是流动的，人也是流动的，一切都随着时间的推移而不断发展，"凡益之道，与时偕行"，这道行，说穿了就是管理运行。

大凡工程，三分建，七分管。我已经反复描述东深供水工程建设之艰巨，而这一工程如何运营管理，则是另一艰巨而持久的使命。从1965年初开始，东深供水工程运行至今，在管理上大致分为两个阶段，第一阶段由广东省东江—深圳供水工程管理局负责运营管理，其主要职能是对香港、深圳和东莞供应原水及东深沿线的农田灌溉。这一管就是三十多年，其间经历了东深供水一期、二期和三期扩建工程。2000 年，在东深供水改造工程正式上马之前，广东省委、省政府决定对广东粤港投资控股（有限）公司进行重组，并将东深供水项目作为优质资产注入广东粤海控股集团有限公司（以下简称"粤海控股"）。时任东深管理局党委书记兼局长叶旭全被任命为粤海控股党组成员、董事副总经理，在企业重组过程中，叶旭全即是粤海控股的负责人之一，与此同时，他还要作为东深管理局的党委书记兼局长领导和组织将东深供水优质资产注入粤海的工作。这双重的职务也是双重的职责，而历史已经证明，粤海重组是非常成功的，被誉为"亚洲最佳重组交易"。在重组的过程中，经原国家外经贸部批准，原东深供水工程管理局经过改制，在粤海控股旗下成立了广东粤港供水有限公司，这是一家集原水供应、自来水经营、污水处理和水环境综合治理等多种水务业务于一体的大型综合运营商。而这一次改制，无论是对东深供水工程，还是对"东深人"，都是一次划时代的转型。

　　一个跨流域、跨世纪的大型供水工程，从初建到如今，大致经历了三代人。东深供水工程的守护者和管理者都自称是"东深人"，他们也在岁月轮回里换了一茬又一茬。如今已到挂杖之年的黄惠棠老人，他从一个小学毕业的"土夫子"民工一步一步地成长为东深供水战线的一位高级技工，一直到 2003年，随着东深供水改造工程竣工运行，他也光荣退休了。这样一位平凡的水工，在他身上一辈子都找不到什么典型事迹。你要问他这一生是怎么度过的，他也会发出一声叹息："人呐，一辈子就是这样走过来的！"但他从来没有怀疑自己度过的岁月，更不会去追问值不值得，能够成为一名"东深人"，他一直都深深地感到欣慰和自豪。我突然想，这样一位平凡得不能再平凡的老人，就是以这种平凡而执着的坚守，确保了东深供水工程和水质的安全，这其实就是他最不平凡的事迹啊！

当第一代"东深人"交出了接力棒，第二代"东深人"就接过接力棒，用黄老的话说，那是"一茬接着一茬干，一锤接着一锤敲"，一代接着一代守护着这条供水生命线。黄惠棠的两个儿子黄沛坤、黄沛华在参加工作时就从父辈手中接过了接力棒，一个担任桥头供水管理部水质室巡逻维护员，一个担任太园泵站运行值班长。大儿媳陈变也是一名"东深人"。1993年，陈变从广东省水电学校毕业后，就进入了原东深供水工程管理局。那时，三期扩建工程刚刚投入运营，她就参与了运行管理，先后在司马泵站、莲湖泵站和旗岭泵站工作，从值班员做起，一直做到安全主任、站长。我见到她时，她刚刚调任桥头供水管理部水质室主任。她一边带我参观水质监控系统，一边深有感触地说："这个工程最早是老一辈人一担一担挑出来的，作为后来者，我们要守护好这条供水生命线，对港供水无小事，必须确保万无一失！"

一听这话，我心里也下意识地一紧。我也知道，东深供水工程就是一个庞大的系统工程，若要万无一失，每一个细节、每一个环节都不能松懈，稍有松懈就可能酿成大事故。陈

变给我讲起 2002 年 6 月发生的一次险情。当时，她在太园泵
站担任值班长。某天，到下午六点钟下班时，她正准备起身去
饭堂吃饭，忽然听到副厂房低压室传来一个轻微的响声。她感
觉有些异样，随即迅速查看了一下监控系统，一切正常，而监
控系统也没有发出报警信号。按说，她可以照常下班了，但职
业的敏感性还是让她高度警觉，她随后又走进低压室去查看，
发现站用变压器柜正冒出浓烟并伴有火光。不好，出事了！她
旋即跑回中控室，用远程控制系统将冒烟起火的变压器退出运
行，一边操作一边向调度和站长紧急报告险情，并让另一名值
班员通知保安员赶来援助。报告完毕，陈变便和闻讯赶来的值
班员、保安员一起灭火，在他们的奋力扑救下，变压器的烟火
很快被扑灭了。而此时，陈变那紧绷了近半个小时的神经一下
放松了，而过度的紧张一旦松弛，也让她两腿一软，差点摔倒
了，但她扶着墙壁顽强地站了起来，又绕着变压器仔细检查一
圈，确认没有后续异常情况发生后，她才长长地吁了一口气。
这一次有惊无险的事故，在时隔近二十年后回想起来，她还心
有余悸，如果当时没有高度警觉，一旦引发大火，整个系统都
会毁于一旦，而只要有一级泵站出了问题，就会影响到全线供
水，一旦波及对港供水，那更是重大责任事故了。幸亏当时大
家在应急处理时基本功扎实，才能将事故损失控制到最小的程
度，从而保证了对香港的正常供水。

　　走出监控室，站在桥头供水管理部的院子里，我也长吁
了一口气。这个院子不小，有着深深的岁月感。仰望那高过闸
坝的大树，半个多世纪的岁月足以撑起满院绿荫，地上的浓荫

如树冠一样漫开，那闸坝和泵站投在流水上的阴影比建筑本身更清晰。这阴影掩盖了许多鲜为人知的过往，那些离我们越来越遥远的面孔，越来越模糊的往事，也许只有在那一代过来人的回忆中才依稀得以再现。当年，那座在东深供水首期工程建起来的第一级抽水泵站——旧太园泵站，就建在这个老院里。这一座老泵站虽说早已停止运行，但它为我们在岁月长河中追踪提供了一个最初的出发点。

从桥头供水管理处走向东深供水工程正在运行的第一站——新太园泵站，感觉一下跨越了三十年。这是在东改工程中新建的一座泵站，从喇叭形的引水闸、高屋建瓴的泵站到颇具现代感的站房和办公楼，在山环水绕中依山就势而建，层层叠叠。当你沿着鲜花绿植夹道的石阶拾级而上，流水也在逐渐上升。这原本就是一个水往高处流的工程，在大片绿荫的掩映下，那像巨石一样的闸墩，在哗哗流水的冲刷下激起阵阵浪涛声，东江水从这里经过四级提升，然后一路奔流南下。

走进宽敞而整洁的泵房内，六台机组一字排开，那都是顶天立地的大型水泵，而人类看上去是那样渺小。如今的泵站，已进入数字化、智能化的时代，值守人员都在中控室里通过电脑视频等多媒体系统监控着这泵站里里外外的一切，哪怕一只蝴蝶飞进大院，他们都能看清那翅膀上的斑纹。而在这偌大的站房里，只有一位穿着蓝灰色工装的中年汉子，正在仔细地查看六台机组的运行情况。他不只是看，还时不时将耳朵贴在机器上，就像在聆听机器的心跳，然后在平板电脑上输入一个个数据信息，哪怕有一丝杂音也逃不过他的耳朵。这位中年汉子，就是太园泵站副站长莫仲文。说来，莫仲文也是一位典型的"东二代"，他父亲莫根旺早在 1964 年开春就投身于东深供水首期工程建设，后来又参与了一至三期扩建工程，一直在东深供水线上干到退休。莫仲文从小就看见了父辈的辛勤劳累，却也对这个工程特别好奇，谁都知道水往低处流，而这个工程却偏偏要让水往上流，这到底是怎么回事呢？随着年岁渐长，一个少年的好奇变成了越来越浓厚的兴趣，总想对这个工程一探究竟。1992 年夏天，莫仲文从水电学校毕业，适逢东深供水三期扩建工程开建，他毫不犹豫地加入这个大家庭中。他是学电子电工专业的，但在他刚刚入职的 20 世纪 90 年代，东深供水工程的现代化程度还很低，运行管理主要靠密集的人工作业，泵站中控室运行人员每小时都要到现场人工巡查和抄表，然后逐级上报，而工程调度只能靠电话发出指令。迈进新世纪后，随着东深供水改造工程投入运行，一切开始发生革命性的变化，从中控室到泵站机组相继实现了电子化，莫仲文那几乎无用武之地的专业特长终于可以发挥出来了。

而今，当年初出茅庐的小伙子已成为一位稳健干练的管理者，他也见证了近三十年来水利科技的现代化进程，东深供水工程的运行管理系统历经一次次更新迭代，拥有了越来越先进的机械设备。在更新换代中，这个工程已经造就和拥有一批接一批的专业技术人才。一代人有一代人的使命和担当。随着管理水平和科技水平的不断升级，为了让管理运行水平与工程质量、现代化设施相匹配，东深供水管理团队提出以"一流工程，一流管理"为目标，实现了工程全线远程自动优化调度，总部可以远程控制各个泵站阀门开合。然而，无论科技如何进步，人都是无可替代的主角。水是寻常之物，却也是非常之物，一旦供水中断或水质遭受污染，那就是天大的事，也是天大的责任。对港供水一刻也不能停，泵站施行的是二十四小时轮班制。而对于每一个"东深人"来说，"手机永不关机，二十四小时待命"，一直是生活常态，只有坚持这样的常态，才能在非常时刻应对各种突发情况。

2018年9月16日，超强台风"山竹"从西北太平洋呼啸而来，这是珠江三角洲自1983年以来遭受的最强风暴，登陆时最大风力高达14级，狂风吹倒了深圳街头的一棵棵大树，有的被拦腰刮断，有的被连根拔起。每一次台风来袭都会裹挟着暴雨，这对于东深供水是严峻的考验，一旦石马河洪水暴涨，漫进了人工清水渠道，水质势必遭受大面积污染。而此时，设在深圳的东深供水调度中心早已严阵以待，一道道闪电穿过暴雨如注的窗户玻璃，照亮了一张张紧绷着的面孔。正在值班的调度管理人员陈龙辉在第一时间给塘厦管理部下达指令，要求他们马上派技术人员赶赴旗岭泵站，将1号、2号和3号防洪闸门全部关闭。塘厦管理部副总经理何久根得到指令，旋即披上雨衣，带领几个技术人员驱车赶往三个防洪闸。但刚出发不久，由于公路遭受水淹，又加之被吹倒的树木、电线杆横七竖八倒在路上，汽车被堵住了。何久根赶紧打电话给旗岭泵站值班人员，让他们赶过去采取应急处置措施。旗岭泵站站长蓝伟华接到电话，就带着几个人冲进了暴风雨中。一路上，他们被狂风吹得东歪西倒，雨衣被风撕破，那些被狂风吹落的树枝和广告牌稀里哗啦地砸下来，几个人只能抱着脑袋，弓着身躯，连滚带爬，一步一步地挣扎前行。当他们赶到防洪闸时，浑浊的河水正在不断上涨，已经接近溢流堰顶部，好险啊！如果来迟几分钟，污水就要涌进清水渠道。蓝伟华把手猛地一挥，几个人一起动手，将三扇防洪闸门关闭了。但他们还来不及舒缓一下紧张的神经，又接到一个紧急求助电话，那是东莞石马河流域管理处打来的，由他们管理的石马河旗岭水闸的电缆线被台风吹断了，而备用电源又因漏电跳闸，若不能及时打开泄洪闸门，上游沿线的几个经济重镇就会直接面临洪水的威胁！蓝伟华一听就明白，必须马上接通一条临时电缆线。而这时，何久根等被困人员也赶过来了，他们冲风冒雨赶到旗岭水闸，同水闸工作人员一道拉电缆、接电源，随着旗岭水闸恢复通电，及时泄洪，洪水的威胁终于解除了。大伙儿忙完这一切，已是凌晨五点多钟，此时每个人都像是从洪水里挣扎上岸的，感觉从死的边缘又过渡到了生的境界。这个台风之夜，他们确实是冒着生命危险闯过来的，而他们也确保了在一次重大自然灾害发生后无一例安全事故发生，这也堪称在突发情况下采取紧急处置措施的一个经典案例。

塘厦，一直处于东深供水工程的枢纽位置，而塘厦金湖泵站既是东深供水改造工程的制高点，也是全国第一家一级达标水利工程管理单位。该站共有八台机组（其中六台工作泵、两台备用泵），全部采用先进的立式液压全调节抽芯混流泵。我早就听说过东深供水工程的智慧泵房，百闻不如一见，在这里，从机电设备到操作运行系统，在计算机网络、大数据、物联网和人工智能等技术的支持下，一切都是高度自动化和智能化运行。

在泵站一旁的输变电站，远远地，我就看见一台智能机器人正在巡检高压输电线路。但我不敢走近，那高压电网的电磁辐射，一直令人骇然色变，而南方的阳光又强烈刺眼，那高压电网更给人咄咄逼人之感。而在此前，对这高压电网只能采用人工巡检，就算你不怕辐射或采取必要的防护措施，在这刺眼的阳光下，有的故障或隐患用肉眼也难以发现，又加之点位多、范围大，难免会留下死角或盲点。2020年6月1日，金湖泵站引进了一位"新成员"，就是这台智能巡检机器人，这小家伙像个机灵的孩子一样特别可爱，一来这里就度过了一个快乐的儿童节。而它一来就大显神威，头顶上架着一副像望远镜一样的仪器，具备测温和高清摄像两个主要功能，一旦开始运行，比人力巡检的功能强大得多。它像一位巡逻的哨兵，每天按时巡检四次，对输变电站的四百多个关键测温点进行测温监控，夜里还能进行红外光巡查。在高性能传感器的加持下，这小家伙具有卓越的稳定性、灵敏的足端触地感知和基于视觉的自主跟随，可在复杂多变的气候环境下进行摄像巡视，不但极大提高了巡视效率，还能基于人工智能、大数据、云计算及5G实时通信等技术对站里的表计、油位计等实现图像识别监控，并提供全方位实时识别、报警、留痕和推送等服务，真正做到了无死角、不受限、全视域实时监控。这小家伙来这里一周后，就在6月9日晚上的例行巡查中发现一个故障隐患：121开关B相接线板和1211刀闸C相触头温度超过允许值。

其中，开关接线板的报警温度为 80 摄氏度，刀闸触头的报警温度为 50 摄氏度。而一旦达到报警温度或出现其他异常现象，巡检机器人随即就会发出自动报警，值班人员在警报声中迅疾赶来，经停电检查，才发现开关出线压板的固定螺杆生锈和刀闸触头氧化，两处接触电阻均大于正常值几十倍。经更换螺杆和打磨处理，接触电阻值恢复正常值。这也是智能机器人立下的首功，在第一时间就发现了设备隐患。实践证明，这种智能化机器人既节约了大量人力，也让巡检的安全系数大为提升，其自动反应的速度也确实远远超过了人类。金湖泵站的员工都对这个小机灵连连竖大拇指，称赞它"专业又敬业，可爱又可靠"。而今，在安全管理上，东深供水已走在行业前列，成为国内跨流域调水工程自动化、信息化的标杆。然而，无论自动化的程度有多高，人工智能设备有多强大，人，依然是运行管理的主体。在金湖泵站有一些"专业又敬业"的员工，对机器故障的反应速度甚至超过了系统自动反应的速度。李恒林是金湖泵站的一位普通员工，从二十岁出头进入东深供水工程工作，在这里一干二十多年，他说自己只干了一件事，就是保证正常供水。而要保证正常供水，其实很简单，就是保证泵站机电设备一直在正常的状态下运行。这是件特别简单的工作，也是件特别单调的工作，一天到晚，一年到头，坐在同一把椅子上，面对同一台电脑，盯着同一个屏幕或仪表，如果没有执着的坚守，谁又能坚持下来啊。一旦你坐不住了，那很可能就不正常了。李恒林还真度过了一个不寻常的日子，那是 2011 年 8 月 8 日晚上，他和另一位值班员在中控室值守。一切一如既往，在设备运行的声波频率中，他们静静地注视着眼前的视频。到了 22 时，他们接到了远程调度的指令，开 5 号机组。这也是正常指令，但李恒林已有多年的工作经验，机组在开停机时往往为异常状况的高发时刻。他接到指令后立马起身，到 5 号机组现场监视开机过程监控流程，在机组完全启动之前，他始终坚守在现场，直到机组启动并正常运行后，他才回到中控室继续监控。而这次在远程开机几分钟后，在机组 10 千伏开关合闸的一瞬间，接线箱内竟有一道蓝色的弧光冒出。这不正常，一定是出什么故障了！李恒林这么多年来也经历过大大小小机组异常现象，但这种现象他还从未见过。但他没有慌张，随即做出了冷静沉着而又果断的处置，先是迅疾地赶到机组监控柜按下紧急停机按钮，并切断电源。在停机后，蓝色的弧光消失了，但接线箱内有一缕缕青烟冒出。李恒林在确认现场无安全隐患后，随即按故障报告流程将有关情况分别向远程调度、值守站长报告，并做好紧急抢修的准备工作。随后，塘厦供水管理部副总经理莫仲文和维修部负责人先后赶到现场，对 5 号机组进行开机检查，排除了故障和隐患。而这一事故虽说是有惊无险，但若不是从一开始就能迅速发现，极可能酿成一起损失惨重的大事故。像李恒林这样一个普通的值班员，能对故障做出准确判断、沉着应对、及时反应并果断处理，在一个非常时刻显示出了他训练有素的综合素质。而从 5 号机组启动到果断按下紧急停机按钮，时间仅有一秒钟，这是生死攸关的一秒钟！

一路上，我见到了许多像李恒林一样的普通员工，他们在平凡的岗位上度过默默无闻的一生，而在一生中的某个瞬间，这些平凡的身影也会迸射出明亮而灿烂的光泽，然后又归于寻常，一如既往，这才是一切正常的状态。而就在他们日复一日、年复一年、一如既往地守望下，东江之水正在光影流转间奔向那个既定的方向和目的地，或是静水深流，或是暗流汹涌。若要看清这一切的一切，还得登上一个制高点。在金湖泵站上方的一座山岭上，就是当年东深供水改造工程竣工时的庆典之地，也是东改工程的纪念园。登上山岭，我又一次下意识地仰望，仰望那座二十多米高的大型雕塑——生命之源，一位身穿曳地长裙的年轻母亲，坐在阳光下，以蔚蓝色的天空为背景，她微微低着头，露出丰满的乳房，一只手搂着一个正在哺乳的婴儿，另一只手托起一条缠绵的丝绢，她静谧而又安详地凝视着怀抱中的孩子，脸上洋溢着柔情似水的神色，那腰下飘拂的裙裾和手中托起的丝绢轻柔如水，在风声与涛声中正飘向南中国海的方向……

三

从东江桥头走到深圳梧桐山下，一路山重水复，但只要一直循着那"清清的东江水"，你就不会迷失方向。往这儿一走，眼前一下豁然开朗，好大一个湖！忽然想起唐人的诗句："浮光随日度，漾影逐波深。"

这个湖，就是位于深圳市东部、东连梧桐山的深圳水库，

图 26 深圳水库（广东省水利厅供图）

深圳市民都亲切地称之为东湖，一个东湖公园也因水而兴，而它更早的名字就叫水库公园。早在 1961 年，深圳水库初期工程竣工后，当时的宝安县深圳镇便在这里开辟了一个小公园，这是深圳历史上建立最早的一个市政公园，也可谓是深圳最早的一个水利风景区。此后，随着东深供水工程和深圳水库的不断扩建和升级改造，这个一直没有正式命名的公园也经历了一轮轮的扩建和改造，直到 1984 年 10 月，这个公园才被深圳市政府正式定名为东湖公园。从车水马龙、熙熙攘攘的大街上往这绿荫掩映的公园里一走，感觉世界突然变了，一条条小径宛如植物的触须一样舒展延伸，山环水绕，峰回路转，静可观山，动可观水。那一方朱栏碧瓦的华亭，廊柱上刻有北宋名士王禹偁撰写的一副楹联："远吞山光，平挹江濑。"他其实并非为这一方山水而作，但用在这里却格外真切。这亭前还有一尊主题雕塑——源。这尊雕塑选用三块未经雕琢的毛石（原石）作为框架，中心则采用镜面不锈钢制成一颗仿真水滴，像一颗从干涸的眼角流出的泪水，又像一颗摇摇欲坠的露珠，凝视着这一颗水滴，你脑子里会下意识地生发出无数源自一滴水的意义——追根溯源，正本清源，饮水思源，生命之源……而在这亭后还有一道高低错落、曲径通幽的百米长廊，在长廊两侧又布置有一系列雕塑，像是三本打开的石书，均采用花岗岩和铜版画结合的形式，刻记有深圳水库从初建、扩建到改造的历程，还有水库建设在不同历史阶段的图片资料，这是一条以深刻的方式留下难以磨灭的痕迹的历史长廊。

若从空间看，从东江桥头一路走过来，走到这里，已是对港供水的最后一站。但若从时间看，这里又是对港供水的最先一站。早在 20 世纪 50 年代末，广东省政府开始筹划在深圳河上游兴建一座大型水库，但这个水库一开始与东江无关。深圳河属珠江三角洲水系，其干流上游为沙湾河，发源于牛尾岭，上游还有一条重要支流——莲塘河，发源于梧桐山。而深圳河干流中下游为深圳与香港的界河，自东北向西南流入深圳湾，注入珠江口的伶仃洋。1959 年 11 月中旬，深圳水库正式开工，那也正是冬修水利的季节，一万多名民工从宝安县各个公社奔上工地。为了抢在来年雨季之前完成主坝——拦水大堤的土方工程，指挥部掀起了一场"百日大战"。尽管当时已经入冬，但从当年的历史照片看，很多民工都是光着膀子、打着赤膊挖土挑担，那你追我赶的队伍像冲锋陷阵一般。但据指挥部每天的土方量测算，就凭这样的速度，也难以保证在雨季之前完成主坝土石方工程，这一万多名民工还远远不够。为此，宝安县委又决定从各公社再抽调两万多名民工，在三天内全部进场施工。一时间，投入水库建设的总人数高达近四万人，这也是深圳水利建设史上一场空前绝后的大决战，以前从未有过，而以后随着机械化程度的提高更不会有这种人海战役了。而在那个时代，"人多力量大，柴多火焰高"就是最朴素的真理，岭南那个寒冷的季节，由此变成了一个热火朝天的冬天。1960 年 3 月 4 日，那也是农历"二月二，龙抬头"的日子，一条长龙在深圳河上游昂然崛起，如横空出世一般。这条近一公里长、三十米高的主坝土方工程，比原计划到 5 月完成提前了两个多月，只用一百天时间就完成了，号称"百日堤坝"。

　　在主坝兴建过程中，施工技术人员就开始铺设通向香港的输水管道，这种地下埋管是必须与土石方工程同步进行的。输水管需要八百吨钢材。在那个时代，钢材是国家紧缺和严控的计划物资，广东省倾尽全力也无法凑齐，只能上报国务院。周恩来总理在接到报告的第一时间就亲自批示从鞍钢调运八百吨钢材，从而保证了输水管道和主坝工程同期完工。而在主体工程完成后，还有溢洪道等配套工程尚未完全打通。溢洪道是水库等水利建筑物的防洪设备，多筑在水坝的一侧，像一个大槽，当水库里水位超过安全限度时，水就从溢洪道向下游流出，防止水坝被大水毁坏。深圳水库的溢洪道的地质全是风化石，施工难度大，又加之施工场地狭小，难以采取大兵团作战，只能调集精锐队伍进行攻坚战。这个任务由边防驻军某部一个营负责，一直在艰难而缓慢地推进。进入5月，一场12级台风带来的暴雨，导致水库水位暴涨，这对刚竣工不久的主副坝造成极大的威胁。按照原来测算，水库集雨面积为52平方公里，正常贮水要两年左右才达正常水位，谁知一场台风暴雨就让水库逼近警戒水位，在风雨最烈时，水位一个小时便升高一米。若是大坝被洪水冲垮，不但水库工程前功尽弃，还将给深圳河两岸人民带来灭顶之灾，一个原本为香港同胞造福的工程，将变成一个震惊世界的灾难性工程。危急时刻，当地驻军调来了大部队和几十辆卡车，冲上了抗洪抢险的第一线，他们顶着狂风暴雨筑起一道道人墙，抵挡着洪水对大坝的直接冲击。在驻军战士用血肉之躯捍卫大坝的同时，广东省委、省政府也做了最坏的打算，万一超过警戒水位，那就炸副坝保主坝。幸运的是，到中午时分，暴风雨终于停了，水位才慢慢降下来。而这一场超过了设计者预料的台风暴雨，也是一次非常及时的警示。暴风雨过后，指挥部又按照更高的标准加高、加固了拦河大坝。

由于深圳河只是珠江三角洲水系中的独立河流，仅凭其本身的流量和深圳水库的集水面积，难以满足深圳本地用水量和对香港的供水量。这种相对独立的蓄水库其实就是一个大水塘，除了拦蓄深圳河上游的水量，只能靠雨水补充。直到1965年3月，东深供水首期工程竣工，将东江水引进深圳水库后，才从根本上解决了水源问题，深圳水库因此也被定为1965年3月竣工。由此，深圳水库从最初的一个独立蓄水水库变成了一个枢纽型的调节水库，一边接纳源源不断流来的东江水，一边源源不断地向香港供水。随着东深供水的三次扩建工程和一次改造工程，深圳水库也经历了一次次升级改造，这才是我们今天看到的深圳水库，从对港供水的最先一站到最后一站，风流水转，这里一直是供水香港的重要水源地，现已被列为全国重要饮用水源地。

山水从来是互为镜像的，透过那在秋日的阳光下荡漾的碧波，可以清晰地看见青山叠翠的倒影，状若深圳的一叶绿肺。那是梧桐山，一座朝着大海生长的山，一座与香港"新界"山脉相连、水脉相通的青山，其主峰为深圳第一高峰。每一座山都有遗传密码般的记忆，而梧桐山的遗传密码就隐于神话之中。"凤凰鸣矣，于彼高冈。梧桐生矣，于彼朝阳。菶菶萋萋，雍雍喈喈。"这《诗经》中的描述，恰好可以用来形容此山中梧桐生长的茂盛。在神话传说中，唯有梧桐凤凰来，凤非梧桐而不栖，梧桐树因此被赋予灵性乃至神性。这山上不只有梧桐树，也是岭南天然常绿阔叶林的主要分布区，依次有规律地分成南亚热带常绿阔叶林、南亚热带山地常绿阔叶林和山顶矮林。站在梧桐山上，俯瞰深圳水库，一片烟波浩渺的大泽，绿汪汪地倒映着雄伟的山势与变幻莫测的云雾。这是绿水里的青山，青山里的绿水，连云雾都是绿的。没有看见那传说中的凤凰，但见那些飞出花丛的蜻蜓、蝴蝶散发出迷人的气息，山水间到处都是飞翔的翅膀，每一只鸟都在发出不同的鸣叫声，而浪花正一朵一朵地绽开。那些追风逐浪的白鹭，兴许是在追逐那水中的鱼儿，偶尔有鱼儿惊飞而起，从一朵浪花飞向另一朵浪花，在深秋的阳光下划过一道道银亮的光泽。

鱼和水，从来就是一种亲密得不可分离的关系。深圳水库中的鱼类，一部分是随东江水一起游来的天然鱼类，还有一部分是在生态专家指导下放养的鱼苗，采取人放天养的方式。对于水，鱼是最敏感的生命，这水质哪怕发生一点微妙的变化，鱼比人类更先知，更清楚，随即就会以生命的本能做出反应。一旦有鱼生病甚至死亡，这水就有问题了。鱼类不只是水质的生物指示器，也能维持水体健康和生态平衡，尤其是鲢鱼、鳙鱼等滤食性鱼类对大水面水体可以起到生物净化作用，形成以水养鱼、以鱼净水的良性循环。当你在一片水域里看见了活泼泼的鱼类，这水也是干净、活泛而充满了生命力的。

当然，对于东深供水的监测，还有更科学的方式和严格的指标。我正沿着一道大坝边走边看，一条水质监测船徐徐驶来，那船上载着两位检测人员，阳光把她们年轻的身影照得分外清晰。一个靠近船头，正弯着身子用仪器在水中取样检测，她低着头，看不清她的面容，但从她那凝然不动的身影看，此时她已全神贯注，仿佛已深深地沉浸于水中。另一位检测人员则在平板电脑上记录着什么，阳光勾勒出一个神情专注的侧影。凝望着她们的身影，不知不觉地，我也深深地沉浸于其中，连呼吸也放低了，生怕打扰了她们。

当船靠岸时，我才走过去同她们攀谈起来。一打听，那位刚才在水中取样的姑娘名叫佟立辉。她是内蒙古呼伦贝尔人，2010 年从武汉大学水质科学与技术专业硕士研究生毕业，通过应聘，入职广东粤港供水有限公司。就在那一年，为了进一步保障供水水质，广东粤港供水有限公司正式组建了粤海水务水环境监测中心。此前，东深供水的检测指标只有二十多个。随着监测中心成立，从东江桥头到深圳水库，在工程全线配备了视频设备，对关键区域实现三百六十度无死角、全天候监控，每天三个指标，每周八个指标，每月三十多个指标，在两年后就达到了一百多项检测指标。

如何才能精准地进行监测和检测呢？佟立辉说：一是对水质构成了在线监测，现在只要轻点鼠标，就可以查看水质监测数据，还可通过水质预警平台的页面，查询东江取水口、雁田水库和深圳水库实时水质监测结果。而在线监测设备还有无人采样监测船进行巡检，只要将采样点位进行数字化设置后，无人采样监测船就可以按照设定的时间和点位自动采样和密集巡检，还可以抵达人工巡检难以发现的盲点。二是现场检测，这主要是靠水质监测人员每天到固定点位进行现场采样检测，这也是佟立辉的职责所在。经多年历练，佟立辉已担任广东粤港供水有限公司生产技术部水质管理经理，主要负责整个工程的水质保护，包括水质监测、监测方案制订以及查找和解决水质可能存在的潜在问题。而旁边那位则是一位入职不久的女孩子，她刚才记录的是检测设备自动生成的数据，这些数据对于我就像天书一般，但我看清了，每个数据都精确到小数点后的两位数。三是实验室检测，如她们采集的这些水质样本，随即就会送到水环境监测中心进一步检测分析，如 pH 值、氨氮、湿度及溶解氧等，如今，粤海水务水环境监测中心已能检测出五百多项水质指标数据，比佟立辉初来乍到时翻了两百多倍。

这些关键性的检测结果，不光是由他们掌握，还要及时向香港方面提供。每天早上九点，香港水务人员都会准时打电话来核对数据，这一流程从东深供水工程对港供水以来一直延续至今，从水量到水质都要一一核对。与此同时，香港水务署也要在东深供水进入香港的第一站——木湖抽水泵站采样检测并做出化验报告。粤港双方不但要进行常态化的数据交换，在技术层面上也要定期进行交流。数据是特别枯燥的，而为了让香港同胞喝上放心水，这些指标数据就是让香港同胞放心的重要依据。这么多年来，东深供水工程在对港供水的历史上，还从未发生过因为水质问题而中断供水的情况。而对于水质，如今的要求越来越高了。根据香港水务署做出的化验报告，"东江输入香港的水质不但没有降低，而且有非常显著的改善"，非常显著！这是香港水务署在公开声明中的原话。香港水务署一再重申，东江水可安全饮用，让香港七百多万市民放心。

其实，对于水质最关注的就是佟立辉这样的监测人员，最不放心的也是他们，为了守护好每一滴水不受污染，他们的眼睛一直睁大着，神经一直紧绷着。对于某些过于苛刻的要求，她是特别理解的，水，毕竟是直接往生命里灌注的东西，哪怕对水质的要求苛刻一点，也是人之常情啊。当我问到东深供水的水质现在怎么样时，佟立辉露出了一脸的阳光和笑容，她说："我们的供水质量，一直稳定保持优于国家地表水Ⅱ类水质的质量。"

这话，乍一听像书面术语，而这些检测人员，也早已习惯用这种严谨的方式来表达。我知道，只要达到国家地表水Ⅲ类水质标准，就可以作为城市生活饮用水，而东深供水的水质一直稳定保持在国家地表水环境质量Ⅱ类水标准以上，主要水质指标如氨氮、溶解氧已接近国家地面水Ⅰ类标准，这一结果既是来自粤海水务水环境监测中心的恒常监测，也是来自香港水务署的严格监测。这已是当之无愧的优质饮用水。而在保障水质符合甚至优于港方标准后，东深人还一直在追求更高的水质标准，他们不但要对标世界卫生组织（WHO）和欧美发达国家的饮用水质标准，对一些标准外的污染物，如水体异味物质、环境雌激素、药物和抗生素等也有了精确的检测能力，这在国内已处于领先水平。当我沿着东深供水工程沿线一路走过来，无论走到哪里，随时都能看见一幅赫然醒目又底气十足的标语："粤海水务——中国水安全专家。"

　　我见到的这几位年轻人，都是第三代"东深人"。这一代一代的"东深人"，各有各的经历，各有各的个性，却也有一种共同的性格，那就是从来不畏惧任何挑战，这是半个多世纪以来的一种精神传承。就说佟立辉吧，这位"85后"的年轻人，从入职东深以来，一直被前辈们的事迹深深地感染着，她深情地说："几代前辈给我们打下了非常好的基础，无论是工程质量，还是'东深人'的情怀，对我们现在的工作团队都有非常大的鼓舞和鞭策。同前辈们相比，我们现在的条件好多了，哪怕面临再多的挑战，我们也要像前辈们一样，像这穿山越岭的东江水一样，只要你认准了一个方向，就没有过不去的坎……"她这话声调不高，却让我为之一振。透过他们健康、阳光而又充满自信的身影，我感到了一种来自生命深处的底气。

　　一条被称为生命之源的河流，又何尝不是源自一代代人的生命深处？

　　当我站在深圳水库大坝上，远眺香港境内的木湖抽水泵站，那是东江水入港的第一站。由于疫情阻隔，难以越境采访，但疫情却阻隔不了流向香港的东江水。深秋，正值紫荆花盛开的季节，这是岭南逐水而生、长势强健的一种植物，百姓人家素喜于庭院种植紫荆，紫荆枝繁叶茂，花团锦簇，一直是家庭和睦、骨肉情深的象征，如晋人陆机诗云："三荆欢同株，四鸟悲异林。"相传南朝时，京兆尹田真与兄弟田庆、田广三人分家，别的家产都好处置，唯有院子里一株枝繁叶茂的紫荆花树难以分割。当晚，兄弟三人商量，决定将这株紫荆截为三段，每人分一段。翌日清晨，兄弟三人去砍树时，一个个都傻眼了，那紫荆花树竟然在一夜之间枝叶枯萎、花朵凋零。田真见状，手抚紫荆一声怅叹："人不如木也！"兄弟三人都扔了斧子，一个家又分而复合，那株紫荆花树随之又恢复了生机。常言道，人非草木，而草木却也颇通人性啊。而今，这紫红色的花朵从东江之滨沿着东深供水工程一直延伸到了香港，已成为香港的一个象征，从家族到国族，最佳境界就是像紫荆花一样簇拥在一起……

尾声，或后记

一

　　这是一个离我近在咫尺的工程，却也是一个神秘的存在。

　　十几年前，我从湖南移居岭南，一直住在东江之滨。对这条河流我有一种源于生命本能的关注，我和我的家人喝的也是东江水。然而，东深供水工程对于我而言却一直充满了神秘感。为了保护水质不受外界污染，这一工程一直在严密的、封闭式管理状态下运行，外人一般是难以进入的。而那些建设者和管理者又非常低调，关于他们的事迹也鲜有公开报道。直到2021年4月21日，中共中央宣传部授予东深供水工程建设者群体"时代楷模"称号，这个"建设守护香港供水生命线的光荣团队"才渐渐被揭开了神秘的面纱。这也给我带来了一个难得的机遇，在广东省水利厅的鼎力支持下，我终于走进了一扇扇神秘的大门去一探究竟。这也是我一个久存心中的愿望，那就是去纵深揭示这条河流和这一工程的来龙去脉，去见识见识那些"深藏功与名"的建设者和守望者。

　　这是一次恍如穿越时空的漫漫长旅。这一工程本身并不绵长，但首期工程、三次扩建和一次另辟蹊径的改造，迄今已历经近六十年岁月，大致经历了三代人。我一边通过田野调查，在时空中往复穿梭，抵达当年的一个个施工现场，打量和搜寻那些处于不同时间节点的水利设施，一边追踪采访工程的建设者和守护者。而最难追溯的就是东深供水首期工程，那几乎是一段尘封的历史。而今，第一代建设者和管理者大多已难以寻觅，有的老前辈与世长辞，即便是一个当年二十出头的小伙子，现在也是年事已高的老人。他们既是历史的亲历者也是历史的见证人，而对他们的采访几乎是抢救性采访。其中有两位绕不过去的历史人物，一位是东深供水首期工程的总指挥曾光，一位是东深供水工程管理局首任局长王泳，他们都是从烽火岁月中走出来的东纵老战士，在中华人民共和国成立后投身于水利建设，既是东深供水工程建设和管理的开创者也是奠基者。然而，这两位老前辈早已辞世，关于他们生平事迹的史料几近于空白。为此，我翻检了东江纵队的大量史料和方志文献，如海底捞针般从历史的缝隙中寻觅他们的踪迹，并通过一些过来人的口述，基本厘清了他们的生平事迹和对东深供水工程的突出贡献。尤其是，通过他们的生平事迹，我对历史有了一个纵深发现，从东江纵队到东深供水工程也有着内在的血脉传承。这不是偶然的，这是一条必然的路。

　　当我们立足于今天的时空，回头审视这一跨流域、跨世纪的大型供水工程，在长度上它并不显眼，远远赶不上后来居上的南水北调工程。但对于这样一个工程，你还真不能从单纯的水利工程意义上看，一旦脱离其背后的真相，我们对这一工程的回望和理解将变得非常狭隘。对于它，仅仅用眼睛是看不清楚的，还必须用心去看，用生命去理喻。

这是一个生命工程，东深供水不同于一般的供水工程，对港供水也不同于一般的城市供水，这是哺育粤港两地同胞的生命水，更是香港与祖国内地骨肉相连的一条血脉、血浓于水的一条命脉，每一滴水都饱含着祖国母亲对香港同胞的深情大爱，那源远流长的生命之源，早已渗入香港的每一寸土地，融入了香港同胞的血脉深处。香港经济学会顾问刘佩琼经历过香港当年的水荒，见证了香港今日之繁荣，她真诚地说："有盐同咸，无盐同淡！祖国永远是香港的靠山，不管过去、现在还是未来，中央都是急港人所急、想港人所想，全力维护和增进香港市民的福祉。"

这是一个跨越了改革开放前后两个时代、连接了内地和香港两种社会制度的民生工程，也是一个超越了单纯水利意义的政治工程，从一开始周恩来总理就做出了明确的批示："应从政治上看问题"。而民生和民心就是最大的政治。对于东深供水工程，香港社会一直是高度关注的，在香港回归之前，几乎每任港督到任后都会造访东深供水工程。英国前首相撒切尔夫人也在其回忆录中对中国内地向香港供水给予了中肯而诚实的评价。粤港两地同胞"同饮一江水""同是一家人"，在香港回归祖国后，历任特首也一直心系东深供水工程，这样一条生命线，直接关系到"一国两制"的政治稳定、维系着香港繁荣稳定。香港特区政府水务署署长卢国华说："五十多年从未间断的东江水，是香港的大动脉，支持着香港社会和经济的稳定发展，可以说，没有东深输水工程，就没有今天香港的人口及发展规模。东深供水让市民安居乐业的同时，也体现了国家对香港一贯的关怀和支持，更体现了香港与内地的紧密关系。"

这是一个推动香港经济腾飞和深圳、东莞等沿线城市现代化崛起的经济工程。随着源源不断的东江水涌入香港，水资源极度匮乏的香港焕发了生机。自1965年东深供水"引流济港"的半个多世纪以来，香港人口从1960年三百多万增长到如今的七百五十多万，香港地区生产总值从一百多亿港元增长到两万多亿港元（2020年达2.41万亿港元）。昔日那个在水荒中挣扎的香港而今已成为与纽约、伦敦比肩的国际金融中心、远东地区的贸易中心和世界上最大、功能最多的自由港。这一切，如香港特区立法会议员叶国谦所说："东江水是香港的命脉，没有了东江水，香港不可能成为一个繁荣稳定的城市。"另一方面，东深供水工程在优先供水香港的同时也反哺了沿线的建设者。在改革开放之前，东深供水工程对东莞、宝安沿线一带承担着供水并兼有灌溉、排涝、发电和防洪等综合功能，而自改革开放以来，深圳（原宝安县）从一个几十万人口的边陲农业县崛起为一座人口逼近两千万、GDP超过广州和香港的一线城市。同饮一江水的东莞，也从一个百万人口的农业县崛起为一座拥有千万级人口、万亿级 GDP 的超大城市。这只是大致的数据，它所带来的实际经济效益是难以做出准确统计的，但谁都知道，若没有东深供水，就没有香港的经济腾飞，也没有深圳、东莞等沿线城市的现代化崛起。

这是一个用心血、汗水和智慧凝聚而成的精品工程，一个跨区域调水和水质保护的典范工程，也是一个不断创新的科技工程，堪称是一部浓缩的中国水利工程建设史和水利科技发展史。从首期工程开始，建设者们就本着"建一项工程，树一座丰碑"的信念，从最初的肩挑手挖、凿山劈岭、架管搭桥，到接下来的每一次扩建和改造升级中都有关键技术创新；从大型机械化施工到全线自动化管理，再到如今的数字化、智能化升级，形成了涵盖科研、设计、生产加工、施工装配及运营等全产业链融合一体的智能建造产业体系。尤其是东深供水改造工程，来自全国各地的设计、科研、监理和施工人员，以一流的管理、一流的设计、一流的施工、一流的监理以及一流的材料设备供应，实现了建设"安全、优质、文明、高效的全国一流供水工程"的总目标，攻克了四项关键技术，创造了四个"世界之最"，验收优良率达到百分之百，先后荣获中国建筑工程鲁班奖、詹天佑土木工程大奖、中国水利优质工程大禹奖和国家优质工程奖等诸多国家级殊荣，并入选新中国成立 60 周年百项经典暨精品工程。经典，精品，对于东深供水工程是当之无愧的，一代代的设计者和建设者们，既立足于当下又专注于卓越与长远的眼光，用四十年时间打造了一个具有典范性、体现了水利工程之精髓又具有推广价值的经典之作。这是人与水利的天作之合，也是彼此的相互成全。

二

当我追溯着一条血脉、一条生命线的来龙去脉时，东江也正在经受越来越严峻的考验。自 2020 年入秋以来，由于受极端天气影响，华南地区再次遭遇旷日持久的大旱，秋旱连冬旱，冬旱连春旱，降雨量创下了自 1956 年以来同期最少的纪录，有的站点为微量纪录甚至是零纪录，随着灾情不断扩展蔓延，大江小河水位越来越低，东江流域的三大水库——新丰江、枫树坝和白盆珠水库出现了建库以来最小总入库流量，其中惠州境内的白盆珠水库连续一百多天在死水位以下运行。这也是自东深供水工程建成以来，东江流域遭遇的历史罕见的秋冬春夏连旱的最大旱情。东江告急，香港危急！据香港水务署通报，2021 年上半年香港降雨量、本地集水量和总存水量均比常年明显偏少，一些山塘水库水位急剧下降，对东深供水的需求也随之增加，否则，香港又可能陷入一轮水荒。

在这一严峻的背景下，为百分之百确保对港供水安全，粤港两地政府又于 2020 年底签署了新的供水协议，对港供水将根据香港的实际需求实施动态供水调节机制，这为对港供水安全提供了有效依据和保障，也让七百多万香港同胞吃下了定心丸。为了应对极端旱情，广东省水利部门对东江流域内三大水库及其他蓄水工程设施进行科学调度，一方面优化水利工程运行；一方面精细控制东江流量，在水位不断下降时，一直把保障对港供水安全摆在第一位，在大旱之年对港供水量有增无减，在超负荷的状态下满足了香港同胞的生产生活用水需求。

这持续近一年的旱情，直到2021年夏秋之交，随着台风带来的雨水增多，东江流域三大水库的蓄水量开始逐步回升才有所缓解，从东江流域到东深供水，又暂时挺过了一段最困难时期，在抗击旱情上取得了阶段性胜利。暂时，缓解，这根本就不是什么胜利的词语。倘若接下来没有大量降雨补充，今冬明春的供水保障任务将更为艰巨。这也是东江流域和东深供水一直面临的挑战，如何才能从根本上解决东江流域的水危机？

从东深供水的历史看，东江还是那条东江，流量还是那样的流量，但香港、深圳、东莞以及东江流域内的一座座城市早已今非昔比。这三大城市的需水量一直呈几何级上升，即便没有遭受极端干旱天气，东江供水的利用率也已达到国际警戒线的顶峰，这是一条东江难以承受的生命之重。

若要解决东江的水危机，必须把视野进一步放开。从珠江流域的大背景看，这南方最大的流域，其流量在国内仅次于长江，拥有充沛的水资源，但由于时空分布严重不均，造成东西两翼极不平衡。从人口、经济和社会发展看，珠江三角洲地区呈现东强西弱，而水资源量则东少西多，与生产力布局不匹配的特点。在人口集中、经济发达的东江流域，水资源总量还不到广东省的两成，却承担着对港供水的重任，还要支撑着全省近三成的人口用水和近一半的地区生产总值。而作为珠江干流的西江，总水量超过了东江约十倍，一条西江就超过了十条东江，但西江的水资源开发利用率仅为百分之二左右。水资源开发利用的严重不均，又加之水资源时空分布的严重不均，势必会带来一系列的问题，有的地方水满为患，洪水泛滥，有的地方干旱缺水，旱魃横行。这都是水危机，水多了是危机，水少了也是危机，而在水危机的步步紧逼下，也催生了一个比东深供水工程更宏大的设想——兴建珠江三角洲水资源配置工程，从西江向珠江三角洲东部地区引水——西水东调。只有这样，对全流域水资源进行空间优化配置，才能从根本上、从长远上解决整个珠江流域的水危机。

为此，从2004年开始，广东省水利厅便牵头开展一系列统筹谋划与科学论证，直至2019年，珠江三角洲水资源配置工程才全面开工，仅前期工作就历时十五年之久。

严振瑞，这位曾先后参加了东深供水三期扩建和全面改造的设计者，现任广东省水利电力勘测设计研究院有限公司总经理，这次他又挑起了大梁，主持珠江三角洲水资源配置工程的规划设计，这是一盘更大的棋。而就在规划设计的过程中，又迎来了一个重大的时代机遇，中央作出了建设粤港澳大湾区的重大决策。从国内看，这是中国开放程度最高、经济活力最强的区域之一，包括香港、澳门两个特别行政区政区和广东省广州市、深圳市、珠海市、佛山市、惠州市、东莞市、中山市、江门市、肇庆市9座城市，总面积5.6万平方公里，总人口约7000万人。从国际看，这是与美国纽约湾区、旧金山湾区、日本东京湾区并称的世界四大湾区之一，但它又不同于其他湾区，从一开始就面临着"一个国家、两种制度、三个关税区"造成的制度差异，在世界上还没有同类经验可循。若要深入推进粤港澳大湾区一体化的进程，水资源就是一个不可或缺的因素。从粤港澳大湾区东部、珠江口东岸看，拥有香港、广州、深圳、东莞、惠州5座城市，无论是城市规模、人口数量还是经济发展程度，都要远远超过珠江口西岸。从水资源来说，若要支撑如此庞大的经济体运行，东江水早已难负重荷，只有通过对珠江三角洲水资源的重新调配才能解决倾斜和失衡的状态。这一工程引起了国家的高度重视，2018年8月，珠江三角洲水资源配置工程可行性研究报告获国家发改委批复，被列入国家重大水利工程。

这是迄今为止广东省历史上投资额最大、输水线路最长、受水区域最广的水资源调配工程。按总体规划设计，这一工程西起西江干流鲤鱼洲，东至深圳公明水库，由一条干线、两条分干线、一条支线、三座泵站和四座调蓄水库组成，工程全长113.2公里，穿越珠江三角洲核心城市群，沿途输水至广州南沙拟新建的高新沙水库、东莞的松木山水库及深圳罗田水库，设计年供水量17.08亿立方米，总投资约354亿元，施工总工期60个月，按计划将于

2025 年内建成通水。

2019 年 5 月，这一工程正式开工，广东粤港供水有限公司以东深供水工程的运营管理团队为基本班底组建了广东粤海珠三角供水有限公司，徐叶琴担任了工程总指挥。这一新时代的工程，与此前的东深供水工程已不能同日而语，采用的是世界先进的设备和技术，目标是"打造新时代生态智慧水利工程"，但工程背后所面临的技术难题、风险挑战，也超过以往绝大多数水利工程。为了最大限度节约土地，该工程全线大多采用地下深埋盾构方式，在纵深 40 米至 60 米的地下空间建造，为湾区发展预留宝贵的土地资源和浅层地下空间，建设者们必须攻克长距离深埋盾构施工、高水压衬砌结构设计及施工、宽扬程变速水泵研发、长距离深埋管道检修等一系列世界级难题。

这一工程的唯一取水口，建在距离狮子洋四十多公里外的鲤鱼洲岛上，该岛位于佛山顺德的西江之心，必须开凿一条交通隧洞，这是龙头工程，也是全线第一个盾构隧洞，由于水文地质环境异常复杂，必须攻克诸多技术高地。徐叶琴作为工程总指挥，此时已经不再年轻了，却如当年一样敢闯敢拼。在大伙儿眼里，这高大如铁塔一般的汉子，总是给人一种典型的硬汉形象，然而，他内心里其实也有柔软乃至脆弱的地方。那最柔软的就是难以割舍的亲情，而最脆弱的就是对家人难以弥补的亏欠和内疚。他父亲患肺癌十年，他一直挂念着父亲，却很少有时间回安徽老家看望父亲，更没有时间陪伴他老人家。父亲也很少给他这个远在异乡的游子打电话，只有被病魔折磨得疼痛难忍时，才会给他打个电话，却不是诉说自己的病痛，而是一再安慰他："叶琴啊，我还好呢，你不用挂念，我听说东江那边又旱了，你可一定要把水弄好了，让香港那边有水喝啊！"徐叶琴听着父亲那颤抖的声音，他的心也在颤抖。多年来，父亲一直想到他工作的地方来走一走、看一看，特别想看看东江水是怎么流到香港的。徐叶琴也多次对父亲说，等自己有空了，一定接他老人家来这里看看。这也是他对老父亲做出的一个承诺，可这么多年来他愣是抽不出一点时间去接老父亲，这样一个简单的承诺竟然一直无法实现。这年 12 月 26 日，徐叶琴正在鲤鱼洲岛上指挥施工，突然接到哥哥从老家打来的电话："老弟啊，爸走了，他知道你忙，临走时不让告诉你……"徐叶琴猛地一抖，一下愣住了。对父亲的病逝，他是早有心理准备的，但还是感到那样突然，他用颤抖的手紧握着手机，却说不出一句话来。哥哥又哽咽着说："老弟啊，爸不怪你，他说自古忠孝难以两全，你是为国尽忠，那我就代你尽孝。放心吧，爸的后事由我们来料理……"那电话在一阵呜呜的风声中挂断了，他都不知道电话是何时挂断的，一直久久地握着手机，仿佛想要紧紧地拽住什么。而他心里十分清楚，他对父亲的承诺再也无法实现了。在父亲去世后的第四天，徐叶琴在完成一个关键工程的指挥任务后，才连夜赶回老家，去送父亲最后一程。这一次，他在老家待了十天，这也是他参加工作后在老家待的时间最长的一次，但"子欲养而亲不待"，他陪伴的只是寒风中的一幢老屋和荒野上的一抔黄土……

人生中总有太多难以弥补的遗憾，而你只能为今天的使命和未来的期待而活着。徐叶琴一直有着深深的自责，他对不起老父亲、对不起家人。但从东深供水工程到珠江三角洲水资源配置工程，他从未辜负自己肩负的使命。抚今追昔，这位早已年过天命的汉子，眼里闪烁着透亮的光泽，说："东江水不仅有清澈的过去，更有清甜的未来。"

三

一条水路，一条血脉，一条生命线，在人类付出的心血和汗水中向前延伸，每一个工程都是血肉之躯筑起来的。历史不会忘记，山河不会忘记，那些经历过干旱和水荒煎熬的香港同胞更不会忘记。哪怕在国家困难时期，对香港同胞的困难也绝不会袖手旁观，那一代一代的建设者和守护者肩负着"国之重任，港之命脉"，被一条对港供水生命线凝聚在一起，一直在为这一工程而接续奋斗。而在东深供水工程运营的过程中，还有一代代人全力守护着这条对港供水的漫长生命线。这是一个特殊群体，也是一个光荣团队——"东深人"。这个"光荣团队"也是一个由无名英雄组成的团队，多年来他们连同那段尘封的历史，一直处于默默无闻的状态，默默地付出，默默地坚守，一如"天地有大美而不言"，亦如"水善利万物而不争"。他们锤炼着岩石，也锤炼了自己的筋骨，如一层石头压着一层石头的实干，只有这样的实干，才能聚集和迸发出一种伟大的力量，可以穿越一道道峡谷，也可以穿透历史。如果不走近他们你或许不会发现，我们这个社会的内部还有这样一种力量的存在。而他们的追忆，他们的讲述，既是个人的人生记忆、生命记忆，组合在一起，也是祖国内地与香港血脉相连、休戚与共的国家记忆。

从东江到香江，一条生命线，几代家国情。"百里清渠，长吟慈母摇篮曲；千秋建筑，永谱香江昌盛歌。"当清清的东江水从香港的水龙头哗哗流出，每一滴水都见证了东江儿女对七百多万香港同胞血脉相连的亲情，也倾注了祖国对香港血浓于水的心血。

随着东江水源源不断地流进香港，那旱魃横行的水荒早已成为历史，渐渐成为越来越久远的传说。为了让从未经历过水荒的香港年轻一代了解历史真相，香港华侨华人研究中心主任许玉新和香港侨界会一直在呼吁，将东深供水工程和数十年来一直默默奉献的建设者群体载入《香港志》和大中小学国民教育有关课程中，让香港人永远不要忘记这一伟大工程和它的建设者。香港国民教育促进会主席姜玉堆先生说："这段历史对香港人来说是非常重要的，这个水可以说就像一个人血管里的血。如果没有这个水，我敢肯定香港就没有今天了。"从 2015 年至今，香港国民教育促进会连年举办香港青少年"东江之水越山来"历史溯源活动。在前辈们的感召下，已有越来越多的香港青少年从香江走向东江，参观东深供水工程。叶子嘉是一名正在广州中医药大学就读的香港学子，他跟随学校组织的交流团参观了东深供水工程，第一次亲眼见到了写在课本里的东江，从一幅幅历史照片中看到了五十多年前发生的一幕幕，东深供水工程的建设者们靠着手挖、肩挑、背扛，开山劈岭、修堤筑坝，先后战胜五次强台风的袭击……这一幕幕，让叶子嘉在内心里感到了深深的震撼。这也是他第一次真切地感受到，原来每天打开水龙头就可以饮用的自来水，背后竟然有着这样艰辛而悲壮的历史。他忍不住问自己，这成千上万的内地同胞为了修建东深供水工程，流血流汗甚至为此而献出了生命，这每一滴水里流淌着的是怎样的爱与亲情？叶子嘉说，当他看到纪念园里那座母亲抱着孩子的雕塑时，就在那个瞬间，他一下子明白了。为什么一个母亲要不惜一切代价为香港付出？这就是一种血脉相融、难以割舍的骨肉亲情啊！

此刻，当一段漫长的追溯进入尾声，从珠江口传来一个突破性的喜讯，2022年新年伊始，狮子洋输水隧洞全线贯通。这是一条从珠江口狮子洋底穿过的咽喉隧洞，也是珠江三角洲水资源配置工程隧洞掘进关键一环，沿线布满多条地质断裂带，在施工过程中面临线路埋深大、围岩透水强、海底换刀难等多重挑战，施工难度在国内乃至世界水利工程史上也实属罕见。这个元旦假期，建设者依然坚守在施工一线，终于打通了这道海底咽喉，整个工程有望于2023年底提前建成通水。届时，这一工程引来的西江水和东深供水工程引来的东江水将比翼双飞，为粤港澳大湾区的供水安全提供双重保障和战略支撑，为香港等地提供应急备用水源，堪称是推动大湾区腾飞的双引擎。而这不是一次追溯的尾声，而是开启未来的序章。

　　在倍感欣慰之际，我心里依然充满了隐隐的遗憾和惆怅。从一开始，我就想透过一条河流，看清那些走在时间深处的身影，但那成千上万的建设者群体，我追寻到的只是极少的一部分，又加之采访期间几度遭逢疫情阻隔，还有一些采访对象由于身体原因或其他特殊情况未能接受采访，只能留下遗憾了。而那些默默无闻的建设者们，这是我想要追寻又难以追寻的，他们现在星散何处？如今一切安好？面对东江，四顾茫然，又让我在茫然中有一种莫名的惆怅。而对这条河流我一直心存感激，在这次恍若穿越时空的追溯中，我真切地感觉到自己心中的许多东西，正在一点一点地变得纯净，变得通透。走进这里的风土，感觉如同经历了一次内心故乡的漫游。只要还能够走在这一条干干净净的河流边，我就觉得是最大的幸福，自然，也有许多难以言说的滋味，在漫天的阳光下化入一江碧水中……

2022 年 1 月 10 日，于东江之滨

附　录　主要参考资料

（以发行或出版时间先后为序）

《东江之水越山来》（纪录片），罗君雄编导，香港鸿图影业公司摄制，香港新联影业公司发行，1965 年版。

《东江纵队史》，《东江纵队史》编写组编，广东人民出版社，1985 年版。

《东江—深圳供水工程志》，广东省东江—深圳供水工程管理局编，广东人民出版社，1992 年版。

《珠江志》，水利部珠江水利委员会《珠江志》编纂委员会编，广东科技出版社，1993 年版。

《广东省志·水利志》，广东省地方史志编纂委员会编，李德成主编，广东人民出版社，1995 年版。

《东莞市志》，东莞市地方志编纂委员会编，广东人民出版社，1995 年版。

《博罗县志》，博罗县地方志编纂委员会编，中华书局，2001 年版。

《点滴话当年：香港供水一百五十年》，何佩然著，商务印书馆（香港）有限公司，2001 年版。

《大型工程建设的旗帜：来自广东东深供水改造工程的报

告》，中共广东省委政策研究室、广东省水利厅编，广东人民出版社，2003 年版。

《丹心碧水献紫荆：记东深供水改造工程建设三十杰》，彭泽英主编，花城出版社，2003 年版。

《东深供水改造工程开展劳动竞赛的探索和实践》，广东省总工会、广东省水利厅、广东省东江—深圳供水改造工程建设总指挥部等编，中国水利水电出版社，2004 年版。

《东深供水改造工程》，广东省东江—深圳供水改造工程建设总指挥部编，中国水利水电出版社，2005 年版。

《中国当代水务②——国外与港澳地区水务专辑》，深圳市水务局编，中国水利水电出版社，2005 年版。

《惠州市志》，惠州市地方志编纂委员会编，中华书局，2008 年版。

《东江流域》，"中国地理百科"丛书编委会编著，世界图书出版广东有限公司，2017 年版。

《东江流域水环境与水生态研究》，杨扬、王赛、崔永德著，科学出版社，2019 年版。

扫码领取

☑ 东深工程简介　☑ 国家荣誉表彰
☑ 时代楷模　　　☑ 粤港情深